LE FILS

DE

L'ASSASSIN

PAR

AUGUSTE VILLIERS

PARIS

AUGUSTE GHIO, ÉDITEUR

GALERIE D'ORLÉANS, 1, 3, 5, 7

PALAIS-ROYAL

1883

LE

FILS DE L'ASSASSIN

Corbeil, imp. L. DREVET

LE FILS

DE

L'ASSASSIN

PAR

AUGUSTE VILLIERS

PARIS

AUGUSTE GHIO, ÉDITEUR

GALERIE D'ORLÉANS, 1, 3, 5, 7

PALAIS-ROYAL

1883

LE
FILS DE L'ASSASSIN

PREMIÈRE PARTIE
LE CRIME DU PÈRE

CHAPITRE PREMIER

LE MÉNAGE VINCENT

Saint-Denis, près Paris, est une ville de fabriques et d'usines ; aussi sa population est-elle presque entièrement ouvrière.

Singulier contraste ! l'ancienne forteresse du cléricalisme, l'abbaye de Saint-Denis et le tombeau des rois de France, sont l'asile des républicains libres penseurs ; le bruit des marteaux et le chant des travailleurs ont remplacé le bruit des éperons des chevaliers et le chant des cantiques.

La ville de Saint-Denis, florissante, n'a pas perdu au change.

Dans une vieille maison de la rue Compoise, maison lézardée et décrépite, comme il en existe encore, étaient venus, vers 1854, s'installer M. Claude Vincent, ouvrier forgeron, et sa jeune femme Louise Ballu ; ils avaient

1

un petit ménage propret, de la jeunesse et beaucoup d'amour l'un pour l'autre.

N'oublions pas un petit garçon du nom de Jacques, gamin vigoureux, qui promettait de manier plus tard, comme son père, le lourd marteau et les blocs de fer rouge.

La femme n'avait pas eu de dot, et le ménage n'avait pas d'économies; mais, bast! Claude avait des bras et il gagnait ses six ou sept francs par jour, ce qui, pour l'époque, était un salaire qu'il n'était pas donné à tout le monde d'obtenir.

Claude était un travailleur hors ligne, et il venait d'entrer comme premier ouvrier dans l'usine de MM. H. Martel père, fils et Compagnie, constructeurs de matériel pour les chemins de fer.

Tout souriait au jeune ménage. L'enfant se portait comme un chérubin; Claude était estimé dans l'atelier, et il songeait au jour où il pourrait aspirer au grade de contre-maître et gagner la pièce ronde de dix francs par jour.

On faisait des rêves d'avenir.

Le petit Jacques irait à l'école et apprendrait ce que le père ne savait pas. Plus tard, il serait commis aux écritures, ou dessinateur, ou bien au bureau technique, et il ne risquerait pas de s'aplatir un pied avec un boulon ou de se faire couper la main avec la cisaille.

Ces rêves-là font du bien aux travailleurs, qui jouissent ainsi par avance du mieux qu'ils procureront à leurs enfants.

C'est ainsi que songeait Claude Vincent, en frappant sur le fer, et il souriait, cet homme, en regardant vers l'avenir.

La mère, heureuse de l'amour partagé, s'appliquait

à bien élever le petit Jacques ; cet enfant-là avait, à ses yeux, mille qualités.

Il était beau et promettait d'être grand et fort, comme son père ; il serait certainement, avec l'instruction, un garçon accompli et deviendrait un monsieur, — mieux que cela, — un homme.

Et la brave jeune femme le regardait avec des yeux tendrement humides et se plaisait à poser sur ce jeune front de ces bons baisers de mère, dont on se souvient toujours.

En un mot, le ménage Vincent était cité dans le quartier comme un ménage modèle.

L'homme jouissait de l'amitié générale à l'atelier ; la femme était estimée, même des voisines ; le petit grandissait sous cette double égide salutaire.

Quelques années passèrent sans rien changer à cette existence, si ce n'est que madame Vincent avait petit à petit grossi son petit pécule, tout en complétant son modeste ménage.

Le noyer avait remplacé le bois blanc ; on avait changé la vieille paillasse pour un sommier, et, pour l'hiver, un édredon s'étalait majestueusement sur la couche de l'ouvrier.

En vérité, ces Vincent ne se refusaient rien.

Le petit livret de la caisse d'épargne, qui avait débuté par une simple pièce de cent sous, allait atteindre le billet de mille.

Hélas ! la médaille allait avoir un revers.

A l'atelier, un ouvrier, qui travaillait à la même forge que Claude, devait être le grain de sable qui ferait crouler l'édifice.

C'était un petit homme trapu, fort, dissimulé, à la voix douce, mais aux passions violentes.

Il possédait des vices qu'il savait cacher à tous ; il avait des besoins insatiables pour satisfaire les passions dont nous avons parlé ; mais il avait surtout le terrible fléau de l'envie.

Il ne pouvait souffrir une supériorité.

Or, Claude était son supérieur par la force musculaire, par l'habileté au travail et par la beauté du torse.

Le petit homme craignait, mais haïssait Claude Vincent ; ce malheureux avait nom Séverin Billou.

Obséquieux, rampant lorsqu'il le fallait, il savait se faire tolérer, sinon aimer.

Maintes fois, il avait cherché à attirer Claude chez le marchand de vin, mais sans y réussir.

Ce n'est pas que Vincent fût prude et qu'il boudât devant un litre, oh ! non. Le courageux ouvrier ne se refusait rien ; il se donnait largement le nécessaire ; seulement, après l'heure du travail, il savait que sa femme l'attendait, son dîner tout prêt, et avec le dîner et la causerie en famille, le repos matériel et moral qui prépare aux luttes laborieuses du lendemain.

Aussi, Claude Vincent, le jour de paie, et ce jour-là seulement, allait au cabaret, payait son écot, buvait un verre et rentrait chez lui, laissant les camarades verser le fruit de leur travail dans le tiroir du commerçant en liquides.

Billou le regardait partir avec un sourire.

Ce sourire-là semblait dire :

— Oui, va, mon bonhomme, fais le fier ; il arrivera bien un moment où je trouverai ton endroit sensible et ce jour-là, tu seras à moi.

Ce jour néfaste ne tarda pas à se présenter.

Le contre-maître annonça un jour qu'il entrait dans

une autre usine, avec une augmentation, et qu'il paierait sa tournée de sortie le soir de la paie.

Claude n'avait jamais songé à supplanter le contre-maître, mais, puisque l'occasion se présentait de monter en grade, il ne voulait pas la laisser échapper.

Dès le lendemain, il pensait à voir M. Martel et à demander l'héritage vacant.

Séverin Billou sortit à l'heure du déjeûner en même temps que Claude et l'accompagna jusqu'à sa porte, lui faisant par avance ses compliments de bienvenue.

— Car, disait-il, vous êtes le premier ouvrier, le plus fort, le plus rangé, et il est impossible que le patron songe à nommer un autre que vous.

Claude acceptait l'encens et, tout en espérant cette élévation, il faisait quelques objections sur sa nomination.

— Ce serait une injustice criante, s'exclamait Séverin, et M. Martel ne la commettra pas.

Il n'alla pas plus loin ce jour-là, mais il revint à la charge, et, après une huitaine, Vincent, poussé par Billou, osa se présenter à M. Martel et, tant bien que mal, posa sa candidature au grade de contre-maître.

M. Martel père reçut fort bien son ouvrier. Il le fit asseoir et le félicita sur son ardeur au travail, sa bonne conduite et son assiduité; mais il ne pouvait prendre seul une décision de cette importance, et il devait en référer à son fils et à ses associés.

— Mon ami, dit-il en terminant, le conseil d'admi-nistration sera saisi de votre demande, et vous pouvez être au moins certain d'avoir ma voix.

Claude Vincent se retira confus de tant de bonté, plein d'espoir et bénissant tout bas Séverin Billou, qui l'avait encouragé à faire cette démarche.

Ce Séverin, qu'il n'aimait pas beaucoup, lui apparaissait sous un nouveau jour. C'était un brave homme calomnié par ses camarades, et il gagnait à être connu.

Ce jour-là, Claude invita Séverin à prendre quelque chose à la sortie, afin de lui conter son entrevue avec ce digne M. Martel ; il se départait de sa sobriété ordinaire, mais il ne pouvait guère faire autrement pour reconnaître un semblable service.

Le premier pas était fait.

Séverin écouta toute la narration avec un sourire de triomphe qui n'était pas exempt d'ironie et d'un grain de jalousie.

Cependant, il sut féliciter son ami de tant de bonheur et ne douta pas un instant de la réussite.

Le lendemain, Billou invita Claude à prendre un verre d'absinthe, pour lui rendre sa politesse de la veille.

Le moyen de refuser ? Billou se serait certainement formalisé d'un refus.

Et puis, après tout, il n'y avait pas grand mal à prendre un seul verre avec un ami.

Louise s'était aperçue du retard causé par ces stations chez le marchand de vin, mais Claude était si heureux, et d'ailleurs il rentrait si calme, qu'il était impossible de lui adresser le moindre reproche.

Toutefois, Billou était inquiet ; Claude allait-il véritablement devenir contre-maître ? Et ce serait lui, Billou, qui aurait aidé à sa nomination !... Il en serait crevé de jalousie.

Il résolut d'aller trouver M. Martel, ce qu'il fit un soir ; et là, sous le prétexte de parler en faveur de Claude, son meilleur ami, il trouva moyen de dire qu'il était incapable d'obtenir la place, puisqu'il ne savait ni lire ni écrire.

M. Martel le remercia et prit, en effet, des renseignements. Il résultait que Claude était complètement illettré et qu'il ne pouvait même déchiffrer les calques sur lesquels il forgeait les pièces. Sa grande force et son habileté au travail devaient disparaître devant cette muraille infranchissable pour lui : — l'instruction !

A la fin du mois, le bruit courut qu'un nouveau contre-maître, venant d'une autre usine, allait remplacer le contre-maître sortant.

Claude n'en voulait rien croire, et Billou le poussait dans son entêtement ; mais il fallut se rendre à l'évidence lorsque le patron, M. Martel fils, vint présenter le nouveau chef à tout l'atelier.

A cette annonce, Vincent eut un éclair de colère dans les yeux et fit deux pas vers M. Martel fils.

Précisément M. Martel s'avançait vers lui.

— Vincent, dit-il, vous passerez ce soir au bureau ; mon père veut vous parler au sujet de la demande que vous lui avez adressée.

Claude respira.

— Bien, Monsieur, dit-il, j'irai.

Le soir, M. Martel lui expliqua, avec beaucoup de bienveillance, que son défaut d'instruction seul avait obligé le conseil d'administration à choisir un autre contre-maître.

Claude resta atterré devant cette déclaration. Disons toutefois qu'au premier moment aucune pensée mauvaise ne germa dans son cerveau ; il comprit même le motif du refus qu'il subissait.

M. Martel ajouta, en manière de compensation, des

éloges, très mérités d'ailleurs, à l'adresse de Claude, et
lui promit une augmentation prochaine.

Claude sortit du bureau comme ferait un homme
ivre qui ne sait plus distinguer dans son esprit la ligne
droite. Devait-il s'incliner devant l'arrêt des chefs ou
s'insurger?

S'il eût agi seul, comme autrefois, il aurait pris le
premier parti, mais Séverin Billou était là.

Le petit homme vit bien, à l'air gêné de Vincent,
qu'il renfonçait un gros mécontentement, et il se réjouit
tout bas de tenir enfin son homme.

Au fond, il lui aurait peut-être été difficile de dire ce
qu'il voulait faire de Claude. Il le voulait voir abaissé,
mais ensuite, il ne prévoyait rien.

Les natures droites et franches, comme celle de Claude
Vincent, résistent longtemps ou tombent tout à coup
brutalement et dépassent alors toutes les prévisions.
C'est ce qui devait arriver dans le cas qui nous occupe.

A la sortie de l'atelier, Claude, soucieux, n'avait parlé
à personne, pas même à Séverin, et, marchant vite, il
semblait vouloir cacher à tous son mécontentement.

Ce n'était pas l'affaire de Billou; aussi n'eut-il pas
de peine à rattraper son ami.

Une pause de deux heures chez le marchand de vin
fut le résultat de cette rencontre.

Le petit homme n'eut qu'à vouloir, pour prouver à
Claude que M. Martel avait commis à son égard la
dernière et la plus criante injustice. Bref, Claude Vincent rentra chez lui ivre pour la première fois.

Sa femme voulut faire une légère remontrance, mais
elle dut se taire devant les paroles brutales de son
mari. La pauvre Louise, pour la première fois aussi,
sentit des larmes monter à ses yeux.

C'en était fait, la paix du ménage était à jamais troublée.

Des jours, puis des mois passèrent. Billou et Vincent étaient devenus inséparables. Ces deux hommes, qui se haïssaient presque naguère, avaient été réunis par le vice, et ils ne pouvaient plus vivre l'un sans l'autre.

Tous les jours ils faisaient de longues pauses chez le marchand de vin, et presque chaque jour l'ivresse terminait la fête.

D'abord, Claude avait ébréché sa paie; puis il en avait fait deux parts égales, une pour la maison, une pour lui.

Deux années étaient à peine écoulées, qu'il ne comptait plus; il rapportait ce qu'il voulait, quelquefois rien.

Louise s'était révoltée plusieurs fois, mais Claude avait le vin mauvais; elle n'obtint que des sottises et des menaces. Elle revint à la charge lorsque son mari était à jeun. Dans les commencements de sa liaison avec Billou, et à plusieurs reprises, Claude avait eu honte de sa conduite et avait promis de ne plus boire; mais, le soir, le tentateur était là, ricanant et disant:

— Tu as peur de ta femme! Allons, donc, mon vieux, moi, si j'étais marié, je voudrais être le maître à la maison!

Il n'y a pas d'insulte plus forte que celle-là pour l'homme sans instruction, et souvent même pour l'homme instruit. On ne sait pas ce que cette pensée: — Etre le maître à la maison! — a fait commettre de fautes aux esprits les plus droits.

Claude refusait, mais bientôt il acceptait un verre, un seul, et les autres suivaient.

Après trois années, Louise dut aller travailler en

1.

ville, Claude n'apportant plus rien de sa paie. Les économies étaient parties avec l'ordre et la paix du foyer. L'enfant allait à l'école lorsqu'il le voulait, car il se trouvait abandonné à lui-même.

Enfin, Billou tenait Claude, et il allait pouvoir en jouer comme d'un instrument docile, qu'il avait eu beaucoup de mal à façonner.

A l'atelier, on s'était vite aperçu du changement survenu dans les allures du premier ouvrier.

Le travail souffrait des ivresses de la veille, et l'exactitude elle-même recevait des accrocs.

Plusieurs fois, le contre-maître avait dû faire des remontrances, puis des menaces de renvoi ; mais comme, en somme, Claude était un des forts ouvriers de l'usine, et qu'il était à la forge depuis sa création, on tolérait encore.

Un évènement devait mettre dans la coupe la goutte d'eau qui devait la faire déborder.

Le nouveau contre-maître vint à quitter l'usine.

Cette fois, Claude Vincent, poussé par Billou, ne se contenta pas de faire une demande modeste pour obte-la place ; il alla trouver M. Martel et lui dit que cette place lui revenait de droit et que, si on lui faisait une deuxième injustice, il quitterait l'usine.

M. Martel fils, auquel il s'adressait, le reçut froidement et poliment et lui dit que réponse lui serait faite en temps et lieu.

A la fin du mois, un autre contre-maître prit possession de l'emploi.

Cette fois, Vincent se crut autorisé à se plaindre ; il prit le chemin du bureau, la colère en tête.

M. Martel fut plus mordant. Il lui répondit que les motifs qui l'avaient fait échouer la première fois subsistaient la seconde, aussi puissants ; il ajouta qu'en plus Claude était devenu un mauvais ouvrier, inexact et débauché, et qu'il devait à ses anciens services de n'être pas renvoyé depuis longtemps.

Claude Vincent reçut le coup en plein orgueil. Il jeta un mauvais regard à M. Martel, mais il se contint jusqu'à ce qu'il eût consulté Billou.

La consultation ne fut pas longue, et ce soir-là, Claude, aviné et serrant la main de Billou, lui dit :

— Je me vengerai !

CHAPITRE II

LE PETIT JACQUES

L'esprit d'un enfant est une cire molle que le sculpteur façonne à son gré.

Le sculpteur, ici, c'est le père ou la mère, ou encore l'instituteur, ce qui explique toute l'attention qu'il faut apporter à bien choisir ce dernier.

L'écolier n'oublie jamais les premières leçons qu'il a reçues, comme les premiers principes qui lui ont été inculqués. Son esprit peut s'élever ou s'abaisser, changer ou se tromper de route : comme le lapin, il viendra mourir à son terrier ; c'est-à-dire qu'il finira comme il a commencé. A l'appui de cette thèse, je ne citerai que Voltaire, le plus grand libre penseur du XVIIIe siècle, venant, après soixante ans de luttes, échouer aux pieds d'un confesseur jésuite.

Les premières années du petit Jacques Vincent furent heureuses et dirigées exclusivement par sa mère. Sous cette douce égide, l'enfant grandissait au moral comme au physique. Sa force, qu'il tenait de son père, le faisait brave ; sa bonté, qu'il tenait de sa mère, le faisait juste. A l'école, il était toujours du côté des petits et des faibles, et malheur à ceux qui ne marchaient pas droit ; son bras robuste était le vengeur redouté.

Jacques ne savait pas mentir et ne comprenait pas que l'on pût déguiser sa pensée.

Il atteignit ainsi sa dixième année, comprenant, sans oser le dire, que sa mère était malheureuse et que son père ne remplissait plus son devoir de chef de famille à leur égard.

Mais, habitué par Louise à respecter Claude, il gémissait tout bas et se taisait. En revanche, il détestait Séverin Billou de toutes ses forces.

Chaque fois que le petit homme se trouvait devant lui, il sentait le rouge de la colère lui monter au front. Ah! s'il avait eu âge d'homme!

Pourtant Séverin était affable pour Jacques; il affectait même une grande amitié pour l'enfant. Il avait deviné que c'était le meilleur moyen de se faire mieux venir de Claude, qui n'avait cessé, au milieu de sa débauche croissante, d'adorer son fils.

Il disait souvent à Billou:

— Si j'en savais autant que ce gamin-là, M. Martel ne m'aurait pas refusé la place de contre-maître!

— Bon, répondait Billou, c'est des bêtises; un ouvrier comme vous vaut mieux que tous les paperassiers que nous subissons. Les maîtres ne savent commettre que des injustices.

— Dans quel intérêt? faisait Claude.

— Bêta! si les ouvriers pouvaient devenir contre-maîtres, ils seraient bientôt patrons; qu'est-ce que feraient alors ces beaux messieurs, qui ne sont pas capables d'être ouvriers?

— C'est juste! disait Claude en vidant son verre.

C'est ainsi que Billou entrait chaque jour plus avant dans l'intimité de Claude.

Le petit Jacques sentait cela, mais qu'aurait-il fait?

Son père rentrait tous les soirs ivre, soit avec Billou, soit seul. Sa mère, la pauvre Louise, allait en journée chez les autres et rentrait quelquefois tard. Jacques était presque abandonné à lui-même.

Lorsqu'il voyait sa mère pleurer, il la prenait par le cou et cherchait à la consoler par ses baisers ; mais l'enfance ne peut pas toujours être triste, et Jacques, pour s'égayer, avait pris souvent la clé des champs.

L'école commençait à lui sourire moins et les devoirs en souffraient. Les livres traînaient par la chambre.

Arriva le moment de la première communion.

Claude déclara résolument que Jacques n'irait pas au catéchisme et qu'il ne donnerait pas un sou pour le costume obligatoire et l'église.

Il accompagna cette défense d'une foule de jurons et de menaces. Louise lutta en vain. Elle essaya de ruses en envoyant Jacques au catéchisme sans le dire à son mari, mais Billou surveillait ; Claude apprit le subterfuge, et la mère dut céder.

Jacques ne fut nullement peiné de cesser ses visites à l'église : c'était du travail de moins.

Il entrait dans la voie que le père avait tracée et qui pouvait le mener au dernier échelon de l'échelle sociale, échelon qui conduit à l'échafaud.

Les mauvaises connaissances sont faciles à faire, surtout pour les enfants. Jacques ne tarda pas à faire partie d'une bande de mauvais sujets, et qui sait ce qu'il serait advenu, si d'une part il n'avait pas eu, dès le commencement de sa courte existence, de bons principes, et s'il n'était pas survenu un évènement important qui devait changer le cours des choses.

Un soir, et cela quelques jours après que Claude

avait dit : « Je me vengerai ! » le mari de Louise rentra complètement ivre.

Il titubait, il roulait des regards à droite et à gauche, cherchant un prétexte à injure. Sur qui tomberait sa colère ? Hélas ! sur la pauvre victime qui cédait toujours pour détourner l'orage.

Louise était revenue de son travail fatiguée et, par une fatalité trop souvent justifiée, sans argent.

Le repas, modeste toujours depuis quelques années, était ce soir-là arrosé d'eau pure.

L'œil de Vincent aperçut les verres veufs de leur boisson rouge. C'était un prétexte excellent.

— Depuis quand, dit-il, ne boit-on plus de vin ici ?

Louise répondit imprudemment :

— Depuis que tu en bois trop dehors.

Claude ne s'attendait pas à cette réponse virile. Il leva le poing, mais ne l'abattit pas sur la table.

Il fit péniblement deux tours dans la chambre. Son silence était plus menaçant que sa fureur.

Jacques portait en ce moment son verre à sa bouche. L'ivrogne s'en saisit et le lança vers le mur, où il se brisa.

— Je te défends de boire ça ! gronda-t-il.

Jacques se leva effrayé. Jamais son père ne s'était livré à des voies de fait.

Madame Vincent entoura son fils d'un de ses bras et lui dit tout bas :

— N'aie pas peur, mon mignon, il va se calmer.

Vincent comprit et s'exalta davantage.

Les hommes pris d'ivresse ont toujours une idée fixe. Celle de Claude, ce jour-là, était une aversion profonde pour l'eau que buvaient les autres.

— Je veux du vin sur ma table, reprit-il, allez en chercher.

Et, comme Louise et Jacques ne bougeaient pas :

— Tonnerre de Dieu ! suis-je le maître ici ?...

— Oui, mon ami, dit Louise; mais, pour avoir du vin, il faut de l'argent.

— Eh bien ! de l'argent... est-ce que tu n'en as pas ?

— Tu ne m'as rien donné depuis deux mois.

— Tu en as menti...

— Claude, je te jure...

— Tais-toi, c'est aujourd'hui la fin du mois et tu as reçu ta semaine.

— Je n'ai pas un sou, et Jacques peut te le dire...

— C'est un coup monté ; je veux boire et je boirai, ou je f... toute la boutique en l'air... J'attends un ami, et ce n'est pas comme cela que je veux le recevoir.

— Un ami ! fit Louise, encore ce Billou...

— Et puis, après... vas-tu le mépriser, celui-là ? Je crois qu'il m'a rendu assez de services pour que tu ne lui fasses pas la grimace. Çà, dépêchons, et que ça ne traîne pas... du vin !

— Mon Dieu ! fit la pauvre Louise, comment faire ? Les marchands refusent le crédit...Oh ! je voudrais être morte !

Jacques, debout, écoutait cette scène, pâle, inquiet, les poings crispés ; tout le sang généreux dont il avait été nourri bouillonnait dans ses veines... ; il sentait qu'il touchait à un moment suprême de la vie... il attendait...

Claude, de son côté, marchant toujours à travers la chambre, renversant une chaise ou brisant quelque chose, cherchait à se monter pour se livrer à quelque action inusitée.

Louise, à bout de forces, terrifiée, ne savait si elle devait rester ou fuir.

Tout à coup la porte s'ouvrit, et Séverin Billou parut portant sous chaque bras un litre de vin.

— Me voici, dit-il, et comme vous le voyez, mes amis, je ne suis pas seul !

A la vue du petit homme et des litres, Vincent s'arrêta et, se tournant vers sa femme, lui dit :

— C'est un affront que je subis et que je ne te pardonnerai pas.

Et il se mit à table en invitant Billou à se placer en face de lui.

Louise et Jacques restaient immobiles près du lit, dans le fond de la chambre.

Billou s'empressa de verser à boire.

— Madame, dit-il galamment, en se tournant vers Louise, à votre santé.

— Merci, monsieur, répondit Mme Vincent, sans bouger de la place qu'elle occupait.

Claude roula ses mauvais yeux du côté de sa femme.

— Pourquoi ne bois-tu pas ? dit-il brutalement.

— Parce que je n'ai pas soif.

Il se contint un instant, puis reprit :

— Pourquoi ne manges-tu pas ?

— Je n'ai pas faim.

Claude se leva à demi, mais Billou l'arrêta d'un geste :

— Il ne faut forcer personne, dit-il.

— Soit, reprit Vincent, dont la colère débordait, mais si la femme n'a pas faim, le *gosse* peut manger, lui.

Jacques regarda sa mère comme pour lui demander ce qu'il devait faire.

— Va, lui dit Louise, c'est ton père, obéis.

Jacques vint donc se placer entre les deux amis ;

mais, instinctivement, il laissait un plus grand vide entre lui et Billou qu'entre son père et lui.

Billou profita de l'apparition de l'enfant pour remplir le verre de Claude, ne versant que quelques gouttes dans le sien, qu'il avait d'ailleurs à peine effleuré de ses lèvres.

Le repas ne fut pas long; à part les deux litres, la pitance était maigre, et les convives n'avaient pas un bien grand appétit.

Louise, toujours près du lit, assise, la tête dans ses mains, laissait échapper quelques larmes brûlantes, qu'elle s'efforçait en vain de retenir.

Quelque chose de lourd et de sombrement lugubre semblait planer au-dessus des personnages rassemblés dans cette chambre.

C'était peut-être le cœur de Louise qui était le moins oppressé, car aucun remords ne venait l'assaillir.

Billou, cela se sentait et se devinait à l'air calme qu'il affectait, jouait son dernier atout. Cet homme n'était pas né pour le mal, il était le mal en personne.

Son regard oblique allait du verre de Claude au modeste coucou qui faisait son tic-tac dans un coin. Il se disait : L'heure marche et l'ivresse augmente !

Pour quelle fatale besogne, prochaine sans doute, excitait-il cette ivresse terrible ?

Nous le saurons bientôt.

Claude, alourdi par le vin, aveuglé par la colère contenue, laissait échapper par instants des paroles dont le sens, incompréhensible pour tous, devait être terrible pour Billou, car aussitôt le petit homme détournait la conversation.

Qui aurait pu dire ce que pensait Jacques ?

Billou n'oubliait pas son verre, et l'enfant, habitué à

l'eau de la Seine, sentait son cerveau s'échauffer. Il sentait venir un malheur, et son regard allait de son père menaçant à sa mère craintive.

Il se sentait capable de prendre sa pauvre mère dans ses bras et de se sauver avec elle.

Ils vivraient tous deux n'importe où ! Il travaillerait. N'était-il pas jeune ? L'avenir était à lui !

Il existe toujours une heure où l'enfant, d'un coup, sans transition, devient un homme. Cette heure, précoce pour Jacques, allait sonner.

C'est dans ces dispositions respectives que Billou s'écria :

— Allons, il faut partir, un dernier verre !

— Oui, dit Claude, un dernier, et à celui-là, personne ne refusera de trinquer ? j'espère.

Louise resta immobile.

— M'entends-tu ? reprit l'ivrogne.

Le silence accueillit cette demande.

— Tonnerre de Dieu ! fit Claude en frappant la table d'un coup de poing formidable.

Louise voulut se lever, mais les jambes lui manquèrent, et elle retomba sur sa chaise en dévorant un sanglot.

— Père, commença Jacques...

— Toi, fiche-moi la paix et mêle-toi de ce qui te regarde.

Et il repoussa brusquement son fils.

Billou regardait sournoisement la scène, en battant la mesure avec sa fourchette.

Claude se leva trébuchant, les yeux injectés de sang, ne se connaissant plus.

— Elle boira, hurla-t-il.

Et il avança vers sa femme, anéantie et muette de

peur, l'injure à la bouche et le poing menaçant. Dans l'autre main, il tenait le verre de Louise.

— Veux-tu boire ça ! râla-t-il encore.

Les lèvres de la malheureuse remuèrent, mais aucun son ne sortit de sa bouche.

Claude leva sur elle le verre, prêt à l'en frapper.

Mais alors un cri sourd se fit entendre ; un corps se dressa entre Claude et sa femme, et l'ivrogne, poussé par une force imprévue, alla roula au milieu de la pièce.

Jurant, l'écume à la bouche, il se releva, et devant lui, debout, pâle, mais décidé, il vit Jacques qui l'attendait, un couteau à la main.

Quant à Louise, elle s'était évanouie.

Claude, à la vue de son fils, hésita un instant, mais le couteau lui rendit toute sa colère.

— Ah ! c'est comme cela, dit-il, eh bien ! je vais vous tuer tous les deux.

Il fit un pas vers Jacques et voulut saisir le bras qui serrait l'arme ; mais le petit tenait du père, et le bras se raidit, tandis que, de l'autre, l'enfant fit encore trébucher l'agresseur.

Vincent revint une troisième fois à la charge. Cette fois, Jacques leva le couteau, et le parricide allait être consommé, ce qui ne faisait sans doute pas le compte de Billou, car il s'interposa vigoureusement en séparant les adversaires.

Cette lutte avait en partie dégrisé Claude.

— Ma foi, dit-il, je ne suis pas fâché de ce qui vient de se passer ; le petit sera un lapin.

— Et un fier, ajouta Séverin ; puis il dit deux mots tout bas à Claude.

— C'est vrai, fit celui-ci, il est temps, partons !

Et, se tournant vers Louise inanimée :

— Ah ! tu n'as pas d'argent? Eh bien, demain tu en auras !

Et il sortit, entraîné par Billou.

Les dernières paroles de son père frappèrent Jacques. Il se pencha vers sa mère, qui reprenait connaissance, l'aida à monter sur son lit et la regarda s'endormir.

Puis, il souffla la lampe et s'esquiva sans bruit.

— Il faut que je sache, murmura-t-il ; je saurai !

CHAPITRE III

AU LAPIN QUI FUME.

Jacques descendit dans la rue sans faire de bruit. Arrivé là, il se prit à réfléchir.

Evidemment son père, poussé par Billou, allait commettre quelque mauvaise action; il devait le suivre et au besoin l'en empêcher.

Ceci une fois résolu, il s'agissait de savoir où se trouvaient les deux complices.

Jacques n'était pas sans avoir vu souvent son père au cabaret, et il connaissait ceux où il faisait ses stations habituelles.

Il en visita deux ou trois sans succès.

Les deux compères avaient donc intérêt à se cacher.

Il restait l'établissement de vins-traiteur situé près de l'usine Martel, où les premiers litres avaient été bus dès le commencement de la fréquentation de Claude par Billou.

Jacques y fut en dix minutes. Il regarda par la porte entrebâillée et ne vit personne dans la boutique. Il était en ce moment dix heures du soir, et les ouvriers étaient allés se reposer depuis une heure déjà.

Il s'adressa alors au marchand de vins, qui lui répondit que son père n'était pas venu ce soir-là, en sortant de son travail, et contre son habitude.

Jacques était déconcerté.

L'usine Martel était située sur la route de Paris, avant d'entrer à Saint-Denis, et s'étendait en profondeur dans les terrains se trouvant entre le chemin de fer du Nord et le canal Saint-Denis. La clôture du fond donnait sur un petit chemin communal qui conduit au moulin de Saint-Denis, le même que devait prendre plus tard le fameux Billoir pour aller jeter à la Seine les restes de sa victime.

Dans ce chemin, et près du canal, existait à l'époque dont nous parlons, — nous sommes en 1862, — une espèce de cahutte en planches et colombage, cabaret borgne, mal tenu et mal hanté, qui portait au-dessus de sa porte ces mots :

AU LAPIN QUI FUME

VINS ET LIQUEURS

Et au-dessus on voyait, majestueusement assis, un animal ressemblant vaguement à un lapin et tenant une pipe entre ses dents.

Cette peinture, qui n'avait rien d'artistique, était l'œuvre du maître de l'établissement, qui avait été autrefois apprenti peintre en bâtiment.

Jamais Claude n'allait dans ce lieu désert et éloigné; cependant Jacques, à bout de recherches, résolut d'aller jusque-là. Il n'aurait ainsi rien à se reprocher.

Le chemin était sombre, la nuit sans étoiles, mais à quatorze ans on a de bons yeux, et le pauvre enfant avait une excellente raison pour ne pas craindre les voleurs.

Il se risqua donc.

Revenons un instant sur nos pas et suivons Claude et Billou.

Nous avons dit que Claude était un peu dégrisé par la scène qu'il avait eue chez lui. Il descendit d'un pas presque ferme et suivit Billou sans rien dire. L'air frais de la nuit contribua à chasser les vapeurs malsaines accumulées dans son cerveau.

Le petit homme descendit vers la gare du chemin de fer et longea le canal en le remontant vers Paris. Vincent le suivit sans faire d'objections, bien que ce chemin fût inusité. Billou alla d'ailleurs au-devant de la question en disant :

— Par ce côté, nous ne serons vus de personne de connaissance.

Au bout de dix minutes de marche, les deux hommes arrivaient derrière l'usine Martel, près de la maison à l'enseigne du *Lapin qui Fume*.

Claude n'était jamais entré dans ce bouge, mais Séverin connaissait la maison sans cependant y être connu ; ils entrèrent.

Ils avisèrent une table dans le fond, à l'abri des regards indiscrets et surtout des oreilles trop attentives.

Claude s'assit. Sa colère avait fait place à une sorte d'inquiétude qu'il ne pouvait maîtriser.

La marchande de vin, une grosse femme de quarante ans environ, au teint couperosé, aux mamelles puissantes et aux cheveux filasse, se leva en voyant ces nouveaux clients et leur dit d'une petite voix mielleuse, qui contrastait singulièrement avec la grosseur de la tête :

— Que faut-il servir à ces messieurs ?

— Un litre, et du meilleur, répondit Billou.

— Alors, un litre à seize, fit la femme comme à elle-même.

Elle alla aussitôt à la cave et tira un litre à l'unique tonneau qui s'y trouvait; puis elle prit une carafe préparée pour la circonstance et versa quelques gouttes d'eau dans le litre.

Le vin à dix, douze, quatorze et seize différait simplement par la quantité d'eau que la brave femme y ajoutait.

Elle mit le litre sur la table et retourna à son comptoir, où chaque soir, sous le prétexte de tricoter des bas à son époux, elle faisait un somme peu souvent interrompu.

Le mari, qui buvait sec toute la journée et qui se levait de bonne heure, était déjà couché.

Nos deux personnages étaient donc à peu près seuls.

Billou, toujours méfiant, ne commença pas aussitôt la conversation; il attendit que la respiration régulière de la marchande lui eût appris qu'elle sommeillait doucement.

Alors, il dit à Claude :

— Ainsi, c'est bien entendu, c'est pour ce soir.

— Il le faut bien, puisque tu le veux, répondit Vincent.

— Un instant, reprit vivement Séverin; à vrai dire, moi je ne veux rien du tout.

— Comment, ce n'est pas toi qui...

— Ecoute-moi bien, et qu'il n'y ait pas de malentendu.

— Je t'écoute.

— Vois-tu, reprit hypocritement le petit homme, moi je suis seul : pas de femme ni d'enfants ; mon travail me suffit pour vivre et même pour payer un litre de temps à autre à un ami.

Claude fit un mouvement.

— Oh ! je ne te le reproche pas, c'est seulement pour te dire que, si ce n'était que pour moi, j'en resterais où j'en suis ; mais il s'agit de toi, et alors mon amitié souffre de te voir pour toujours à la chaîne.

— Pourtant, fit Vincent, autrefois, je suffisais aussi aux besoins de la femme et de l'enfant.

— Oui, avant l'injustice, reprit vivement Billou ; quand je songe à cela, je dis que ce maître-là a été bien coupable et que ce que nous allons faire n'est qu'une juste revanche.

Claude baissa la tête.

— Tu nommes cela revanche, toi ; c'est toujours un vol.

— Oui, pour le public et les imbéciles ; mais, pense un peu, avec cet argent, tu peux rendre la santé à ta femme, qui est vraiment malade.

— Tu crois que Louise?... C'est le chagrin.

— Non, c'est la faim.

— La faim, oh ! tonnerre, si je savais cela...

— Puisque je te le dis. Tiens, bois un coup.

— La faim ! murmura Claude, tandis que là on remue l'or à pleines mains !...

— C'est comme ça, mon petit. Aux riches les plaisirs, aux gueux la besace... Et on parle d'égalité !

Le bien et le mal se heurtaient dans la tête de Claude Vincent, mais le mal devait triompher, car il avait en Séverin Billou un puissant acolyte.

Séverin vit bien que Claude hésitait encore ; il remplit de nouveau le verre de son complice et poursuivit :

— Tu comprends donc qu'il est impossible de laisser ta femme dans la situation où elle se trouve et ton fils, sans état, abandonné à lui-même.

— Jacques sera un bon ouvrier.

— Raison de plus pour faire quelque chose pour lui.

—Tu as raison. Et combien penses-tu qu'il y ait dans cette caisse ?

Billou s'approcha de Claude et lui dit tout bas :

— Cinquante mille francs !

Claude tressaillit et ferma les yeux malgré lui.

En ce moment la porte s'ouvrit, et Jacques apparut sur le seuil.

En apercevant l'enfant, les deux hommes se levèrent ensemble comme mus par un même ressort.

Claude se crut épié et surveillé.

Billou plissa le front et eut un mauvais sourire ; mais il reprit sa place en faisant signe à Claude de ne pas faire de bruit.

Jacques avança résolument vers les deux hommes.

La marchande, éveillée, leva la tête et aperçut l'enfant.

— Donnez un verre, dit Jacques.

La maîtresse du *Lapin qui fume* s'empressa d'obtempérer à ce désir.

Vincent dit alors à son fils :

— Que viens-tu faire ici ? que veux-tu ?

— Rien, répondit Jacques ; tu veux que j'apprenne à boire, et je suis venu trinquer avec toi.

Billou s'empressa de verser du vin à l'enfant et lui dit :

— Bien, mon ami, tu seras digne de ton père.

Claude restait sombre.

— Et ta mère ? fit-il avec effort.

— Maman va mieux ; je l'ai aidée à se coucher, elle dort.

— As-tu remarqué si elle est malade, depuis quelque temps ?

— Mère n'est pas malade, dit Jacques.

— Comment, elle n'est pas malade ?

— Non, elle est triste à cause du chagrin qu'elle a.

— Quel chagrin ?

Jacques ne répondit pas à cette question ; il continua :

— Et puis, autre chose !

— Quelle chose ? voyons, parle.

Billou souriait attentif.

— Je veux que tu me dises tout, repartit Claude. Ta mère se plaint de moi, n'est-ce pas ?

Jacques fit un signe de tête.

— Elle dit que je ne lui donne pas d'argent.

Nouveau signe.

— Elle a faim, peut-être... fit Claude à voix basse.

— C'est-à-dire, reprit Jacques, que l'argent qu'elle gagne, elle le dépense pour moi, afin que je mange mon content ; elle prend le reste pour elle... quand il y en a.

— Qu'est-ce que je disais ? hasarda Billou.

Les yeux de Claude étaient rouges, comme si le sang devait en sortir.

Deux larmes brûlantes s'en échappèrent.

En une seconde, il sonda le précipice qui s'était creusé entre sa vie d'autrefois et celle d'aujourd'hui.

Ce souvenir, qui aurait dû le sauver, acheva de le perdre.

Revenir au bien par la porte honnête, c'était long et difficile. Une catastrophe était inévitable.

2.

— C'est pour me dire cela que tu es venu? demanda-t-il à son fils.

— Non, dit Jacques, mais pour te dire que je peux et que je veux gagner ma vie. A partir de demain je travaillerai.

— Où et à quoi ?

— Demain matin, j'irai avec toi à l'usine ; je veux être forgeron.

— Bravo ! s'écria Billou, sans laisser à Claude le temps de la réflexion ; le petit a raison.

Et, lançant à Vincent un regard significatif, il ajouta :

— Demain, tout s'arrangera, et pour le mieux encore. C'est moi qui me charge de voir le contre-maître. Eh ! la mère, un litre, s'il vous plaît ; il faut fêter les bonnes résolutions.

Le litre arriva, et Billou remplit les verres.

Cette fois il versait plus dans celui de Jacques que dans celui de son père.

Il avait son idée.

Claude était suffisamment échauffé pour se laisser conduire par son complice, mais il fallait aussi le ménager, car, s'il buvait trop, on risquait de faire avorter l'affaire. D'un autre côté, Séverin était trop rusé pour croire un seul mot de ce qu'avait dit Jacques. L'enfant avait suivi leurs traces et ce n'était pas pour boire ; puisqu'il était venu, il fallait s'en débarrasser à tout prix. L'ivresse était un moyen.

C'était d'ailleurs le seul pratique pour le moment.

Le litre fut bientôt vide, et Billou en redemanda un autre que l'hôtesse s'empressa d'apporter pour reprendre son somme interrompu.

La conversation languissait, lorsque Jacques, qui

avait pris un journal sur la table, se mit à dire tout à
coup :

— Tiens, celui qui a assassiné la femme d'Epinay,
vous savez, il y a six mois...

— Oui ; après ?... fit Billou.

— Eh bien, il est condamné à mort !

Claude fit un brusque mouvement.

— Il avait volé, dit-il d'une voix sourde.

— Oui, reprit Jacques ; il avait pénétré chez la vieille
par le jardin. Il dit lui-même qu'il ne voulait que prendre l'argent. Une fois entré, la bonne femme a entendu
du bruit, elle a crié au secours ! Alors, se voyant pris,
il lui a serré la gorge pour la faire taire et il lui a cassé
la tête d'un coup de marteau.

Claude pâlissait à vue d'œil.

— Tais-toi, fit-il à son fils, je n'aime pas ces his-
toires-là.

— Bon, qu'est-ce que ça fait ? reprit tranquillement
Billou ; il a tué et il a été assez bête pour se faire prendre : il n'a que ce qu'il mérite.

— Un autre y serait pris comme lui, dit Claude.

— Allons donc ! fit Billou.

Et, changeant la conversation, qui prenait une mauvaise tournure pour ses projets :

— Laisse ton journal, petit, dit-il ; et, puisque tu es
venu pour apprendre à trinquer, à ta santé !

On choqua les verres, et le contenu disparut d'un
seul coup.

Onze heures sonnèrent.

Jacques n'avait jamais bu beaucoup de vin, il ignorait les effets de l'ivresse ; et, comme il percevait nette-
ment les sons, qu'il distinguait clairement les objets,
il était loin de supposer que sa raison chancelât.

Le vin qu'il avait bu au dîner, surchargé par celui du cabaret, commençait à danser dans son cerveau.

Un dernier litre vint parachever l'ouvrage de Billou.

A onze heures un quart, Jacques sentit comme une lourdeur à la tête ; il s'accouda sur la table, et cinq minutes après un ronflement sonore vint affirmer qu'il n'y avait plus rien à craindre de lui.

Alors Billou se leva.

— Partons, dit-il, il est l'heure.

— Et Jacques ? fit Claude.

Jacques est bien ici ; il en a pour jusqu'à demain matin, ne le réveillons pas.

Il alla au comptoir et tira la marchande par la manche.

— Chère Madame, dit-il, voici les quatre litres à seize, plus vingt sous pour le coucher de cet enfant. Nous sommes de Paris, et il est impossible de le porter jusque-là. Demain matin il viendra nous retrouver. Je vous remercie d'avance.

— Pauvre petit, fit la marchande, il a donc beaucoup bu ?

— Non, seulement il n'en a pas l'habitude.

Et Billou sortit avec Claude, laissant la marchande fermer sa boutique.

CHAPITRE IV

LES RAISONS DE SÉVERIN BILLOU

Les deux hommes s'enfoncèrent rapidement dans le chemin, en longeant la palissade de l'usine et se dérobant aux regards curieux de la marchande de vin. Ils firent trente pas en silence, puis Claude dit brièvement à son compagnon :

— Où allons-nous et que faisons-nous ?

Billou jeta un regard autour de lui et, ne voyant rien de menaçant dans l'obscurité, il répondit :

— Eh bien ! je vais où nous sommes convenus d'aller.

— Pour prendre l'argent ?

— Tais-toi. Il ne faut jamais dire ces choses-là.

— Qui veux-tu qui nous entende ? Il n'y a personne à cette heure de ce côté.

— Ton fils nous a bien trouvés ; un autre peut en faire autant.

— Ecoute, reprit Claude, je crois que décidément nous allons faire une bêtise.

— Sans doute, nous allons partir les mains vides.

— Possible, mais l'esprit tranquille.

— Allons donc ! que crains-tu ?

— Je crains tout.

— Mais encore... Tout ça n'est rien.

— Je crains le vol d'abord... les difficultés ensuite.

— Je crains seulement qu'il ne réussisse pas si tu hésites, ajouta Billou ; quant aux difficultés, il n'y en aura pas.

— Si tu te trompais ?

— C'est impossible : j'ai pris toutes mes précautions, je suis certain de n'avoir rien oublié.

— Bon. Mais il peut survenir quelqu'un.

— A cette heure ? Tout le monde dort à la maison bourgeoise.

— Le portier ?...

— Est à plus de cent mètres des bureaux, et il éteint à onze heures.

— Le bruit, s'il faut briser la caisse.

— On ne brise pas, on ouvre.

— On ouvre... c'est facile à dire.

— Et à faire, lorsqu'on a une clef.

— Et cette clef ?

— Je l'ai dans ma poche.

— Les caisses à secret s'ouvrent avec une clef, mais lorsqu'on a le mot sur lequel on a fermé la serrure.

— Et si je te donne le mot ?

— Ah !... ce sera alors plus facile, mais...

— Encore un mais...

— Oui. Si la somme est en monnaie, comment la porter ? Tu sais que pour la paie la maison prépare les comptes de chacun.

— Je sais ce qu'il y a en caisse. Vingt mille en billets de cent francs, vingt mille en or et dix mille francs en argent, cent vingt livres en tout ; pour toi, c'est peu de chose.

— Bien, mais pour contenir tout cela ?

— J'ai un sac.

Claude resta un instant silencieux.

— Tout à coup un bruit se fit entendre derrière la palissade. Claude s'arrêta court.

— Il y a là quelqu'un, dit-il tout bas.

— Je le sais, répondit Billou.

— Qui est-ce donc ?

— C'est Pluton, le chien de l'usine.

— Le terre-neuve si méchant ?

— Lui-même.

— Tu le vois, au premier pas que je ferai dans la cour, il se jettera sur moi en aboyant. Tu n'as pas songé à cela ?

— Si, dit Billou ; Pluton me suit en ami, et tu vois qu'il ne dit rien ; il est du complot depuis long-temps.

— Je n'ai pas envie de rire, murmura Claude.

— Et moi, je ne ris pas, répondit sèchement Billou.

— Pourtant, hasarda encore Vincent, si j'escalade cette palissade, le chien ne me laissera pas faire ainsi.

— Non, mais tu n'escaladeras pas ; tu entreras de plain-pied, et le chien ne songera pas même à te rien dire.

— Tu es donc le diable ?

— Non, mais je suis prudent.

— Ça, je le sais.

— Ecoute un peu. Lorsque le vol a été résolu, je me suis occupé de mener la chose à bien. J'y ai mis le temps ; mais tu comprends, je voulais réussir ; on ne recommence pas deux fois ces choses-là.

— Non, c'est assez d'une ! fit Claude.

— Aussi, je n'ai rien ménagé. Le plus difficile était de captiver la confiance de Pluton. Depuis deux mois, toutes les nuits, je viens ici, je dévisse une planche de cette palissade, fermée pour tous, ouverte pour moi, et j'offre au chien un bon morceau de viande. Les premiers jours, il grognait, mais il mangeait la viande ; au bout de huit jours, je le flattais ; au bout de quinze jours j'entrais sans crainte ; maintenant c'est un allié inoffensif. J'ai du pâté là, sous mon bras.

Vincent écoutait Billou avec une attention mêlée d'admiration.

— Je n'aurais jamais pensé à cela, moi !

— Ce n'est pas tout. Te voilà dans la cour et devant le bâtiment où se trouvent les bureaux et la caisse.

— Oui, c'est là que je m'embarrasse.

— Pas difficile encore. J'ai pris les empreintes des serrures, et tu comprends qu'il ne m'a pas été difficile de fabriquer des clefs qui vont supérieurement.

— Sans doute, mais la caisse...

— Pour la caisse, même jeu. Seulement le travail a été bien plus long et bien plus difficile.

— Et toutes ces clefs?

— Je te les donnerai tout à l'heure. Arrêtons-nous derrière cet arbre, nous sommes arrivés à la planche dévissée.

Ils s'arrêtèrent sous les branches, et le chien s'arrêta comme eux, flairant son repas nocturne et habituel.

— Maintenant, reprit Billou, suis bien mon raisonnement.

— Oui, tu as toujours raison.

— Tu connais les bureaux aussi bien que moi ; tu sais où est la caisse ; tu entres donc et tu mets les quatre vis sur les lettres qui forment le mot magique.

— C'est ce mot-là qu'il faut savoir.

— Je le connais. Tu sais que mon neveu est employé aux écritures.

— Sans doute.

— J'ai su par lui que ce mot était changé toutes les semaines. Ordinairement il n'y fait pas grande attention, mais cette fois il est arrivé que, comme le caissier avait épuisé à peu près tous les mots de quatre lettres, il a eu l'idée de tirer ces lettres au sort, et il est sorti *Léon*, qui est précisément le nom de mon neveu. C'est ainsi qu'il l'a su, et c'est pourquoi il faut faire le coup ce soir ou jamais.

— Et toi, que feras-tu ? demanda Vincent.

— Moi, mais il me semble que j'ai déjà fait quelque chose ; je resterai dans la cour pour faire le guet, mais surtout pour causer avec Pluton qui, sans ma présence, pourrait te jouer un mauvais tour.

— Que ferons-nous après le coup ?

— Tu apporteras l'argent dans le sac et ensuite nous irons l'enterrer ensemble. Il faut savoir nous modérer pendant quelque temps. Demain, tu viendras au travail et à la paie, comme tout le monde et comme moi. Nous ne ferons pas la noce une heure de plus, et quand nous trouverons le joint pour décamper, nous partirons. Comme cela, personne ne pourra nous soupçonner.

— Tout cela est bien arrangé, fit Claude à demi vaincu.

— Et tu ne dois plus hésiter.

— C'est-à-dire que, si ce n'étaient ma femme et le petit...

— Encore?... Comment le sauront-ils ?

— Jacques se doute de quelque chose.

— Je ne dis pas non, mais il ne dira rien contre son père.

— Sans doute... Cependant, s'il savait jamais que j'ai volé...

— Les enfants n'approfondissent pas tout. Dans quelques jours il aura oublié sa méprise de ce soir.

Mais Claude hochait encore la tête.

Au fond de son âme, sa vieille probité se révoltait.

L'instant était décisif.

Billou comprit ce qui se passait dans l'esprit de son camarade et frappa le dernier coup.

— Voyons, dit-il brusquement, c'est tout ou rien. La vie de ta femme, l'avenir de ton garçon, la fortune d'un côté et la misère de l'autre. Tiens, voici les clefs.

Claude fit un effort.

— Donne, dit-il, et en avant !...

— Enfin !... murmura Billou en sortant un paquet de clefs de sa poche. Tiens, voici celle d'entrée du pavillon, puis celle du bureau. Je les ai attachées ensemble, tu ne peux pas te tromper.

— Oui, celle de la porte du dehors est la plus grande.

— C'est cela. Voici celle de la caisse. Elle est petite, prends garde de la perdre. N'oublie pas le mot.

— *Léon*, je me souviendrai.

— Maintenant, voici le sac.

— Je le tiens. Est-ce tout ?

— Oui, je me charge du reste.

— Et une arme ? fit tout bas Claude.

— Pourquoi faire ?

— Que sais-je ? Si on me surprenait...

— Inutile et dangereux. Comprends ceci : pas d'arme, pas de préméditation ; pas de témoins non plus, ni par ceux qui l'ont vendue ou connue, ni par le lieu où on la trouve. D'un coup de poing tu assommerais un bœuf, à plus forte raison un homme. Ça ne fait pas de bruit et c'est propre.

Claude était subjugué par cet homme, qui pensait à tout.

— Allons, ajouta Billou, voilà minuit, c'est l'heure.

Les deux hommes sortirent de l'ombre de l'arbre, et Séverin se mit en demeure de dévisser la planche, ce qui fut fait en un instant.

Pluton le regardait faire en silence, mais attentif.

Aussitôt la planche levée, le chien s'élança dehors, mais il s'arrêta court devant Claude Vincent et gronda sourdement.

Claude fit instinctivement un pas en arrière. Il voyait dans la nuit les deux gros yeux du chien briller comme deux lumières.

Alors Billou lui parla, et le chien se laissa flatter ; il remua la queue en signe de satisfaction.

— Pars, dit Billou à Claude, je réponds de tout maintenant.

Un instant après, Pluton était attablé après la pâtée que lui donnait lentement le prudent Billou.

Cependant Claude Vincent avait franchi la palissade ; il avait maintenant les deux pieds dans le crime.

Le cœur lui battait plus fort qu'à l'ordinaire, et des lueurs passaient devant ses yeux.

Il marchait lentement, écoutant le moindre bruit et

s'arrêtant soudain, lorsque son pied faisait craquer un grain de sable.

Si tout à coup une lumière eût paru, il fût tombé foudroyé.

C'est donc presque chancelant qu'il arriva au pavillon où se trouvait la caisse.

Il jeta un regard troublé autour de lui, et, ne voyant rien, n'entendant aucun mouvement dans la loge, il se remit un peu, passa la main sur son front et fut surpris de le sentir mouillé de sueur.

Il n'eut pas cependant la pensée de retourner en arrière. En effet, qu'aurait dit Billou? Le petit homme avait sur lui un empire réel et incontesté.

Billou était la tête, Claude était l'instrument. Une fois façonné, il n'avait plus qu'à obéir, et il obéissait.

Il tira les deux clefs de sa poche et, pour choisir la plus grande, il s'aperçut qu'il les choquait l'une contre l'autre par un tremblement nerveux.

Il mit une minute à s'assurer qu'il ne se trompait pas et mit la clef dans la serrure.

Le pêne joua deux fois sous la pression, et la porte s'ouvrit.

Claude entra, laissant la porte ouverte. L'obscurité du vestibule était complète, mais il connaissait parfaitement la topographie des lieux où il se trouvait.

En tâtonnant un peu, il parvint à la porte de la pièce qui contenait le but de ses désirs : la caisse.

Là, le même tremblement le reprit. Il se maîtrisa pourtant et parvint à mettre la seconde clef dans la serrure.

Il lui sembla alors entendre quelque chose d'insolite.

Un chien avait aboyé du dehors, et Pluton répondait dans le lointain, évidemment retenu par Billou.

Claude proféra intérieurement une imprécation contre la race canine et resta immobile dans le vestibule.

Cinq minutes se passèrent ainsi, cinq minutes qui lui parurent des heures. Enfin, le silence se rétablit.

Il reprit sa ténébreuse besogne, et la clef tourna dans la serrure.

La porte s'ouvrit sans obstacle et sans bruit. Claude pouvait entrer, mais il ne le fit pas immédiatement.

Seulement alors il s'apercevait d'un oubli, mais d'un oubli important.

Il n'avait pas de lumière.

Billou n'avait donc pas songé à tout.

Dans ce cerveau épais, une idée lumineuse, c'est le mot, se fit jour. Il était fumeur, donc il avait des allumettes.

Alors, par précaution d'abord et pour que l'on ne vît pas la clarté, il alla fermer au loquet seulement la porte d'entrée et poussa la seconde porte; puis il tira de son gilet une allumette, et l'alluma.

Le jet de lumière qui se produisit lui fit peur; il regarda vivement autour de lui. Toutes choses étaient dans leur état ordinaire.

Il manquait encore la bougie, mais, durant le temps que l'allumette avait brillé, Claude avait pu remarquer une petite lampe posée sur un bureau et facile à atteindre.

Il chercha avec la main, toucha l'objet convoité et enleva le verre et l'abat-jour.

Ceci fait, il prit une seconde allumette, la frotta et ralluma la lampe.

Il remarqua, avec plaisir, que les volets étaient bien fermés : on ne pourrait donc le voir du dehors ni le surprendre.

La chance était pour lui.

La lampe charbonnait un peu, mais c'était presque un bonheur : elle le dénoncerait moins.

Il rouvrit la porte, rentra une fois encore dans le vestibule, écouta de nouveau, n'entendit rien, et cette fois, décidé à tout, il prépara son sac et s'approcha de la caisse.

CHAPITRE V

LA FAMILLE MARTEL

Il nous semble indispensable de présenter au lecteur la famille de l'homme qui va devenir la victime, après avoir fait connaître celle de celui qui devient l'assassin.

L'usine de MM. Martel père et fils avait été fondée par M. Martel père sur une base modeste ; puis elle avait été agrandie au moyen d'une souscription d'actions ; et, à l'époque où nous sommes arrivés, elle était en pleine prospérité.

M. Hector Martel, ingénieur civil, était surtout un chercheur et même un inventeur.

On lui devait déjà quelques petites machines qu'il avait exposées avec succès à l'exposition de 1855, et il rêvait pour celle de 1867, dont on parlait déjà dans le monde des affaires, de créer une œuvre utile.

C'était une grue de sauvetage pour sortir de l'eau et renflouer, par le moyen de la vapeur, tous les bâtiments sombrés sur les côtes, dans des profondeurs ne dépassant pas trente mètres. Ces grues diminuées pourraient servir en rivière et remettre à flot, sans grands frais, les bateaux et péniches coulés et chargés de marchandises.

M. Martel consacrait à ce travail la plus forte partie

de son temps et laissait à son fils, ingénieur lui-même, la direction de l'usine.

Mais ce n'était pas tout ; cet homme excellent avait dépensé des années pour créer et fonder une société philanthropique d'un intérêt indiscutable.

Il s'agissait d'une association d'hommes généreux et puissants par leur situation politique et financière, pour venir au secours des veuves et des condamnés à mort ou aux travaux forcés, et pour adopter les enfants de ces mêmes condamnés.

Quand nous disons adopter, il leur était offert un asile jusqu'à leur majorité dans une maison appartenant à la société. Ces enfants recevaient alors une instruction solide et laïque, et on leur apprenait le métier qu'ils choisissaient eux-mêmes.

M. Martel père était président de cette association véritablement humanitaire ; son fils en était le secrétaire.

M. Martel était veuf depuis quelques années, et il vivait avec son fils et sa bru, charmante jeune femme, fille d'un actionnaire de l'usine.

M. Martel fils avait à cette époque trente-deux ans. C'était un homme instruit, bien élevé, d'un esprit orné et dont le physique agréable avait le don de plaire au premier abord.

Madame Martel avait vingt-six ans et possédait cette grâce native qui rend jolie même la femme qui ne l'est pas.

M. Martel était brun et sa femme était blonde.

Les deux jeunes gens s'adoraient, et leur bonheur sans nuage s'était accru, dès la première année de leur union, par la naissance d'un charmant bébé rose.

M. Martel désirait un garçon ; mais lorsqu'il sut que

sa femme lui donnait une fille, il comprit tout ce qu'avait de grand le sentiment de la paternité. Son cœur sembla s'élargir et s'emplir d'un nouvel et vaste amour pour cette petite créature, qui était son sang et et le fruit béni de ses transports heureux.

La petite reçut le nom de son père, qui se nommait Armand.

Au jour où nous arrivons, Mlle Armande allait avoir sept ans.

C'était une petite fille brune, pleine de gentillesse.

Un fait qui se rapporte à notre récit mérite d'être cité ici.

Elle passait un jour dans la cour, descendant de voiture et rentrant à la maison.

Jacques Vincent sortait de la fabrique, un panier sous le bras; il venait de porter à manger à son père, retenu pour un travail pressé.

Il se rangea dans le passage en voyant les patrons et regarda de tous ses yeux d'enfant curieux.

Un ruban bleu qui faisait partie de la toilette d'Armande se détacha et tomba à terre.

Jacques se baissa vivement et le ramassa tout simplement pour le rendre à la petite demoiselle.

Le ruban s'était sali sur le pavé.

— Mademoiselle, dit Jacques, voici un ruban que vous perdez.

Et il tendit assez gauchement l'objet.

La petite malicieuse le regarda.

— Qui es-tu? dit-elle avec l'aplomb des enfants de son âge.

Jacques répondit en rougissant :

— Je suis le fils à Claude Vincent, le forgeron.

3.

— Eh bien ! fit Armande, garde mon ruban, je te le donne ; il te portera bonheur.

Jacques garda le ruban et le remit à sa mère, qui le conserva. Quelques jours après, le ruban était oublié.

Le soir de ce même jour où Billou et Claude discutaient les chances du vol à commettre, M. Martel père, vers six heures du soir, reconduisait son docteur et ami après une longue visite.

Les travaux incessants auxquels se livrait le chef de l'usine avaient affaibli sa vue d'une façon qui devenait inquiétante.

Le docteur avait ordonné un repos absolu. Plus de travail à la lumière et des promenades dans la journée ; en un mot, tout ce qui combat l'application.

Il s'agissait de conserver ou de perdre la vue.

Aussi, le brave homme était un peu triste, non de la perte possible de cet organe essentiel, mais de la privation de ce qui constituait pour lui plus que la vie : le travail.

Il vint prendre sa place à la table de la famille, où se trouvaient déjà madame Martel, sa belle-fille et la petite Armande.

Aussitôt qu'il fut assis, l'espiègle enfant vint sauter sur les genoux de son grand-père et passer ses deux petits bras autour de son cou.

Ah ! c'est que le grand-père satisfaisait un peu ses caprices ; il était le consolateur des grosses peines que le père et la mère causaient à l'enfant gâtée, en refusant les demandes exagérées de mademoiselle « J'Ordonne. »

— Eh bien ! demanda madame Martel, qu'a dit le docteur, grand-père ?

— Oh ! fit M. Martel avec un sourire, toujours la même chose.

— Mais encore ?...

— Je me fatigue trop.

— Cela est vrai.

— Il faut du repos, des promenades.

— Dès demain, je ferai atteler à deux heures et nous irons visiter les environs.

— Certainement, voilà qui avancera beaucoup les plans de ma grue de sauvetage !

— Le premier sauvetage à opérer, c'est celui de votre santé, et d'ailleurs mon mari vous signifiera de vous reposer.

— Très-bien, je vais obéir à mon fils à présent ! Voilà un bel exemple à donner à Armande.

— Oh ! ne parlez pas de ceci. Armande vous commande et vous lui obéissez lorsqu'elle le veut.

— Je ne dis pas non, mais ce n'est plus la même chose.

— Croyez-vous que nous ne vous aimons pas autant que ce petit démon ? reprit madame Martel ; mon mari et moi nous ne voulons que votre bonheur.

M. Martel se leva attendri.

— Chère enfant, dit-il, pardonnez-moi ; oui, je vous écouterai, je délaisserai mes chères études et je prendrai un peu d'exercice. Je veux surtout que mon fils ne s'alarme pas.

— Je serai discrète ; c'est beau, de la part d'une femme, n'est-ce pas ?

— C'est presque incroyable.

— Mais c'est à la condition que tous les jours vous me donnerez trois heures au moins.

— Allons, c'est convenu. On a bien raison de dire : ce que femme veut...

— Chut ! fit madame Martel, en faisant un signe d'intelligence à son beau-père, voici mon mari.

Durant cette conversation, la cloche avait sonné et les ouvriers étaient sortis.

M. Martel fils, libre, venait partager avec les siens le repas du soir.

Il est heureux, celui dont la journée a été remplie par un travail honnête, de venir s'asseoir au milieu de ceux qu'il aime et dont il est aimé.

Il prend à la fois la nourriture du corps et celle de l'âme.

M. Martel fils entra, et Armande courut à lui.

— Bonsoir, petit père, dit-elle.

Le père enleva l'enfant dans ses bras et déposa un gros baiser sur son petit front; puis, ce fut le tour de la mère, la jalouse, qui venait chercher la récompense de la journée.

On servit, et la conversation commença.

M. Martel fut obligé de redire la séance du médecin, en atténuant l'ordonnance ; mais il fut convenu qu'un temps de repos était nécessaire.

— Pour commencer, dit Armand Martel, tu resteras ce soir ici.

— Grand-père a-t-il donc à sortir? demanda Madame Martel.

— C'est aujourd'hui l'assemblée mensuelle de notre nouvelle société pour venir en aide aux veuves et enfants des condamnés.

— Il est impossible que je ne me présente pas; je suis le fondateur et le président de cette œuvre, et, aujourd'hui surtout, nous avons à discuter les derniers articles des statuts avant de recevoir à notre maison modèle une dizaine d'enfants qui attendent.

— Mon père, le vice-président vous remplacera parfaitement. C'est un homme sage et prudent qui comprendra que vous devez vous ménager pour le succès même de l'œuvre.

— Paroles que tout cela.

— D'ailleurs, je suis secrétaire de la Société ; je connais l'affaire aussi bien que vous, et j'y serai.

— Sans doute, mais ce n'en est pas moins une désertion.

— Allons, je vois qu'il me faut du renfort : eh bien, Armande veut que vous restiez !

— Oui, grand-père, je le veux, tu entends, et si tu n'es pas sage, je te gronderai.

Et la petite malicieuse se glissa sur les genoux du vieillard en roulant ses deux bras autour de son cou.

— D'abord, je reste comme cela ; tu ne me jetteras pas à terre, sans doute.

L'excellent homme sentit des larmes perler à ses yeux, larmes de bonheur, car il se sentait aimé.

— Qu'il soit donc fait comme vous le désirez, dit-il ; je passe à l'état de ganache ou d'inutile, ce qui est pire.

Le repas s'acheva gaiement.

On fit, pour le lendemain, un projet de partie de campagne dont tout le monde prendrait sa part. C'était dimanche, et la paie une fois faite, l'usine éteindrait ses feux jusqu'au mardi matin, car les ouvriers ne travaillent pas les lundis de paie.

Les maîtres seraient libres, et ils auraient bien le droit de s'amuser un peu.

Avant de quitter la table, M. Martel demanda à son fils à quelle heure il sortait.

— Le rendez-vous est à Paris pour neuf heures.

— As-tu fait atteler ?

— Non, je prendrai le chemin de fer.

— C'est un tort, tu peux rentrer tard.

— Qu'ai-je à craindre ?

— Tout, et rien. Tu peux manquer le train.

— Oh ! ce n'est pas possible, j'en ai un toutes les demi-heures.

— Je sais cela ; mais la nuit, dans le chemin détourné, on peut faire de mauvaises rencontres.

— Vous avez raison, approuva Mme Martel.

— Je vous promets de prendre par la ville.

— Si l'on envoyait au-devant toi avec la voiture ?...

— Non, j'ignore à quelle heure je rentrerai. Ah ! ça, vous me feriez peur, si je n'étais pas rassuré.

— Prends une arme, toujours ; que veux-tu, il y a des jours où l'on voit les choses en noir. Je ne crois guère aux pressentiments, et cependant on ne peut nier qu'à l'approche d'un évènement que l'on redoute sans le connaître, on ne sente un serrement de cœur inexplicable.

— Vous devenez superstitieux.

— Non ; mais je ne suis qu'un homme, et par conséquent faillible.

M. Armand Martel sourit.

— Soyez tranquilles, dit-il, je veux vivre pour vous aimer tous, et je vivrai.

Puis, tirant de sa poche un revolver :

— Voilà un petit joujou qui n'a jamais servi, mais qui, au besoin, tiendrait sa partie dans un concert. A demain.

— A ce soir ! ajouta Mme Martel.

M. Martel fils alla au bureau, s'assura que tout était en ordre, vérifia la fermeture de la caisse, alluma un cigare et sortit.

En passant près du concierge, il lui dit :

— Je vais à Paris, Germain, ne m'attendez pas; je rentrerai par la petite porte, dont j'ai la clef; vous ne pousserez pas les verrous, je le ferai en rentrant.

— Oui, Monsieur.

— Il n'y a plus personne dans les ateliers?

— Non, Monsieur; le contre-maître m'a remis les clefs tout à l'heure.

— Bien; vous et Pluton, cela suffit pour la garde; je sors tranquille.

Il fit quelques pas sur la route.

— Mon père, avec ses idées, m'a tout attristé. Diable! soyons un homme.

Et il prit le chemin de la gare en fredonnant.

L'assemblée eut lieu à neuf heures, et il y fut pris toutes mesures nécessaires pour l'admission des jeunes enfants des condamnés et pour les secours à apporter aux veuves.

Une somme de 100,000 francs fut votée pour les frais de premier établissement, et il fut décidé que la première retraite se ferait dans une propriété située à quelques lieues de Paris et appartenant au vice-président.

Le conseil décida, en outre, que l'appui du gouvernement serait demandé pour généraliser cette œuvre éminemment sociale.

C'était un premier pas vers l'abolition de la peine de mort.

A onze heures et demie, M. Martel était à la gare du Nord, construisant dans sa tête la rédaction de son procès-verbal, heureux aussi de participer au sauvetage de pauvres êtres abandonnés dans le gouffre parisien.

Minuit sonnait lorsqu'il descendit du wagon à Saint-Denis. Comme il l'avait promis, il traversa la ville et

arriva sans encombre à la petite porte qui donnait
accès dans la cour de l'usine.

Il entra, poussa les verroux et jeta un regard machi-
nal vers les bureaux.

— Tiens, se dit-il, on voit de la lumière à travers
les fentes du volet ; qui diable peut veiller à pareille
heure ?

Ce ne peut être que mon père, qui trahit la foi jurée...

Et il se dirigea vers la porte du bureau.

CHAPITRE VI

LE MEURTRE

Nous avons laissé Claude Vincent dans le bureau, bien décidé à accomplir le vol et s'approchant de la caisse.

Il était à peu près dégrisé et il se rendait parfaitement compte de la situation dans laquelle il se trouvait.

Il regarda les lettres de la caisse en tournant les vis jusqu'à ce que les quatre lettres L-E-O-N fussent en place.

Il ne savait pas lire, mais cependant il connaissait les lettres de l'alphabet. Ce travail relativement facile lui prit au moins cinq minutes.

Il mit ensuite la clef dans la serrure et ouvrit. La lourde porte de fer grinça sourdement sur ses gonds et laissa sans défense l'intérieur de la caisse.

La facilité de l'opération étonna l'apprenti voleur. Il était donc plus facile de voler que de travailler ! Il est vrai que Billou avait tout préparé de longue main, mais Claude n'en pensa pas tant à la fois.

Il alla prendre la lumière et examina le contenu du meuble. Il y avait là, devant lui des rouleaux d'or, d'argent et de monnaie ; des billets de banque, qu'il reconnaissait pour en avoir déjà vu, et des papiers de toutes sortes dont il ignorait la valeur.

Il regardait tout et n'osait avancer la main.

Il lui eût été impossible de dire ce qui le retenait.

Le sang montait à ses tempes et son cœur battait à se rompre. En lui et à part lui, se livrait un dernier combat entre l'honnêteté et les mauvaises passions qui avaient envahi et perverti son âme.

Rien ne s'opposait à son désir, et il avait peur !

Oui, cet homme fort, terrible même, tremblait devant ces papiers étalés devant lui. Il lui semblait que l'or qu'il allait toucher lui brûlerait la main.

Tout à coup, la porte du bureau, restée entr'ouverte, s'ouvrit brusquement et frappa une chaise avec bruit ; un coup de vent avait pénétré jusqu'à la caisse.

Claude se retourna si vivement, en proie à la terreur de celui qui est surpris commettant un crime, que la lumière s'éteignit.

L'obscurité subite qui résulta de cet événement inattendu le cloua sur place. S'il eût pu se diriger, il se fût enfui.

Il sentit l'émotion le prendre à la gorge et tendit les mains en avant, comme pour se défendre d'un danger imminent.

Cependant rien ne bougeait.

Il fut quelques minutes à se remettre et à se rendre un compte exact de ce qui s'était passé.

Il comprit enfin que le vent seul était la cause de son effroi et il se dirigea vers la porte de sortie, qu'il ferma tout à fait, puis revint à celle du bureau, qu'il ferma également.

Alors, plus confiant, il frotta une allumette et ralluma sa lumière.

Il était bien seul dans le bureau et les valeurs étaient toujours dans la caisse.

Il ressentit comme un moment de rage à la suite de sa frayeur vaine. Cet or, qui s'offrait à lui, brûlait sa vue. Il était entré trop avant pour reculer. Cette fois, il fallait en finir, et il se jura qu'il en sortirait à son honneur.

D'un coup de pied il poussa le sac au bas de la caisse et s'avança résolu.

Enfin sa main toucha le métal brillant tant convoité. Il en prit une poignée qu'il mit dans sa poche et s'aperçut que cette poche n'en pouvait tenir beaucoup. Il releva le sac et se mit à jeter dans l'ouverture les papiers d'abord et les billets ensuite.

Billou, qui s'y connaît, fera le triage de tout cela, se dit-il.

Puis, ce fut le tour des sacs d'argent.

Il les posa plus doucement pour éviter le bruit. Il n'y avait plus que l'or.

Il était inquiet de placer les petites pièces jaunes dans le grand sac, mais il n'y avait pas à hésiter. D'ailleurs Billou avait dû s'assurer qu'il n'y avait pas de trous au fond.

Et l'or alla rejoindre l'argent.

Claude posa son sac à terre et sa lumière sur le bureau, pour chercher une ficelle.

Ce ne fut pas difficile à trouver.

Le bureau contenait du fil rouge qui sert à attacher les pièces dans les dossiers.

Avec ce fil plié en plusieurs longueurs, le voleur obtint une corde assez forte pour lier l'orifice du sac.

Claude s'était baissé pour cette opération, et il se relevait, lorsqu'il entendit un bruit de pas dans le corridor.

Il se redressa vivement, et avant qu'il eût eu le temps de prendre une décision, la porte s'ouvrit, donnant passage à un homme.

Cet homme, on l'a deviné, était M. Armand Martel, qui croyait surprendre son père au travail.

D'un coup d'œil, M. Martel vit le coffre-fort ouvert, le sac à terre, et se rendit compte qu'il avait affaire à un voleur.

Il eût pu reculer vivement, fermer la porte et appeler au secours. C'était le plus prudent. Mais tout à coup le visage de Claude Vincent se trouva éclairé et il reconnut son ouvrier.

Brave naturellement, et avec cette confiance qu'ont toujours les natures droites et supérieures, le patron crut n'avoir qu'un mot à dire pour avoir raison du malheureux qu'il avait devant lui.

Il ne songea même pas à mettre à sa main, par précaution, le revolver qu'il portait sur lui.

Claude, debout, l'œil hagard, indécis sur ce qu'il allait faire, attendait, dans l'attitude du tigre qui se concentre sur lui-même, pour mieux bondir sur sa proie.

Ce fut M. Martel qui rompit le premier, ce silence terrible.

— Vous, Vincent, dit-il, c'est vous !...

Claude, en entendant prononcer son nom, reçut comme un soufflet au visage. Il était reconnu : c'était pour lui la perspective du bagne, si ce n'était l'arrêt de mort de l'autre.

Tel est le fatal enchaînement du crime ; mettez-y le pied, tout le corps y passera.

Que se passa-t-il en ce moment dans l'âme du misérable ? Eut-il bien conscience de l'action qu'il allait

commettre ? Nul ne pourrait l'affirmer. Dans la perpré-
tation du meurtre, comme dans celle du suicide, il doit
y avoir une grande part au compte de la folie.

Non, nul ne peut dire que l'homme qui tue est de
sang-froid ; son esprit est surexcité par la préméditation
même du crime. Il achève de se troubler devant l'im-
minence du danger.

Loin de nous la pensée d'excuser le criminel ; mais
nous voulons arriver à ceci : c'est que la société, avant
de frapper elle-même, ne doit pas se laisser aller au
vertige qui a conduit le bras de l'assassin.

La société ne doit pas répondre au sang répandu par
le sang répandu. Elle doit remplacer la peine de mort,
cette loi de colère, par une loi clémente, qui pourrait
s'appeler la loi du repentir.

Revenons à Claude Vincent.

Un éclair rapide jaillit de ses yeux, son grand torse
se pencha, et avant que M. Martel eût le temps de sortir
son arme de sa poche, l'ouvrier était sur lui.

Billou n'avait pas inutilement vanté la force de son
complice, en disant qu'il tuerait un homme d'un coup
de poing, car, ce fut seulement un coup de poing
que Claude donna sur la tête du malheureux jeune
homme.

M. Martel s'affaissa, sans pousser un cri, sans pousser
un soupir.

Le sauvage Claude, qui s'attendait à une lutte, fut
surpris da sa facile victoire.

Il n'est qu'étourdi, se dit-il, et si je fuis ainsi, demain, revenant à lui, il dira tout. Il faut, oui, il faut
qu'il ne parle plus.

Cette logique indiscutable était l'arrêt de mort de la
victime.

Claude regarda autour de lui, cherchant des yeux une arme pour accomplir son dessein.

Rien dans ce bureau, asile du travail silencieux, ne frappait son regard. Il découvrit enfin un canif, et une idée infernale traversa son cerveau.

Il avait entendu dire qu'il suffisait de couper une veine avec un canif ou un rasoir pour procurer la mort.

Il se saisit du modeste instrument, l'ouvrit et prit un bras de la victime.

M. Martel ne bougeait pas.

Alors, soulevant le bras, l'assassin se mit à couper les artères du poignet; le sang jaillit en abondance. S'acharnant après cet homme sans défense, il prit l'autre bras et continua son horrible besogne.

Mais la saignée abondante qui résulta de ces opérations eut pour effet immédiat de rappeler le blessé à lui.

M. Martel ouvrit les yeux, se redressa, vit Claude penché sur lui et se souvint.

Il poussa un cri sourd, bientôt étouffé par le poignet de fer de l'ouvrier.

La lutte ne pouvait être ni longue, ni douteuse.

M. Martel perdait rapidement son sang. Le misérable Vincent atteignit une coupe en marbre sur le coin de la cheminée et la brisa sur la tête de son patron.

Celui-ci étendit les bras en arrosant de son sang tout ce qui se trouvait autour de lui et retomba inanimé.

Claude comprit qu'il n'avait plus rien à craindre de son ennemi. Il se releva et se regarda les mains. Elles étaient rouges de sang.

Alors il fut pris d'une rage folle; sans réfléchir, il prit rapidement le sac, qu'il chargea sur son dos, et s'élança dehors en courant.

L'air froid de la nuit le rappela à la prudence. Il traversa la cour d'un pas plus calme et se dirigea vers l'endroit où il avait laissé Pluton et Billou.

Avant d'arriver à la palissade, il vit une ombre avancer vers lui.

Par prudence, il s'arrêta, mais il fut bientôt rassuré, car l'ombre dit tout bas :

— Est-ce enfin toi ?

— Oui, répondit Claude.

— Tu as le sac ?

— Le voici.

— C'est tout ce qu'il faut, viens.

— Ils repassèrent par la planche dévissée et Billou se mit en devoir de la replacer.

— Et le chien ? demanda Vincent.

— Mort ! répondit Billou.

— Tu l'as tué ?

— Oui, c'était un témoin qui nous eût dénoncé.

Le chien n'ayant pas donné l'éveil, les soupçons se fussent portés naturellement sur quelqu'un de l'usine.

La planche revissée, le chien mort, ce sont des voleurs étrangers au pays qui auront fait le coup.

— Hein ! tu n'aurais pas trouvé cela ? toi.

— Où allons-nous ? demanda Vincent.

— D'abord enfouir le sac.

— L'enfouir, pourquoi ?

— Nigaud, va. Demain l'éveil sera donné, demain on fouillera tout le monde, et gare à ceux chez qui on trouvera de l'or ou des papiers. Nous allons jeter le sac dans un trou que j'ai creusé exprès, nous poserons de plus quatre ou cinq pavés pour reconnaître la place ; dans quelque temps, lorsque les soupçons seront détournés, nous déterrerons le magot et nous filerons.

— Soit, dit Claude, allons.

Ils furent bientôt à l'endroit préparé par Billou. Vincent mit le sac lui-même dans le trou, jeta la terre dessus, et les deux hommes posèrent les pavés sur la place, qu'il importait de retrouver.

— Maintenant, dit Billou, rentrons, tout va bien.

— Rentrons, dit Claude. J'ai hâte d'être loin d'ici.

— Je te comprends; plus un mot; tu me diras ce qui s'est passé, lorsque nous serons chez moi.

Les deux voleurs regagnèrent Saint-Denis et, un quart d'heure après, ils entrèrent dans le logis de Billou.

Le petit homme habitait une seule pièce au fond d'une cour, sans voisinage, et sans craindre les indiscrets.

Il alluma une bougie, ferma la porte et revint vers son complice.

A peine l'eut-il regardé qu'il étendit la main vers lui et s'écria :

— Du sang !

— Oui, du sang, fit Claude; après ?

— Que s'est-il donc passé ?

— Tu as tué un chien, n'est-ce pas ?

— Oui.

— Eh bien ! moi, j'ai tué un homme !

Billou regarda Vincent jusque dans le blanc des yeux.

Et puis, à demi-voix :

— Un homme... qui donc ?

Vincent eut un hoquet.

— M. Martel.

— Le père ?

— Non, le fils.

— Ah ! fit simplement Billou.

Il y eut un silence ; puis l'assassin reprit :

— Les valeurs étaient dans le sac ; j'allais partir, la porte s'ouvrit, et **M.** Armand entra. Il me reconnut et m'appela par mon nom.

— Je comprends, dit Billou, tu as fait ce qu'il fallait faire.

Nouveau silence.

— Comment vais-je changer d'habits ?

Billou réfléchit.

— Prends dans mon linge, dit-il, et donne-moi ta défroque.

— Merci.

Vincent ôta le pantalon et la blouse tachés de sang.

— Que faire de cela ?

Billou sourit.

— Donne, dit-il.

Il jeta les deux guenilles dans la cheminée et y mit le feu.

— Ce n'est pas plus malin que ça. Tiens, prends ces effets, un peu courts pour toi, et va-t'en. Il convient que tu rentres chez toi, pour ne pas éveiller les soupçons.

— C'est juste.

Cinq minutes après, Claude Vincent rentrait chez lui et se couchait à côté de la malheureuse Louise, encore trop affaiblie pour remarquer sa mise bizarre.

Elle dit seulement :

— Et Jacques ?

— Jacques dort, répondit le père ; et sois tranquille, je rapporte ma paie, cette fois ; on vivra mieux demain.

Cependant, aussitôt que Claude était sorti de la

chambre de Billou, le petit homme avait relevé la tête.

— Il a tué, s'était-il dit ; il n'y a plus à hésiter. C'est la fuite ou l'échafaud. Avec ce gros imbécile, la fuite est impossible ; qu'il se tire de là comme il l'entendra ; moi, je file.

En un tour de main, il vida sa chétive armoire. Il en sortit un habillement de drap complet, qu'il revêtit à la hâte. Il ajusta sous son menton une magnifique barbe noire, et se regarda dans un miroir.

— Le diable ne me reconnaîtrait pas, murmura-t-il.

Il rassembla quelques papiers, qu'il plia dans son portefeuille, prit plusieurs pièces d'or et d'argent dans un tiroir, jeta un regard autour de lui et dit :

— Je n'en laisse pas pour ce que j'emporte ; adieu !

Il souffla sa bougie et sortit.

Vers trois heures du matin, on aurait pu voir un homme soulevant des pavés, creusant la terre et retirant un sac récemment enfoui.

Puis l'homme, chargé du sac, se dirigea vers Paris. Dans les fossés des fortifications, il fit un triage.

Les billets de banque passèrent dans ses poches de côté, l'or dans une ceinture dont il était muni : circonstance aggravante de préméditation.

CHAPITRE VII

LA CONSCIENCE

Le lendemain matin, à peine s'il faisait jour, que les commerçants de Saint-Denis, en ouvrant leurs boutiques, s'interpellaient d'un air effaré.

— Dites-donc, voisin, savez-vous la nouvelle de cette nuit ?

— Non, je me lève.

— Moi aussi ; mais tout à l'heure, un ouvrier est passé en disant que M. Martel, le fils, avait été assassiné cette nuit.

— M. Martel ! ah ! mon Dieu ! en êtes-vous bien sûr ?

— Parbleu ! cet homme le tient de la fruitière, qui était chez l'épicier lorsque la femme du concierge de l'usine est venue tout éplorée raconter la chose.

— Quel affreux malheur ! et qui accuse-t-on ?

— Ah ! voilà ; on a volé la caisse. Les autorités sont prévenues.

— A qui se fier, hein ?

— A personne, voisin ; mais à quoi tient la vie ?...

— C'est affreux.

— Comment a-t-il été tué ? le malheureux !

— On ne sait pas au juste. Tenez, voici un contre-maître de la fabrique qui passe ; il doit savoir quelque chose.

— Oh ! eh ! Constant.

— Je n'ai pas le temps ; on vient de me dire que M. Martel.....

— Nous le savons.

— C'est horrible ! Et Mme Martel se meurt.

— Elle aussi ?

— Oui, le coup a été trop fort ; ah ! c'était un bon ménage !

Un voisin approcha.

— Le commissaire de police et les sergents de ville vont à l'usine en toute hâte ; je cours voir cela.

Et les hommes passent inquiets, et les femmes suivent.

A la porte de l'usine, le concierge, assisté de plusieurs agents, défend l'entrée.

M. Martel père, pâle et triste, reçoit le commissaire de police.

Ils échangent deux mots et se dirigent, accompagnés de quelques privilégiés et du docteur, vers le bureau où gît le corps de l'infortunée victime.

Le docteur se pencha sur le corps, examina les blessures et dit lentement :

— M. Martel a peu souffert. Le coup sur la tête a dû l'étourdir immédiatement. L'assassin aura craint de ne pas l'avoir tué ; il a tranché les artères... Et tenez, voici le canif qui a servi à l'exécution du meurtre. Le coup sur la tête provient de cette coupe brisée. Voyez, des cheveux de la victime sont encore adhérents au marbre.

— C'est évident ! fit le commissaire ; passons au vol.

— Ici, c'est plus difficile à affirmer.

— Voici ce qui a dû se passer, dit M. Martel d'une

voix profondément affectée, mais calme. L'assassin devait connaître la maison ; il en est.

— Croyez-vous ?

— Je l'affirme. Il a dû savoir que nous avions aujourd'hui l'argent de la paie dans la caisse. Il a dû prendre l'empreinte des serrures pour ouvrir la caisse, et qui plus est, il fallait qu'il eût le mot pour faire fonctionner la clef.

— C'est juste, fit le commissaire. Qui soupçonnez-vous donc ?

— Personne encore, Monsieur. Mais croyez bien qu'avant peu le coupable sera entre vos mains.

— Qui donc le livrera ?

— Sa conscience.

Le commissaire sourit avec incrédulité. Les hommes de loi n'ont guère de confiance dans le repentir des coupables, et ils ont souvent raison.

— Je n'ose pas vous contredire, répondit-il gravement ; mais vous trouverez bon, Monsieur, que je prenne toutes les mesures nécessaires et même rigoureuses pour assurer l'arrestation de l'assassin ou des assassins, s'il y a lieu.

— Vous êtes le maître ici, Monsieur.

— Qui a découvert le crime ?

— C'est ma belle-fille, Monsieur. Elle s'est éveillée avant le jour ; surprise de ne pas trouver son mari couché près d'elle, l'inquiétude — inquiétude trop justifiée, — l'a saisie. Elle a jeté un peignoir sur elle et, armée d'une lanterne, elle s'est dirigée vers le bureau, croyant y trouver son mari au travail.

— Pauvre femme !

— Oui, pauvre femme, Messieurs ; car, à la vue de son époux assassiné, elle est tombée évanouie, et ce

4.

n'est qu'une heure après, que le concierge l'a trouvée étendue sans connaissance.

— Monsieur, fit le docteur, permettez-moi de courir auprès de la malade.

— C'est inutile, Monsieur, continua le père, ma fille est morte.

— Morte ! s'écrièrent les assistants.

— Mon fils était de ceux que l'on aime trop.

Et l'excellent homme tomba sur ses genoux devant le corps de son fils. Il sanglotait. La nature était plus forte que la volonté.

Le docteur fit un signe, et quatre hommes entraînèrent le malheureux père loin du théâtre du crime.

Le commissaire de police fit alors venir le concierge.

Il le questionna et comprit rapidement que le pauvre diable n'était pour rien dans l'affaire. Son désespoir était d'ailleurs si grand, qu'il pouvait à peine parler.

Le contre-maître de l'usine fut installé dans la loge, avec la charge de noter les noms de tous les ouvriers qui entreraient dans l'usine ce jour-là.

A midi, les commanditaires réunis décidèrent qu'il fallait payer les ouvriers. A une heure, la somme était dans la caisse, et toutes les constatations judiciaires et médicales étaient terminées.

Une affiche fut placardée dans Saint-Denis, annonçant aux ouvriers que la paie aurait lieu à deux heures.

A deux heures, le défilé des ouvriers commençait.

Ils étaient tous muets et tristes.

Le contre-maître les inscrivait au passage, et dehors des hommes de la sûreté se mêlaient aux groupes et écoutaient.

Revenons sur nos pas.

Nous avons laissé le petit Jacques, dormant sur la table du marchand de vins, *au Lapin qui fume*.

Vers le matin, il s'était éveillé la tête lourde et ne comprenant rien à sa situation.

Il regarda autour de lui et vit le comptoir, les tables, les images collées au mur.

— Où suis-je? se demanda-t-il.

Il se leva et alla à la fenêtre, vit le canal, l'usine, et se souvint.

— Ils m'ont laissé là, pensa-t-il ; et ma mère, qui ne m'a pas vu rentrer, que doit-elle penser ?

En ce moment, la marchande de vins descendait pour ouvrir sa boutique.

— Eh bien, petit, dit-elle, cela va mieux ce matin?

— Oui, Madame ; je ne sais pas trop comment je me trouve ici, et je vais courir au galop chez nous.

— Tu habites Paris ?

— Non, Saint-Denis.

— Tiens ! qui donc es-tu ?

Jacques eut méfiance qu'il avait déjà trop parlé. Il pensait à son père, mais il était trop tard pour reculer.

— Je suis le fils d'un ouvrier de chez M. Martel, dit-il, et je me sauve bien vite.

Il franchit la porte et courut vers Saint-Denis à toutes jambes.

La femme fit cette réflexion :

— C'est drôle, les deux hommes disaient qu'ils étaient de Paris.

Un soupçon traversa son esprit. Elle alla visiter son comptoir. Tout était en ordre, et rien ne manquait dans la boutique.

— Après tout, fit-elle, que m'importe, qu'ils soient

de Saint-Denis ou de Paris ? Ils m'ont payé, c'est le principal.

Suivons Jacques.

L'enfant prit le long du canal et ne fut pas long-temps à rentrer chez lui.

En ouvrant la porte, il fit le moins de bruit possible et se glissa dans un petit cabinet où se trouvait son lit.

Son père l'avait entendu. Il se leva, passa son pantalon et alla le rejoindre.

En voyant son père, Jacques ouvrit la bouche pour parler, mais Claude lui fit signe de se taire.

Puis il ajouta à voix basse :

— Ta mère ne sait rien, tu diras que tu as couché ici.

Il fit un pas pour sortir, puis revint.

— Si l'on te demandait où tu as passé la nuit, tu répondrais que c'est dans ton lit... quand même ce serait...

Il hésita.

— Quand même ce serait.... répéta Jacques.

— Quand même ce serait... la justice.

Il laissa son fils, rentra dans sa chambre et chercha une blouse. Il en trouva une, la dernière qu'il possédât, mit les effets de Billou en paquet sous son bras, posa une pièce de vingt francs sur la table et s'apprêta à sortir.

— Où vas-tu ? fit la voix de Louise.

— A l'usine, répondit Claude d'une voix qu'il s'efforçait de rendre calme.

— C'est aujourd'hui dimanche, cependant.

— J'ai quelque chose à terminer... Je t'ai laissé de l'argent sur la table... A tantôt.

Il sortit.

Le bruit de l'assassinat se répandait dans la ville. Claude entendait un mot d'un côté, une appréciation de l'autre.

Il lui semblait que tout le monde le regardait passer en se disant :

— C'est celui-là qui est l'assassin !

Il allait vite et fut bientôt chez Billou.

Il traversa la cour et alla heurter à la porte de son ami, comme il avait l'habitude de le faire chaque matin.

Rien ne répondit à son appel.

— Tiens, il dort, pensait-il.

Et il frappa de nouveau.

Le silence fut la seule réponse qu'il obtint.

— Il sera sorti, se dit Claude ; comme moi il n'a pu dormir.

Toutefois il posa les effets sur le bord de la fenêtre et ferma le contrevent dessus pour les cacher ; puis il se dirigea vers le cabaret où les deux complices prenaient ensemble la goutte du matin.

La boutique était veuve de Billou.

L'étonnement de Claude devint de l'inquiétude. Pourtant il demanda une blanche.

— Vous n'avez pas vu le camarade ? demanda-t-il au marchand de vin.

— Pas encore, répondit l'autre ; il est resté couché..

— Non, je viens de chez lui, il n'y est pas.

— Ah ! dame, il est peut-être à l'usine, à cause de... vous savez... la nouvelle ?

— Non, fit Vincent, qui se sentait pâlir ; qu'y a-t-il donc ?

— Il y a que M. Martel a été assassiné cette nuit. Vous n'êtes donc encore entré nulle part ? Tout le pays sait cela.

— Non je sors de chez moi, répondit Claude d'une voix émue. Ah ! vous dites, M. Martel... Diable !

C'est tout ce qu'il put dire.

Il avala le contenu de son verre et sortit en disant :

— C'est cela, Billou est là-bas... je vais le retrouver.

En lui-même il pensait :

— Billou est hardi, il sera allé là-bas un des premiers.

Et il se dirigea vers l'usine. Au fur et à mesure qu'il approchait, il ralentissait le pas.

On aurait dit qu'il craignait d'arriver.

Enfin il vit la grande porte devant laquelle se pressait la foule.

Dans cette foule il passerait inaperçu ; cela lui redonna un peu de courage.

Il se mêla à un groupe d'ouvriers et entendit le récit fantaisiste de son crime. Il ne put écouter jusqu'à la fin, mais à tous les groupes, c'était le même récit. Les mots gendarmes, commissaire, juges, échafaud s'entrecroisaient et le poursuivaient.

Il cherchait Billou et ne le voyait pas.

Le malheureux ne pouvait rester en place. Il repartit chez Billou et l'appela vainement.

Alors il reprit le chemin de son domicile, mais arrivé à la porte il n'osa pas entrer.

Il craignait les interrogations de Jacques.

Une pensée lui vint.

N'avait-il pas été trop confiant avec Billou ? Ou bien, dans la nuit, avaient-ils tous deux mis le produit de leur vol en sûreté ?

Il éprouvait le besoin de revoir le tas de pavé qui couvrait le trésor.

Machinalement il prit le long du canal. En arrivant près du *Lapin qui fume*, par précaution, il fit un détour à travers les champs. Comme il approchait, des hommes étaient groupés autour de quelque chose qu'ils regardaient en gesticulant.

Claude sentit une sueur froide perler à son front.

— Le sac est découvert, pensa-t-il.

Il se cacha derrière un arbre et attendit. Les hommes s'éloignèrent. Alors il se rapprocha.

Ce que regardaient les hommes, c'était le cadavre du pauvre Pluton, frappé par Billou.

Claude respira et vint jusqu'à l'endroit des pavés. Il se rappelait les avoir posés les uns sur les autres, en monticule, et il les apercevait écartés séparément. Près de là, un grand trou.

Il fit un effort suprême et vint jusqu'au trou. Il était vide.

Alors une colère sourde s'empara de lui, et il s'écria malgré lui :

— Billou m'a volé !

Il aperçut plusieurs personnes, dans le terrain de l'usine, qui se dirigeaient en courant vers lui.

Il reprit vivement derrière les arbres et s'éloigna rapidement.

Il fit de nouveau plusieurs visites inutiles chez son complice et enfin s'arrêta pour déjeuner.

Il n'avait pas faim et se contenta de boire.

Vers midi, il repartit à travers la ville et lut l'affiche qui appelait les ouvriers à la paie.

Un dernier espoir lui vint.

— Peut-être allait-il rencontrer Billou !

A deux heures, il était comme les autres à la porte de la fabrique. Il n'eut pas de peine à constater l'absence de son ami.

Il comprenait qu'il avait commis un meurtre inutile

pour lui, et il se sentait perdu, étant abandonné par Billou, l'homme prudent et adroit.

Les ouvriers défilaient devant lui, et il restait toujours en arrière, sans oser avancer.

Cette porte gardée par les sergents de ville lui faisait l'effet de la tête de Méduse. Il ne pouvait se résoudre à la franchir.

Vingt fois il vint jusqu'au seuil, et vingt fois, en entendant celui qui lui disait : — Entrez par cinq ! Il reculait au sixième rang.

Il voyait ou croyait voir une main vengeresse s'abattre sur lui ; il croyait entendre une voix accusatrice retentir à son oreille et dire à tous : — Voilà le meurtrier, voilà l'assassin.

Il resta jusqu'à ce qu'il n'y eût plus que dix ouvriers.

Cinq passèrent encore. Il était de la dernière fournée. Alors, il glissa le long du mur, gagna lentement la route ; puis, une fois loin de la fabrique, il se prit à courir sur la route, dans la direction de Paris.

Lorsque les ouvriers furent payés, M. Martel fit venir devant lui le contre-maître avec sa liste.

— Combien ne se sont pas présentés, Constant ? demanda-t-il.

— Deux seulement, Monsieur.

— Leurs noms ?

— Claude Vincent et Séverin Billou.

M. Martel réfléchit un moment.

— Billou, dit-il, homme dangereux, envieux ; Vincent, brutal, débauché, en voulait à mon fils parce qu'il n'a pas été nommé contre-maître. Allez, mon ami, dire au magistrat d'arrêter ces deux hommes : ce sont les meurtriers de mon fils !

— Qui vous le prouve, monsieur ?

— Leur conscience! Ils n'ont pas osé venir toucher leur paie.

Le soir, lorsque Claude, fatigué, ivre, rentra à la nuit dans la maison qu'il habitait, il sentit des bras vigoureux le saisir, et une voix lente et grave lui dit ces mots terribles:

— Claude Vincent, au nom de la loi, je vous arrête!

CHAPITRE VIII

MISÈRE !

Le lundi matin, les journaux annoncèrent l'arrestation de l'un des coupables et la fuite probable du second.

Jacques ne fut pas longtemps à apprendre la fatale nouvelle. Des camarades la lui firent savoir tout en s'éloignant de lui.

Il fit ce qu'avait fait son père. Il alla plusieurs fois chez Billou, mais inutilement. Billou n'avait pas reparu.

Pour l'enfant, aucun doute n'était possible ; mais il n'osa pas communiquer à sa mère ce qu'il savait.

La malheureuse Louise se leva avec peine ce lundi-là, affectée de n'avoir pas vu son mari depuis la veille. Cependant elle était habituée à de pareilles absences, surtout les jours de paie, et aux scènes brutales qui suivaient.

Elle sortit donc pour se rendre à huit heures à sa journée. La femme chez qui elle travaillait l'estimait ; aussi ne lui laissa-t-elle pas voir tout de suite ce qu'elle ressentait.

Il fut lancé à Louise des mots à double entente qu'elle

ne comprit pas. Enfin le mari lui montra le journal qui annonçait l'arrestation de Claude.

La pauvre femme crut qu'elle allait mourir. Ses patrons profitèrent de cette défaillance pour la faire conduire chez elle. Ils poussèrent la générosité jusqu'à lui avancer dix francs sur son travail, se promettant bien de ne plus recevoir jamais chez eux la femme d'un assassin.

Jacques veillait tristement au chevet de sa mère, n'osant lui parler.

Les dix francs furent vite épuisés.

Un matin que Jacques lui demandait de l'argent pour aller acheter du pain, seule nourriture qui entrât à la maison, Louise dévora un sanglot; puis, pâle et affaiblie, elle se leva.

Elle alla à l'armoire et tira une pièce de vingt francs, celle que Claude avait laissée sur la table le dimanche matin.

— Tiens, dit-elle au petit, fais de la monnaie avec cela.

Et quand il fut sorti :

— Mon Dieu ! dit-elle, c'est l'argent volé; mais je ne puis pourtant pas laisser mon enfant mourir de faim !

Le propriétaire vint le lendemain et prit mille précautions pour annoncer à sa locataire que sa maison ne pouvait garder plus longtemps des gens qui... enfin... elle devait comprendre. Les autres locataires donneraient tous congé.

Louise baissa la tête sous ce nouvel affront.

— Monsieur, dit-elle, je vous ai payé jusqu'à présent; je vous dois un seul terme, et sur mon travail je...

Le propriétaire l'arrêta.

— Je vous fais cadeau du terme, madame, dit-il. Emportez vos meubles, je ne vous demande que cela.

Louise était brave. Elle alla trouver un marchand de bric-à-brac qui, après avoir fait beaucoup de difficultés pour acheter les meubles d'un assassin, finit par donner soixante francs de tout le mobilier.

Il n'y avait pas à hésiter.

Le marché fut conclu.

Le dimanche suivant, la pauvre femme et son fils, portant un modeste paquet de hardes, quittaient Saint-Denis, écrasés sous le poids de la malédiction publique.

Parmi les quelques objets que Louise emportait, se trouvait le ruban de l'orpheline Armande Martel, ce premier et seul souvenir de Jacques.

Madame Vincent loua, dans la grande rue de La Chapelle, un pauvre garni pour quinze francs par mois et paya un mois d'avance.

Quelques jours après, inconnue dans ce quartier, elle trouvait de l'ouvrage, et Jacques entrait comme apprenti chez un serrurier du voisinage.

Lorsque le patron lui demanda son nom, il répondit :

— Jacques Vincent.

— Vincent ? fit le patron, tiens ! c'est le nom de l'assassin de Saint-Denis.

Jacques rougit et dit avec force :

— Celui-là, je ne le connais pas.

— Tant mieux, fit le patron ; on n'aime pas à employer des brigands de cette espèce.

Ces mots entraient comme des pointes d'aiguilles dans le cœur de l'enfant. Il eut en lui-même une imprécation contre cette société qui faisait injustement retomber le crime du père sur la tête du fils innocent.

Tout alla bien pendant un mois.

Claude Vincent avait avoué. Nature brutale et franche, il n'avait pu résister longtemps aux petits pièges du juge d'instruction.

Il avait tout dit.

Mais la justice ne se contente pas d'un aveu. Il lui faut un faisceau de preuves qui vienne établir que l'aveu n'est pas mensonger.

Ce fut un nouveau malheur pour Louise et Jacques, hélas! déjà si éprouvés.

En effet, il résulta des recherches faites par la justice, que l'on découvrit l'histoire du *Lapin qui fume*. Cette femme déclara que, la veille du crime, deux hommes et un enfant étaient venus, le soir, boire dans le cabaret. Le signalement qu'elle donna des buveurs se rapportait à celui de Claude Vincent et de Billou.

Il y eut confrontation avec Claude, qui fut reconnu. La police ne fut pas longtemps à découvrir Jacques. Un beau matin il fut saisi à l'atelier et conduit chez le juge d'instruction.

La marchande de vin le reconnut également, et devant son affirmation que l'enfant était resté chez elle, endormi par l'ivresse, jusqu'au matin, il fut relâché. Le maître serrurier et ses ouvriers reçurent le pauvre Jacques, à son retour, avec les injures les plus outrageantes.

Louise résolut de changer de quartier.

Ils traversèrent tout Paris et allèrent porter leurs guenilles et leur dernier argent dans une petite chambre de la rue de la Roquette.

A peine furent-ils installés, que Louise prit le lit pour ne plus le quitter.

Les quelques francs qui lui restaient furent bientôt

mangés, et Jacques se trouva sans ressources, avec sa mère malade !

Cette situation dura quelques jours.

L'enfant fit alors des réflexions au-dessus de son âge, et il se demanda si la société devait laisser les innocents mourir de misère par vengeance contre un coupable.

Il se demanda s'il y avait un Dieu de clémence et de bonté, qui permettait l'abandon dans lequel il se trouvait ; il se demanda enfin si, repoussé de toutes parts pour le travail et l'honnêteté, il ne lui était pas permis de voler ?

C'était logique !

Et, la faim aidant, le soir il alla chez un boulanger et mendia du pain.

Le commerçant le regarda de travers, le traita de paresseux, mais lui donna un morceau de pain rassis et le suivit du regard, pour s'assurer que le mendiant ne le jetait pas au coin de la borne.

Jacques se sauva manger ce pain dans sa chambre, avec des larmes dans les yeux et la honte sur le front.

Il se dit :

— Je ne mendierai plus, c'est trop lâche.

Le vol lui semblait plus noble.

Le lendemain matin, il allait sortir pour accomplir quelque acte blâmable, lorsque quelqu'un frappa à la porte de son modeste taudis.

Louise sommeillait.

Il alla ouvrir et fut surpris de voir un monsieur bien mis qui lui demanda :

— Est-ce ici chez madame Vincent ?

— Oui, Monsieur, répondit Jacques.

— Peut-on entrer? fit le monsieur en poussant la porte pour pénétrer dans la chambre.

— C'est que... maman dort, dit Jacques.

— Ah! elle est malade, dit le visiteur; je m'en doutais.

Le bruit avait réveillé Louise.

— Jacques, dit-elle, qui est là?

— Un monsieur.

La femme essaya de se soulever sur son séant, mais l'inconnu s'approcha en lui disant:

— Restez, madame, ne vous fatiguez pas; vous avez au contraire grand besoin de repos.

Il prit la main que Louise avait hors du lit et lui tâta le pouls.

Jacques regardait, surpris.

— Vous êtes médecin? Monsieur, dit la malade faiblement.

— Oui, Madame, je suis l'un des docteurs attachés à une société de bienfaisance qui vient au secours des femmes et des enfants des.....

Il s'arrêta.

— Des criminels!.. oh! mon Dieu, je comprends.

— Votre mari n'est pas encore jugé, Madame, espérez... Espérez aussi sur mon concours dévoué et sur celui de ceux qui m'envoient.

— Hélas! Monsieur, je n'ai plus pour longtemps à vivre; ce qui m'occupe, c'est mon enfant.

— Nous en prendrons soin, Madame; nous vous sauverons et votre fils vous récompensera, j'en suis certain, de ce que vous aurez souffert. Seulement, il faut m'obéir; pour commencer, vous allez garder la chambre jusqu'à ce que je vous permette de sortir; vous prendrez de la nourriture et vous chasserez le chagrin.

Louise fit un mouvement que le médecin comprit.

— Voici, dit-il, des bons de pain, de viande et de vin ; au revoir, je reviendrai la semaine prochaine.

L'homme de l'art fit signe à Jacques de l'accompagner et sortit.

— Mon ami, dit-il, votre mère est bien faible ; il faut rester avec elle et la soigner ; en ce moment elle n'a que vous, et votre départ la tuerait. Je puis compter sur vous ?

— Oh ! oui monsieur.

Après le départ du docteur, Jacques, intrigué par les morceaux de papier que le médecin avait laissés sur la table, en prit un sur lequel il vit : *Bon pour quatre livres de pain.* Puis il courut chez le boulanger de la veille, un peu inquiet toutefois sur la suite de l'incident.

Le boulanger en le voyant le reconnut.

— Tu t'y habitues, à ce qu'il paraît, commença-t-il.

Jacques lui tendit son papier.

Le marchand le lut, vit le timbre de la mairie ; et, adoucissant sa voix :

— C'est différent : choisis le pain que tu voudras dans ceux-là.

L'enfant ne se le fit pas dire deux fois ; il prit un pain, le mit gravement sous son bras, et cette fois il se dirigea fièrement vers son garni.

Encouragé par ce premier succès, il prit un bon de viande et un bon de vin et revint bientôt chargé de provisions.

Mais il était fort embarrassé pour faire cuire sa viande. Il se hasarda à demander à une voisine, qui se chargea de ce soin en apprenant la position de la mère et de l'enfant.

Les pauvres gens s'aident toujours entre eux.

Jacques, rassuré sur sa nourriture et celle de sa mère, et confiant, comme on l'est quand on est jeune, ne douta pas que tout allait marcher au mieux.

Le médecin revint plusieurs fois, comme il l'avait promis; mais la pauvre Louise ne se remettait pas.

Un soir, que Jacques faisait la cuisine chez la voisine, un homme noir se présenta, un papier timbré à la main.

— M. Jacques Vincent? demanda-t-il.

— C'est moi, répondit Jacques tout troublé.

— Voilà une citation à comparaître devant la cour d'assises comme témoin dans l'affaire de Saint-Denis.

Il posa le papier sur un meuble et se retira.

— Jésus! fit la voisine, vous connaissez donc l'assassin?

Jacques hésita un instant, puis il dit d'une voix forte:

— C'est mon père!

Il l'avait renié une fois; il lui paraissait lâche de le renier une seconde fois. Il rendait des points à Saint-Pierre.

La voisine n'en revenait pas. Elle avait mangé depuis trois semaines avec la femme et le fils d'un criminel !

Elle n'osa pas tout à fait fermer sa porte à Jacques, mais à partir de ce jour les services devinrent rares, et l'enfant entendit chuchoter près de lui lorsqu'il passait.

Il eut recours à un stratagème. Il escompta plusieurs de ses bons et acheta du charbon. De cette façon il n'eut plus besoin de personne.

D'autre part, Louise avait repris des forces et se levait parfois.

Jacques vit cela avec plaisir, car il pourrait ainsi sortir le jour du jugement sans rien dire à sa mère, à laquelle il avait soigneusement caché l'assignation.

Le jour terrible arriva. Jacques mangea de bonne heure et conta à sa mère que le médecin qui les secourait devait le présenter dans une maison où il trouverait de l'ouvrage. Il la pria donc de ne pas se tourmenter s'il rentrait un peu tard.

Ce pieux mensonge fut pris par la mère pour une heureuse nouvelle, et Jacques partit, se dirigeant vers le palais de justice, où il se fit indiquer la cour d'assises.

Il y avait foule aux abords du palais. Jacques entendit plus de cinquante fois le nom de Vincent et celui de Billou voler de bouche en bouche.

— Les gredins! disait l'un, j'espère qu'ils seront raccourcis.

— Ils ne l'auront pas volé.

— Tuer un homme si bon, c'est épouvantable!

— Et la pauvre femme, qui est morte de chagrin!

— On devrait les faire cuire à petit feu.

— Ce ne serait pas assez pour un crime pareil.

Un autre reprenait :

— Je ne suis pas partisan de la peine de mort, j'estime que les travaux forcés à perpétuité punissent davantage le meurtrier sans compter qu'il peut se repentir.

— Se repentir? allons donc! mais s'il s'échappait, il assassinerait dès le lendemain.

— Et puis, la famille...

— Il est bon, celui-là, avec la famille... La famille des assassins, on devrait envoyer cela à la Nouvelle-Calédonie.

Jacques traversait les couloirs en entendant malgré lui toutes ces jolies choses. Grâce à sa cédule, il parvint à un garde de Paris, qui le fit entrer dans la salle des témoins.

Il fut reconnu aussitôt, et le vide se fit autour de lui.

Il alla s'asseoir dans un coin et attendit, la tête cachée dans l'embrasure d'une fenêtre, l'appel de son nom.

Il pouvait être midi lorsque l'huissier prononça très haut :

— Jacques Vincent, approchez.

Jacques se leva et marcha droit devant lui. Sur son passage des voix disaient :

— C'est le fils... c'est le fils.

Ce fut presque sans voir qu'il arriva à la barre.

CHAPITRE IX

LA SOCIÉTÉ SE VENGE

Claude Vincent, ayant tout avoué, refusa de désigner un défenseur. Le parquet du procureur général lui en nomma un d'office. Ce fut, comme l'affaire avait une grande importance, un avocat que l'on poussait à la célébrité. Certes, la plaidoirie ne changerait rien dans l'esprit des jurés, mais on citerait le nom de l'éloquent défenseur dans les journaux judiciaires, et M. le président de la Cour lui adresserait, en résumant les débats, quelques paroles d'éloge ou tout au moins d'encouragement.

Il vint voir Claude, qui conta tout, franchement.

— Mon rôle est tout à fait simplifié, lui dit l'avocat ; je plaiderai les circonstances atténuantes. Je sauverai votre tête...

Claude eut un sourire d'incrédulité.

— A quoi bon ? dit-il ; je préfère mourir !

Le matin du jour où nous sommes, Claude fut extrait de sa cellule et conduit à l'audience de la cour.

Il pouvait être dix heures et demie.

La salle était déjà pleine de monde. Lorsque la petite porte qui s'ouvre sur la stalle des accusés tourna sur ses gonds et que les gardes de Paris entrèrent, entourant le coupable, tous les regards se dirigèrent de ce côté.

Claude prit place sans forfanterie, la tête baissée, et craignant sans doute de reconnaître quelqu'un dans la salle.

Quelques instants après, le jury se plaça dans la tribune de gauche, en face de lui.

L'avocat de Claude parut alors:

Puis on annonça la cour.

On procéda au tirage au sort des jurés; puis le président, après lecture de l'acte d'accusation, qui était un terrible réquisitoire réclamant la peine capitale, commença l'interrogatoire de l'accusé.

Après les demandes d'usage, le président dit :

— Vincent, vous vous reconnaissez coupable de l'assassinat de M. Martel ?

— Oui.

— Vous avez déclaré que c'était Billou qui vous avait poussé à commettre ce crime.

— Sans lui je n'aurais jamais osé le commettre.

— Vous persistez à dire que Billou a seul profité du produit du vol ?

— Oui, Monsieur.

— Et vous ignorez ce qu'est devenu votre complice?

— Je l'ignore.

— Dites-nous comment les faits se sont accomplis ?

Claude fit un effort.

— A quoi bon ? dit-il, puisque vous le savez.

— Messieurs les jurés ont intérêt à vous entendre.

— Je ne dirai rien de plus, fit Claude d'une voix sombre. J'ai tué, j'ai volé, c'est tout.

Cette réponse simple et vraie fut diversement appréciée.

On ne voulut pas croire que ce criminel tremblât à la pensée de son crime.

— Messieurs les jurés apprécieront votre silence, reprit le président ; huissier, faites entrer les témoins.

Le premier témoin entendu fut M. Martel père, puis le concierge, le caissier et la marchande de vins du *Lapin qui fume*.

Nous ne reproduisons pas ces dépositions, qui n'apprendraient rien au lecteur.

Mais si Vincent avait avoué, Billou n'avait rien dit, et, à son égard, il était utile d'établir la complicité.

Claude avait écouté les dépositions avec un calme apparent.

A chacune d'elles le président lui avait demandé s'il avait quelque objection à faire.

— Je n'ai rien à dire, répondait-il invariablement.

C'est alors que parut Jacques.

L'enfant, arrivé devant la barre, leva les yeux et vit la cour en rouge, le jury en noir, spectacle nouveau pour lui.

A sa droite, entre les soldats... son père !

A ce moment, Claude regardait quel était ce nouveau témoin. En reconnaissant son fils, il poussa un gémissement sourd, tomba assis sur son banc et cacha sa tête dans ses mains. Il sanglotait.

Le président demanda à Jacques ses nom et prénoms, mais l'avocat se leva pour déclarer qu'il s'opposait à ce que Jacques fût entendu : d'abord comme étant mineur âgé de moins de quinze ans.

Le président répondit que Jacques serait entendu à titre de simple renseignement, en vertu de son pouvoir discrétionnaire, et seulement en ce qui concernait Billou.

— Bon, dit l'enfant, si c'est contre Billou je veux bien, sans cela je n'aurais rien dit.

Alors il raconta, avec beaucoup de clarté, la scène qui s'était passée chez son père le soir du crime et comment Billou avait entraîné Claude ; comment lui, Jacques, se doutant de quelque chose, les avait retrouvés derrière l'usine ; comment Billou l'avait grisé pour se débarrasser de lui.

— Et, lui demanda le président, vous n'avez pas revu Billou depuis ce jour ?

— Non, Monsieur.

— Vous ignorez le lieu de sa cachette ?

— Oh ! oui, monsieur, car si je le connaissais...

— Vous l'auriez dit à la justice, n'est-ce pas ?

— Non, fit Jacques ; si je savais où il est, j'irais le trouver et je le tuerais, car c'est lui qui a perdu mon père et qui est la cause que ma mère mourra.

Le président fit une semonce à cet enfant qui, à quatorze ans, parlait déjà de tuer, et ne manqua pas de faire ressortir que la peine de mort elle-même n'était pas suffisante pour effrayer les gens de cette espèce.

Il aurait dû faire ressortir, au contraire, puisque la société punissait la mort par la mort, que la vengeance de l'enfant devenait aussi légitime que l'arrêt qui allait être prononcé.

Après cette déposition, l'avocat général développa ses conclusions, qui demandaient naturellement la peine la plus sévère.

L'avocat fut presque éloquent ; il lança des tirades attendries et eut le grand mérite de dire tout ce qu'il avait à dire en un quart d'heure.

Le président fit son résumé, soi-disant impartial ; il s'étendit longuement sur les arguments de l'accusation, glissa rapidement sur ceux de la défense et invita le jury à entrer dans la salle de ses délibérations.

La délibération fut courte.

Le chef du jury déclara d'une voix sensiblement émue les paroles sacramentelles :

— Sur toutes les questions, oui, les accusés sont coupables.

Le verdict était muet sur les circonstances atténuantes.

En conséquence, la cour rendit un arrêt qui condamnait Claude Vincent et, par coutumace, Billou à la peine de mort.

Claude refusa de signer son recours en grâce et même son pourvoi en cassation.

Il avait hâte d'en finir.

Seulement, il demanda, deux jours après, à voir son fils.

Il n'osait demander Louise.

A un homme qui va mourir on ne refuse rien. Jacques fut appelé près de son père.

A son retour du jugement, Louise s'était levée sur son lit et lui avait dit :

— Mon enfant, tu viens de là-bas, tu as vu ton père ? Je sais tout. Il est condamné, n'est-ce pas ?

Jacques balbutia.

— Ne dis pas non. Les voisins, en ton absence, m'ont tout raconté, et demain les journaux répandront la triste nouvelle.

— C'est vrai, fit Jacques ; ils l'ont condamné.

— A mort ?

— Oui, à mort.

— Ils en ont condamné deux, fit la pauvre femme en retombant sur son traversin.

Jacques se rendit au désir de son père.

Jusque-là, Claude Vincent avait refusé de recevoir le prêtre. Celui-ci profita de l'arrivée du fils pour se glisser dans la cellule du condamné.

Claude fut presque heureux de la présence d'un tiers, qui empêcherait son fils de lui faire des reproches.

Hélas ! l'enfant n'y songeait pas.

Lorsqu'il pénétra dans le misérable réduit où gisait l'auteur de ses jours, il se prit à pleurer et tomba dans les bras tremblants de Claude, qui le serra longtemps en pleurant lui-même.

L'aumônier respecta ce silence éloquent et se mit en prières dans un coin.

Enfin, Claude surmontant son émotion murmura à l'oreille de son fils :

— Et ta mère ?

— Mère est malade, fit Jacques.

— Bien malade, n'est-ce pas ?

— Oh ! oui. Elle mourra bientôt. Le médecin l'a dit.

— C'est moi qui suis son meurtrier... elle me maudit.

— Non, dit Jacques, elle prie et elle pleure.

Claude eut un cri de colère et dit comme en lui-même :

— Oh ! si j'étais libre seulement deux jours, il y passerait !

— Tu veux parler de Billou, père ?

— Oui, c'est ce misérable qui m'a conduit où je suis.

— Père, fit Jacques, sois tranquille, je suis jeune, moi, je suis libre ; ici, dans ce cachot, je te jure de te venger !

— Merci, répondit Claude.

L'aumônier s'était rapproché.

— Mon fils, dit-il à Claude, vous faites là une mauvaise action et vous encouragez ce pauvre enfant au crime.

— Tuer un méchant n'est pas un crime, dit Jacques.

— Si, mon ami, c'est toujours un crime, de verser le sang de son semblable.

— Soit, reprit l'enfant ; les juges en ont donc commis un en condamnant mon père ?

Le prêtre s'arrêta surpris.

— Distinguons ; les juges ont agi au nom de la société, et les lois veulent que l'assassin soit puni de mort.

— C'est juste, reprit Claude, et je comprends cela. Aussi, vous me voyez résigné ; mais si la société, comme vous le dites, a le droit de se venger, je dois l'avoir aussi.

L'aumônier était visiblement embarrassé.

— Il y a sans doute des choses à changer ici-bas, reprit-il, il n'y a que là-haut que tout soit parfait ; aussi, mon fils, reportez vos pensées vers Dieu, devant lequel vous allez paraître bientôt.

Mais Claude suivait son idée.

— Je pense, fit-il, que, si j'avais été condamné aux travaux forcés à perpétuité, j'aurais pu comme un autre aller à la Nouvelle-Calédonie. Je suis fort et j'aurais cultivé la terre. Je ne suis pas méchant, voyez-vous, et si j'avais eu là-bas mon fils et ma femme, je serais redevenu ce que j'étais ; j'aurais travaillé pour rendre les cinquante mille francs que Billou a emportés, et peut-être qu'alors votre société m'aurait pardonné. Au lieu de cela, je vais mourir, ma femme se meurt de

chagrin, mon Jacques va rester seul au monde avec un
nom flétri ; vous appelez ça de la punition, je nomme
cela de la vengeance !..

En ce moment le geôlier vint reprendre Jacques,
l'heure accordée pour la visite étant écoulée. Claude
attira son fils sur sa poitrine et l'y retint longtemps.

Ce malheureux sentait qu'avec Jacques allait sortir
tout espoir. Il regretta un instant d'avoir refusé de
demander sa grâce, mais il se remit promptement et,
dans un dernier embrassement, il dit :

— Souviens-toi de Billou.

— Je ne veux vivre que pour le retrouver.

— Adieu !

— Non, au revoir, père ! Je serai là-bas, tu verras si
j'ai du courage.

Il suivit le geôlier d'un pas ferme.

Trois jours plus tard l'ordre fut donné de transférer
le condamné à la Roquette.

Claude comprit que le dernier jour était arrivé.

Nous n'essaierons pas de raconter tout ce qui se
passa dans l'âme de ce malheureux pendant chacune
des heures qui lui restaient à vivre.

Farouche de nature, mais résigné, il fit assez bonne
contenance. Il chassait de sa pensée le souvenir de sa
femme et se complaisait dans l'idée que Jacques, bientôt grand et fort, le vengerait de Billou.

Oh ! s'il avait tenu le petit homme en ce moment!...

Parfois aussi il avait des retours vers le passé et des
regrets inutiles. Alors, devant lui, se dressait comme
en songe un dessin terrible : c'était l'échafaud !

Il sentait un frisson courir dans ses veines et fermait
les yeux.

Passant sa main sur son front, il le sentait glacé, et cette main était mouillée de sueur.

Il avait peur étant seul.

Cette crainte singulière lui fit demander l'aumônier, qui s'empressa de se rendre à son désir.

Le résultat de cette visite fut que Claude écouta un sermon qu'il ne comprit pas ; qu'il parut convaincu de repentir, ce qui était vrai d'ailleurs, et qu'il obtint un bon dîner.

Le soir vint, avec le soir la nuit, avec la nuit, l'effroyable appréhension d'un effroyable réveil.

La victime que l'assassin frappe ne souffre que matériellement ; l'assassin souffre d'abord moralement et durant les longs mois de prévention. Il souffre affreusement les derniers jours et la dernière nuit.

Nous sommes bien loin d'excuser le crime, mais nous voudrions une justice plus prompte et une agonie moins prolongée, en attendant l'abolition de la peine de mort.

Quelle horrible nuit s'étendit sur Claude Vincent ! Personne ne lui disait le jour de l'exécution, mais il l'avait facilement deviné.

Nous regrettons de n'avoir point le talent de Victor Hugo pour dire tout ce que souffrait ce coupable ; mais nous prions nos lecteurs de relire le beau livre du maître : *Le dernier jour d'un Condamné.*

A peine si le jour paraissait que le geôlier vint avertir Claude Vincent que le dernier moment était venu.

Le greffier vint lui lire sa sentence, qu'il ne connaissait que trop, et l'aumônier, un crucifix à la main, accompagna le patient à la toilette.

Après la coupe des cheveux, Claude se leva et marcha d'un pas fiévreux vers la machine qui fait tomber les têtes.

Paris savait le jour de l'exécution, et des milliers de gens, que ce spectacle attire, se pressaient depuis minuit aux abords de la rue de la Roquette.

Il y avait des hommes, mais surtout des jeunes gens des femmes et des enfants.

C'est si attrayant de voir fonctionner la guillotine!

Jacques n'avait rien dit à sa mère et lui avait laissé ignorer le jour fatal. Mais, vers deux heures du matin, ne dormant pas et voulant être fidèle à la promesse qu'il avait faite à son père, il se leva, s'habilla et sortit.

Il n'avait que quelques minutes de chemin à faire pour arriver à la place de l'exécution.

Là, il n'eut pas grand'peine pour se frayer un passage.

Il atteignit le pied d'un arbre et se hissa dans les branches.

De cet observatoire, il était certain de ne pas perdre un seul incident, s'il en survenait sur la plate-forme.

Le jour vint éclairer bientôt ce champ peuplé de têtes humaines. Tous ces visages étaient pâles et inquiets.

Bientôt un mouvement inusité se produisit dans la cour, puis l'on put voir les aides du bourreau préparer la scène.

Un instant après, parut le sinistre cortège.

Claude Vincent, pâle mais ferme, monta les degrés de l'échafaud. Il avança sur la plate-forme, repoussant du geste le bourreau et le prêtre. Il jeta un regard sur cette foule frémissante au-dessous de lui, cherchant son fils.

Tout à coup ses yeux s'arrêtèrent sur un arbre.

Un enfant, debout sur une branche, étendait la main vers lui. Il tomba à genoux, regardant l'enfant et sans écouter ce que le prêtre lui disait. Toute son âme allait vers l'arbre.

Le bourreau lui fit courber la tête et pressa la détente. Le couperet glissa avec un bruit sec, et la tête de l'assassin tomba dans le panier.

En bas, un bruit se fit entendre et un garçon tomba d'un arbre. Il était évanoui.

Deux ouvriers s'avancèrent pour le relever, mais comme ils étaient de l'usine de Saint-Denis, il reconnurent Jacques et s'éloignèrent vivement en disant :

— N'y touchez pas, c'est le fils de l'assassin !

La société était vengée.

CHAPITRE X

UN HOMME FAIT CE QUE LA SOCIÉTÉ AURAIT DU FAIRE

Quelques jours après la scène que nous venons de raconter, un humble cercueil attendait sur deux chaises dans le corridor d'une maison de la rue de la Roquette ! Pas de tenture à la porte ; sur une troisième chaise, une assiette avec de l'eau bénite et une branche de buis.

Les passants jetaient à peine un regard sur ce mort qui quittait si misérablement la vie.

Bientôt un corbillard, également sans tenture, celui des pauvres, arriva. Deux employés des pompes funèbres enlevèrent la bière et la posèrent sur le véhicule ; puis l'un d'eux fit signe au cocher, et la voiture funèbre monta au pas la rue de la Roquette.

Derrière, un jeune garçon, Jacques, et une femme, la voisine dont nous avons parlé.

Au moins, à ce triste convoi personne ne riait et ne causait, et la pauvre morte était suivie du seul être qui l'avait aimée et qu'elle avait aimé.

A la porte du Père-Lachaise, un prêtre avança au-devant du corps, murmura quelques paroles de latin, envoya une rapide bénédiction sur le cercueil, et le triste

6

cortège avança de nouveau dans la direction de ce qu'on nomme la fosse commune.

A la première allée, la voisine s'esquiva, comme si elle avait honte de suivre un pareil chemin. Jacques resta seul, la tête penchée et marchant sans trop se rendre compte de ses pensées.

Bientôt on fut devant le trou attendant ceux qui n'ont pas le moyen d'acheter les deux mètres de terre où tout disparaît, le crime et la beauté, l'orgueil et la richesse, les petits et les puissants de ce monde.

Les croque-morts eurent bientôt expédié le cercueil à sa place, et la terre commença à tomber.

Alors le pauvre Jacques comprit qu'il était seul sur terre ; une immense tristesse s'empara de tout son être, il tomba sur les genoux et, tendant ses mains éplorées vers la bière, il s'écria au milieu d'un sanglot :

— Ma mère, ma mère, adieu !

Les fossoyeurs eux-mêmes furent émus devant la douleur de l'enfant.

Lorsque le cercueil fut recouvert, ils s'éloignèrent, laissant Jacques devant la fosse.

Le pauvre garçon ne pleurait plus ; il s'était relevé, et sur sa figure on eût pu voir une expression farouche.

Il étendit une main au-dessus de la tombe, et à haute voix :

— Père, dit-il, sur celle qui n'est plus, je jure de te venger de celui qui t'a poussé au crime, et je jure de me venger contre tous de m'avoir fait orphelin !

Il se retourna et fut surpris de voir devant lui le docteur qui lui avait donné des bons de pain et qui avait soigné sa mère.

Une légère rougeur monta à son visage.

— Vous m'avez entendu ? demanda-t-il.

— Oui, répondit le médecin, et je vois que j'arrive à temps.

— Rien ne m'empêchera de retrouver Billou.

— Ce n'est pas de cela qu'il s'agit, mon ami ; je comprends que seul, abandonné, la vie soit difficile pour vous, la vie honnête surtout, et les menaces que vous prononciez tout à l'heure sont naturelles dans votre position. Mais, marchons, sortons de ce cimetière ; ici nous n'avons plus rien à faire.

Jacques suivit le docteur en silence.

Sur le boulevard extérieur, une voiture attendait. Le médecin invita Jacques à monter près de lui.

Celui-ci, ombrageux, demanda :

— Où me conduisez-vous ?

— Chez vous, d'abord, mon ami ; vous avez peut-être quelque souvenir à emporter.

— C'est juste, fit Jacques.

Un instant après, il descendait devant son garni.

Il fit un paquet assez mince de ses effets, passa à son cou un médaillon qui avait appartenu à sa mère et qui était attaché avec le ruban de la petite Armande Martel, et dit à son compagnon :

— Je suis prêt, Monsieur.

— Alors, partons.

La voiture traversa Paris, longea la Seine et arriva, après avoir passé Boulogne, dans le village de Saint-Cloud.

Là, on monta une côte et l'on entra dans le bois.

Jacques regardait ce pays tout nouveau pour lui.

Le docteur lui dit :

— Comment trouvez-vous ce que vous voyez ? mon ami.

— Très beau, répondit Jacques.

— Eh bien, il en est de même des hommes ; il y en a de mauvais, il y en a de bons.

— C'est vrai Monsieur, vous d'abord.

— Moi ? Oh ! je ne suis ici qu'un instrument, mais celui qui m'envoie à vous est un de ces bons dont je vous parle.

— Alors, il y a quelqu'un qui s'occupe de moi ? fit Jacques.

— Sans doute, mon ami ; celui qui vous a envoyé des secours, à vous et à votre mère malade, cet homme-là a fondé un asile pour les enfants des condamnés.

— Ah ! oui, une maison de correction.

— Non pas, et vous jugerez par vous-même. Là, vous serez nourri, logé, habillé, jusqu'à l'âge où vous serez assez fort pour gagner seul et honnêtement votre existence.

— Mais, que ferai-je dans cette maison ?

— Vous acquerrez les connaissances qui vous manquent et l'état que vous choisirez.

— Je veux être mécanicien ! fit Jacques.

— Bien, mon ami ; vous apprendrez donc le dessin, l'algèbre et la mécanique, et vous forgerez vous-même les pièces que vous inventerez ; je vous ai jugé courageux et intelligent, je suis certain que vous ne me ferez pas mentir.

Jacques était devenu rêveur.

— Une chose m'inquiète, Monsieur.

— Dites, mon enfant.

— C'est mon nom...

— Je vous comprends... Nous seuls saurons votre vrai nom ; vous prendrez celui que vous voudrez, et on vous inscrira sous ce nom d'emprunt.

— Merci, Monsieur.

— Tenez, nous voici arrivés ; voilà l'avenue qui conduit à l'asile, au bout de ces grands arbres ; vous sonnerez à la grille, vous donnerez le nom que vous avez choisi, en présentant cette carte que voici, qui est un bon d'admission, et alors Jacques Vincent n'existera plus, personne au monde ne pourra dire qui vous êtes. A vous de faire le reste.

— Encore un mot, Monsieur ; je désirerais connaître le nom de mon bienfaiteur. Est-ce possible ?

— Certainement, mon ami ; le fondateur de cette œuvre philanthropique se nomme M. Martel.

Et le docteur faisant un geste d'adieu à Jacques, debout dans l'avenue, s'éloigna au trot de son cheval.

— Mon Dieu, murmura l'enfant, mon père a tué son fils et c'est lui qui me sauve ! Oh ! mère, si tu me vois de là-haut, tu seras contente de moi!...

Un instant après, il sonnait à la grille indiquée et remettait sa carte.

— Votre nom ? lui demanda le portier.

— André Rémy, répondit Jacques sans hésiter.

Et il entra.

FIN DE LA PREMIÈRE PARTIE

DEUXIÈME PARTIE

L'EXPIATION DU FILS

CHAPITRE PREMIER

L'INVENTEUR AVEUGLE

Dix années se sont écoulées, depuis les évènements que nous avons racontés au lecteur.

Le règne de Napoléon III s'est noyé dans le sang de nos soldats et a disparu pour jamais, enfoncé dans la boue de Sedan.

Metz-la-Pucelle a rendu ses canons au roi de Prusse, et le général Trochu, qui avait dit : « Le gouverneur de Paris ne capitulera jamais ! » a fait capituler par un autre.

A la suite de ces malheurs si grands, la Commune s'est allumée, puis éteinte, et la France blessée se demande si elle existe encore.

Les partis, sans pitié pour la mourante, se disputent les lambeaux de son héritage, comme des héritiers rapaces qui forcent les armoires avant le dernier soupir du mort.

La ville de Saint-Denis a eu, dans cette sombre épopée, ses journées de gloire et ses jours de deuil.

Les Prussiens sont partis, et les usines recommencent à voir fumer leurs grandes cheminées. La Patrie comprend que, si les empereurs la mènent au tombeau, le travail la conduit à la Liberté.

Hélas ! combien sont tombés à la guerre étrangère et à la guerre civile ! Les ouvriers se comptent à l'atelier et se parlent bas :

— Qu'est devenu Pierre ?

— Tué à Strasbourg.

— Et Paul ?

— Mort de faim en Allemagne.

— Et un tel ?

— Dans les prisons de Versailles, à Belle-Isle, ou à la Nouvelle-Calédonie.

Et l'atelier semble triste, et les chants joyeux du travailleur n'accompagnent plus le bruit strident des marteaux.

Dans l'usine de M. Martel, la situation est plus tranchée encore.

Jetons un regard dans le passé.

A la suite du vol commis par Claude Vincent et Séverin Billou, vol qui créait un déficit sur les bénéfices de l'année, les actionnaires devinrent méfiants.

D'autre part, l'absence de M. Martel fils aux affaires de la société se fit vivement sentir.

M. Martel père tomba gravement malade, et sa vue, déjà attaquée, fut bientôt perdue tout à fait. L'excellent homme fut guéri, mais il était aveugle.

Il fallut confier la direction de l'usine à un étranger qui, tout en faisant son devoir, manquait du feu sacré qu'allume toujours l'intérêt direct.

La fabrique traîna ainsi quelques années, lorsque survinrent coup sur coup plusieurs faillites.

Un malheur n'arrive jamais seul, et M. Martel eut la douleur d'en supporter toute une série.

Il y eut alors grève, puis chômage. Les actions furent vendues au-dessous du pair ; bref, l'usine luttait encore contre la déveine, lorsqu'éclata la guerre de 1870.

M. Martel était trop patriote pour rester inactif devant le désastre général.

Il avait consacré la plus grande portion de sa fortune à acheter les actions de l'usine : il sacrifia le reste pour essayer de lutter contre l'ennemi.

Il fit fondre des canons qu'il offrit au gouvernement de la Défense nationale.

Pour récompense, les obus ennemis vinrent détruire la plupart de ses bâtiments, et l'année 1872 le trouvait debout contre l'adversité, courageux, résigné toujours, mais aveugle et ruiné.

Deux choses pourtant le soutenaient encore :

Un immense amour pour la fille de son fils, devenue une charmante jeune fille de dix-huit ans, et une invention nouvelle et utile dont il voulait doter son époque, et à laquelle il travaillait depuis longtemps.

C'était une grue de sauvetage, pour renflouer les vaisseaux en mer et les bateaux en rivière.

Armande et son invention étaient, dans son esprit, deux sœurs jumelles.

Il regrettait ses yeux, parce qu'il ne pouvait faire lui-même les plans de son œuvre préférée.

Cette grue de sauvetage était un espoir, le dernier, pour éviter ce naufrage commercial nommé faillite.

Oui, cette fabrique, autrefois bruyante et prospère, était devenue sombre et morne. Les ombres de M. et

Mme Martel fils semblaient planer au-dessus d'elle.

Cependant parfois une voix fraîche s'élevait dans la petite maison, au milieu des arbres restés debout. C'était la fauvette de l'usine, c'était la fée qui ramenait le sourire sur la figure du grand-père.

Armande Martel était une grande jeune fille, brune comme son père était brun, le teint légèrement pâle, ayant dans la marche quelque chose de viril qui annonçait de la volonté. Mais cela disparaissait sous un abandon gracieux de toute prétention.

Cette tête charmante était rieuse de nature, et l'on eût pu penser que, femme, elle ne s'occuperait jamais que de chiffons.

Le grand-père jugeait autrement, lui, et jugeait bien.

— Cette petite espiègle, disait-il souvent, sera la tête de la maison, et pour la rendre heureuse, il faudra un homme qui soit un homme.

Et il soupirait en songeant que la dot de cette enfant devenait de jour en jour plus légère, et que les jeunes gens ne se marient plus guère par amour.

Son Armande, toute sa famille, toute son espérance, toute sa vie, resterait-elle sans soutien après lui ?

C'est dans cette situation problématique que nous retrouvons M. Martel et sa petite-fille, au printemps de l'année 1872.

Un jour, vers midi, l'aveugle entra dans la salle à manger avec un air triomphant.

Armande remarqua aussitôt cette heureuse disposition.

— Qu'y a-t-il ? père, demanda-t-elle en lui tendant son front ; tu as l'air satisfait de ta matinée.

— Oui, fillette, dit M. Martel, en déposant un baiser

sur les joues de sa fille ; oui, les ouvriers viennent enfin de m'annoncer que toutes les pièces de ma grue sont terminées.

— Ah ! tant mieux.

— Le bois vient de notre succursale d'Amérique et a été choisi spécialement. Le fer est de première qualité ; j'ai touché et mesuré moi-même les roues et les engrenages Tu souris peut-être ; mais j'y vois par la pensée, et d'ailleurs je connais si bien mon sujet qu'il serait difficile de me tromper.

— Je sais père, que tu es un voyant par l'esprit.

— C'est cela, flatte-moi ; mais ça m'est égal, mes doigts voient aussi bien que le feraient mes yeux ; à défaut de la vue, j'ai le toucher, et en vérité ce n'est qu'une habitude à prendre. Je n'ai besoin de personne pour me conduire dans l'usine, mon pied se pose juste à l'endroit voulu ; si je me sers d'une canne, c'est seulement dans la crainte d'une surprise ; une voiture laissée dans le chemin, ou une traverse de bois, un accident est si vite arrivé ! C'est que, vois-tu, ma petite fille, je ne veux pas qu'il m'arrive malheur maintenant.

— Je ne veux pas qu'il t'arrive malheur jamais ! dit Armande.

— Je sais bien ; mais c'est que maintenant je veux voir fonctionner ma grue, et si je réussis — rien ne peut m'empêcher de réussir — alors, la fortune reviendra chez nous, et ma petite-fille aura sa dot comme les demoiselles d'aujourd'hui.

— Pauvre cher père, je ne sais pourquoi tu penses toujours à te séparer de moi, à me marier ; oh ! je suis heureuse ainsi, je veux rester avec toi, toujours.

— Chère enfant...

— Tu pourrais donc vivre sans moi ?

— Non, fit M. Martel ; mais ne parlons plus de cela, que cette journée soit tout à la joie. Dès demain, on commencera à assembler les pièces de la grue sur le port Saint-Denis. Le ponton qui doit la porter est arrivé. Au grand jour, on coulera un bateau de sable en Seine, et nous verrons. Le cœur me bat d'avance. Je convoquerai des ingénieurs, des savants, ce sera une vraie fête !

— Oui, père, une belle fête… mais, qu'as-tu donc ?

Deux larmes s'échappaient des yeux blancs du vieillard.

— Il manquera un homme, qui était un savant aussi, celui-là, fit-il amèrement ; il manquera celui qui a été le bonheur et l'espoir de ma jeunesse comme tu es celui de ma vieillesse.…

— Grand-père, tais-toi, dit Armande.

Elle passa ses bras autour du cou de son grand-père, pencha sa tête sur sa poitrine, et tous deux, le vieillard et la jeune fille, embrassés, émus par un souvenir terrible, laissèrent couler leurs larmes.

M. Martel s'arracha le premier à cette faiblesse.

— Allons, dit-il, je t'attriste maintenant ; ma parole d'honneur, je redeviens enfant… Je disais donc que je convoquerai les principaux ingénieurs de Paris. Un de mes amis m'a promis d'amener pour l'expérience décisive un jeune homme d'une capacité hors ligne et dont on parle beaucoup depuis quelque temps.

— Quel est ce jeune homme ?

— Je ne le connais pas. Tout jeune encore, il a dit-on vingt-cinq ans, il est déjà lauréat de l'Académie des sciences, inventeur d'une machine agricole qui lui a rapporté du premier coup une somme ronde…

— Comment le nomme-t-on ?

— Oh ! d'un nom insignifiant, deux prénoms... voyons... c'est cela, il se nomme André Rémy.

— En effet, dit Armande, c'est un nom qui ne dit rien.

— Mais l'homme dit quelque chose. Mon ami, qui fait grand cas de ce garçon, m'a dit qu'il avait commencé ses études à Paris et qu'il les avait terminées en Angleterre, d'où il vient.

— Eh ! bien nous le verrons, ce... monsieur dont tu parais si enthousiaste : mais je crains qu'il ne faille beaucoup rabattre du portrait que tu en fais.

— Pourquoi cela, mauvais petit diable ?

— Parce que je vois déjà que tu veux me proposer un mariage. Je te préviens, je serai excessivement difficile.

— Es-tu folle ? Je ne connais pas ce jeune homme et je n'y songeais pas. D'ailleurs, il faut qu'il te plaise.

— Oui, et aussi que je lui plaise.

— Oh ! ce n'est pas là une difficulté.

— Comment cela ?

— N'es-tu pas jolie comme... voyons... comme...

— Vilain flatteur, taisez-vous, ou je me fâche !

— Enfin, si ce garçon a des yeux, ce dont je ne doute pas, il saura bien te remarquer.

— S'il me voit, d'abord.

— Il te verra, car tu seras de la fête ; n'es-tu pas le chien du pauvre aveugle ?

— A propos de chien, reprit Armande, j'ai oublié de te dire que la vieille Miss a fait ses petits.

— Pauvre vieille bête, quel âge a-t-elle maintenant ?

— Onze ans, père. C'est la fille du pauvre Pluton, qui a été tué par ces misérables.

— Oui, il faudra garder un chien noir, si elle en a ; on le nommera Pluton, en souvenir de l'autre.

7

— Il y en a justement un joli, qui sera semblable à son aïeul, je dirai au concierge de le garder.

M. Martel devint tout à coup sérieux.

— Ecoute, fillette, dit-il, j'ai depuis longtemps un rêve singulier. Tu sais que je ne crois pas aux rêves, qui sont le reflet des choses passées et non des avertissements de l'avenir, mais celui-ci est si tenace et si régulier que je ne puis le passer sous le silence.

— Parle, grand-père ; il s'agit du crime, n'est-ce pas ?

— Oui. Je vois souvent l'un des assassins, pas celui qui a frappé, l'autre, Séverin Billou, avec sa face hypocrite, son front bas, son regard sournois, celui qui a frappé le chien, celui qui a mis l'arme dans la main du malheureux Vincent...

— Le plus coupable, celui-là !

— Oui, ma fille, celui qui a profité du vol et qui a fui, sans que jamais, depuis dix ans, la police ait pu le découvrir.

— Il mourra impuni.

— C'est possible, et pourtant, si j'en crois mon rêve, la punition approche.

— J'ai presque peur.

— Rassure-toi, mon enfant, oui, et le vengeur est né hier. C'est le chien noir, le fils de la vieille Miss, qui nous vengera tous.

— Que dites-vous là ? père.

— Je divague, n'est-ce pas ? mais que veux-tu, je vieillis et puis, lorsque chaque nuit on voit la même vision, cela finit par envahir l'esprit. Bref, je vois Billou au milieu d'une grande maison. Tout le monde autour de lui se fait petit et salue. Lui, il compte de l'or, il compte toujours, lorsqu'à un moment le théâtre change ; je vois des bois, des arbres immenses, une forêt enfin ; un homme passe en courant, haletant, oppressé, fuyant. Derrière lui, un chien, que je reconnais pour Pluton bondit à la poursuite de l'homme ; j'entends alors un grand cri, et je m'éveille le front baigné de sueur.

— Pauvre père, c'est ton imagination qui travaille et qui voit ce qu'elle désire.

— Non, ma fille, je ne demande pas le supplice de Billou ; tu sais que je suis de ceux qui demandent l'abolition de la peine de mort. Mais je ne puis m'empêcher de faire cette réflexion :

Le premier Pluton est mort ; Miss est trop vieille pour lutter contre un homme, et d'ailleurs le chien de la vision est jeune et fort, d'une taille majestueuse ; ce sera celui qui vient de naître.

Armande, voyant son grand-père s'entêter dans cette affaire, sourit en elle-même, alla déposer un baiser filial sur le front de l'aveugle et lui dit :

— Père, repose-toi quelques heures, je vais veiller moi-même à la santé du vengeur futur.

CHAPITRE II

LA GRUE DE SAUVETAGE

Le grand jour arriva.

C'était par une belle matinée de mai. Tout souriait dans la nature.

Les eaux de la Seine, toujours un peu noires à Saint-Denis, brillaient sous le reflet d'un soleil de printemps, et dans les arbres de la rive chantaient des milliers d'oiseaux.

Les ouvriers couraient çà et là sur le port et déployaient une activité de bon aloi.

On sentait que c'était jour de fête.

Au milieu du port, on remarquait une grue de grande dimension enchevêtrée sur un ponton flottant amarré au quai.

Ce ponton et cette grue étaient pavoisés de drapeaux et d'oriflammes.

Plus au large, deux mâts, également pavoisés, s'élevaient au-dessus de la rivière, indiquant la place où se trouvait le bateau à renflouer.

Des chauffeurs allumaient le foyer de façon que la machine à vapeur fût en pression à l'heure convenue pour l'opération.

Le rendez-vous général était pour dix heures du matin.

A neuf heures, M. Martel était prêt et attendait ses invités dans son salon.

Le vieillard ne tenait pas en place ; il allait et venait et se parlait tout haut à lui-même.

Il semblait rajeuni.

A neuf heures et demie, un frou-frou de robe de soie annonça Mademoiselle Armande.

La charmante jeune fille était ravissante de grâce et de jeunesse sous son costume, qui se distinguait par une grande simplicité. Cependant on voyait, à une certaine recherche dans le choix de l'ajustement, que la jeune fille avait tenu à paraître jolie.

— Oh ! c'était seulement pour plaire à son grand-père ; et puis, quelle femme n'a pas son petit grain de coquetterie ?

— Ah ! ah ! fit le vieillard, je commençais à croire que cette toilette ne finirait pas.

— Comment, grand-père, mais je suis en avance ! La demie vient seulement de sonner.

— Sans doute, mais je suis ici depuis neuf heures.

— Sachez, Monsieur, que, lorsqu'une femme n'est pas en retard, elle mérite des éloges, et non des reproches. Et vos invités ?

— Ils vont venir certainement ; j'ai reçu des lettres des principaux ingénieurs de Paris, qui ont répondu par une acceptation.

— Et... ce jeune homme, dont tu m'avais parlé ?... fit Armande avec un peu d'hésitation.

— Quel jeune homme ?

— Tu sais bien, celui qui a déjà inventé je ne sais plus quoi...

— Ah! petite friponne, tu y penses donc?

— Du tout; mais, comme tu paraissais t'intéresser à lui, je te posais cette question pour te faire plaisir.

— Oui-dà! Eh bien! Mademoiselle, ce jeune homme, dont vous voulez bien vous souvenir, viendra.

— Ah!

— Oui; il m'a répondu qu'il était tout entier à ma disposition, et que, connaissant ma cécité, qu'il déplore, il m'offre de me servir d'aide dans la conduite de l'opération.

— Ah! c'est très bien, cela, exclama Armande; tu accepteras, n'est-ce pas?

— Sans doute, par politesse, car je n'ai pas besoin d'y voir absolument; je suis certain que la grue doit fonctionner mathématiquement et sans efforts; tu verras cela.

— Père, il y a un proverbe qui dit : Un peu d'aide fait grand bien.

— Je vois que tu tiens absolument à ce jeune homme, comme aide, bien entendu; je m'en servirai donc.

En ce moment, la porte s'ouvrit, et le domestique annonça plusieurs des personnes invitées par M. Martel.

L'aveugle se leva et, conduit par Armande, alla recevoir ses hôtes.

Nous ferons grâce aux lecteurs des salutations et des banalités polies qui constituent la cérémonie du bonjour.

Chacun ébaucha un compliment à l'adresse de l'inventeur et une galanterie pour les beaux yeux de sa petite-fille, et l'on gagna ainsi dix heures.

Armande saluait chaque arrivant, cherchant du regard celui qui pouvait ressembler à ce jeune homme dont M. Martel avait fait l'éloge.

A son grand étonnement, il n'y avait devant elle que des têtes blanches ou grisonnantes, des hommes graves, et le domestique n'avait pas annoncé ces deux noms de baptême qu'elle n'avait pas oubliés :

— M. André Rémy.

La cloche fut mise en branle, annonçant l'heure du départ, et le jeune ingénieur ne paraissait pas.

Alors la grande porte de l'usine s'ouvrit toute grande, et le défilé commença.

Tous les ouvriers de l'usine, en habits de fête, rangés en deux longues files, sortirent, tenant à la main un bâton enrubanné.

Après les ouvriers, M. Martel, donnant le bras à Armande.

Derrière eux, les ingénieurs et les amis, qui tenaient à honneur d'assister à l'expérience.

Le cortège était terminé par une voiture contenant le matériel volant dont on pouvait avoir besoin, entourée par les contre-maîtres et chefs d'ateliers.

Dans la voiture, le plus ancien ouvrier de l'usine portait un drapeau sur lequel on lisait cette date :

« *12 Mai 1872.* »

Ce vieux forgeron se nommait le père Robineau ; il était entré à la maison lors de la création de l'usine, en même temps que Claude Vincent et Séverin Billou.

Ce fut dans cet ordre que le cortège arriva sur le port, devant la grue de sauvetage.

Dans le parcours, M. Martel avait dit à Armande d'un ton préoccupé :

— Je n'ai pas entendu prononcer le nom de M. Rémy.

— Non, répondit Armande ; ne viendrait-il pas ?

M. Martel ne releva pas cette observation, et Armande

n'osa pas la répéter, dans la crainte de faire croire à son père qu'elle pensait à ce jeune homme plus qu'il n'était convenable.

Lorsque cette espèce de procession arriva sur le quai, les cris de : Vive M. Martel ! retentirent.

M. Martel prit alors la parole.

— Merci, mes amis, dit-il, merci pour vos acclamations ; mais l'heure du travail est venue, l'heure de la réussite, je l'espère, peut-être aussi celle de l'insuccès. A l'œuvre donc, et gardons nos cris et notre joie pour le triomphe !

Les applaudissements saluèrent ces paroles, et chacun se rangea en cercle pour laisser monter M. Martel et ses invités sur le ponton.

Alors Armande vit un grand jeune homme qui donnait des ordres aux ouvriers actifs se trouvant sur le ponton, chauffeurs, mécaniciens, etc.

— Père, dit-elle tout bas, avais-tu chargé quelqu'un de diriger les ouvriers avant ton arrivée ?

— Non, répondit l'aveugle ; pourquoi cette question ?

— Je vois un grand monsieur, très distingué, qui commande.

— Un monsieur jeune ?

— Vingt-cinq ans environ.

— C'est lui, sans doute.

— Il vient vers nous, avançons.

En effet, le jeune homme vint jusqu'au bord de la passerelle, sur le quai, et mettant son chapeau à la main :

— Monsieur, dit-il au vieillard, d'une voix douce et grave, j'ai eu l'honneur d'être accepté par vous en qualité d'aide, et j'ai commencé mes fonctions en visitant moi-même la machine et la chaudière ; les engrenages

7.

sont bien graissés, les chaînes solidement attachées, on pourra commencer lorsque vous en donnerez l'ordre.

— Monsieur Rémy, je vous remercie, dit simplement M. Martel ; celui qui m'a parlé de vous ne vous a pas flatté, vous valez votre réputation.

André Rémy se rangea en saluant Armande, et chacun prit place sur le ponton.

M. Martel était en proie à une émotion visible. Il s'assit près de la machine. Armande, émue aussi, suivait du regard André Rémy, qui continuait à donner les ordres avec une assurance qui dénotait une capacité supérieure.

Enfin, il vint dire à M. Martel :

— Monsieur, tout est prêt !

— Allez, dit l'inventeur, et espérons le succès.

André Rémy fit alors entendre un coup de sifflet auquel la soupape de la machine à vapeur répondit bruyamment par un jet de vapeur. Les rouages de fer grincèrent sur leurs essieux et commencèrent à tourner lentement.

L'anxiété était peinte sur tous les visages.

M. Martel tira son foulard de sa poche et essuya son front mouillé de sueur. Il éprouvait ce qu'éprouve un auteur lorsque la toile se lève au premier acte de son œuvre.

Armande, légèrement pâle, s'appuyait sur l'épaule du vieillard.

André Rémy, les bras croisés sur sa poitrine, regardait fonctionner l'invention.

Les chaînes qui correspondaient des quatre points du bateau échoué au faîte du treuil et qui allaient arracher au fleuve sa proie se tendirent.

Là, il y eut comme un moment d'arrêt suivi d'une

secousse ; la vapeur doublée, puis triplée, faisait rage ; la fumée s'élançait au-dessus du ponton en noirs tourbillons.

Tout le monde était debout, attendant.

Alors, l'eau remua, et imperceptiblement d'abord, distinctement ensuite, on vit les chaînes sortir de la rivière, enlevant leur immense poids.

Un cri de triomphe s'élançant de toutes ces poitrines haletantes s'éleva dans l'air.

Mais tout à coup un craquement épouvantable se fit entendre, les chaînes plièrent, et le bateau, déjà soulevé, retomba lourdement au fond de la Seine.

M. Martel pâlit affreusement et dit, au milieu du grand silence qui venait de succéder soudain à l'enthousiasme général :

— Qu'est-il arrivé ?

— Le mécanisme a cédé, dit André Rémy, sans doute faute de force dans les écrous.

— C'est impossible ; il doit manquer quelque chose... je veux voir...

Et, sans attendre, il fit quelques pas en avant, sans le secours d'Armande.

Sa préoccupation était si grande que, négligeant toutes précautions, et se croyant dans son usine, il arriva sur le bord du bateau, perdit l'équilibre, et se trouva, en moins de temps qu'il n'en faut pour l'écrire, précipité dans le fleuve.

Un second cri, mais de terreur celui-là, retentit sur le quai.

André Rémy se dressa de toute sa grande taille, et d'une voix de Stentor :

— Que personne ne bouge, cria-t-il, je réponds de M. Martel !

Jeter bas son chapeau et son habit fut l'affaire d'une seconde.

Sauter dans la Seine et disparaître sous l'eau à l'endroit où M. Martel était tombé, fut fait avec la rapidité de l'éclair.

Le geste du jeune ingénieur avait été si impérieux et son action si prompte, que tous ceux qui étaient présents, et dont beaucoup savaient nager, restèrent immobiles à leur place, sans songer à porter secours.

Seul, un marinier avait détaché son bachot et se dirigeait vers l'endroit de l'accident.

M. Martel, saisi par sa chute, affaibli par l'âge et par l'émotion de ce qui venait de se passer, s'était laissé choir sans résistance.

L'eau était profonde à cet endroit et le courant assez rapide. Il avait immédiatement disparu.

Chacun des assistants avait le cœur serré et pensait déjà au malheur qui ne cessait de planer et de fondre sur cette famille.

Armande était affolée par le chagrin, et son désespoir, pour être muet, n'en était que plus poignant.

Quoi ! ce jour de fête allait être un jour de deuil ! Elle allait perdre son grand-père, le seul protecteur, le seul ami de sa jeunesse, l'être cher, presque auguste, qu'elle adorait.

La pauvre enfant était tombée sur les genoux et, les bras tendus vers le fleuve, elle attendait, retenant sa respiration.

Quelle attente !

Une minute se passa ainsi, une de ces minutes durant lesquelles on vit des heures.

Tout à coup, à vingt mètres en aval du ponton, l'eau

tourbillonna, et l'on vit apparaître la tête blanche de M. Martel et tout aussitôt celle de son sauveur.

Puis, majestueusement et comme si les deux hommes avançaient sur le flot maintenus et poussés par une main invisible, ils se rapprochèrent du bord.

André Rémy nageait d'une main et des pieds, soutenant M. Martel, à demi évanoui, de l'autre main.

Le marinier offrit son bateau.

— Inutile répondit le nageur, vous voyez que cela va tout seul.

Et il toucha la rive.

Alors tous les cœurs se dilatèrent et des clameurs de joie emplirent l'air, se mêlant aux applaudissements frénétiques des ouvriers.

Le docteur ami de M. Martel, qui se trouvait présent à l'expérience, avait aussitôt couru à la berge, suivi d'Armande.

Il n'eut aucune peine à faire revenir le vieillard à la vie et déclara que M. Martel serait sur pied dans une demi-heure.

L'inventeur fut transporté dans une maison voisine, où des effets de rechange lui furent donnés, ainsi qu'à son sauveur.

André Rémy eut toutes les peines du monde à échapper aux compliments dont on l'accablait.

La première parole de M. Martel fut pour sa grue.

— Quelque chose a été oublié dans le mécanisme, dit-il, et je n'ai pas ma vue.

— Remettez-vous, Monsieur, lui dit une voix près de lui, et surtout tranquillisez-vous ; nous serons deux à l'avenir, et je verrai pour vous.

M. Martel reconnut la voix.

— C'est vous, jeune homme, vous qui venez de me

sauver d'une mort certaine ; comment m'acquitterai-je jamais envers vous ?

— Je vous le dirai un jour, répondit l'ingénieur. Quant à la fête d'aujourd'hui, elle doit se terminer ici. Plus tard, nous reprendrons cette expérience ; courage et confiance !

Il serra la main du vieillard et donna l'ordre de reprendre le chemin de l'usine.

Et, comme les ouvriers paraissaient tristes :

— Mes amis, dit-il, retournons gaiement comme nous sommes venus; nous n'avons pas vaincu, il est vrai, mais nous n'avons pas perdu notre général, et l'espoir est à nous. La gratification promise vous sera remise comme si nous avions été vainqueurs !

Tous les fronts s'éclaircirent, et le cortège revint vers l'usine, suivi par la foule.

Dans la voiture, avait été placé M. Martel. Armande ne le quittait pas.

On arriva bientôt, et tous les invités prirent congé, à l'exception du docteur.

André Rémy allait se retirer lorsque Armande alla droit à lui.

— Monsieur, dit-elle, je n'ai encore pu vous remercier comme je le dois, et je ne sais si je pourrai jamais récompenser votre dévouement ; mais à partir de ce moment vous êtes de notre famille; je vous prie de rester avec le docteur, vous avez d'ailleurs besoin de repos.

André Rémy parut ému à cette prière, hésita un instant et répondit :

— Mon devoir n'est peut-être pas d'entrer ici...

— Vous me refusez ? s'écria la jeune fille.

Il y avait tant d'étonnement dans cette exclamation que le jeune homme répondit :

— J'accepte, mademoiselle.

Et tout bas :

— Allons, il le faut, le sort en est jeté !

CHAPITRE III

ANDRÉ RÉMY

Le lecteur s'est sans doute demandé comment M. Martel n'avait pas été frappé par ce nom de André Rémy, nom que le petit Jacques Vincent, on s'en souvient, avait jeté au concierge de l'établissement de secours aux enfants des condamnés fondé par M. Martel lui-même.

D'abord, le docteur seul avait amené Jacques et l'avait quitté dans le bois. Il ignorait le nom que l'enfant avait donné au guichet, et il se trouvait que, ce jour-là, deux enfants s'étaient présentés dans les mêmes conditions.

Les règles de la maison défendaient toutes recherches postérieures, le but étant de ne pas rendre les enfants responsables des fautes des parents.

Aucune recherche ne fut faite, et Jacques put se perdre facilement parmi les autres.

Décidé à racheter la faute de son père, il ne confia rien aux autres enfants et s'appliqua au travail.

Bientôt M. Martel se trouva aux prises avec le mauvais sort et dut céder la présidence de la Société à un autre. Il cessa même tout concours actif, et, étant devenu aveugle, il fut nommé membre d'honneur.

A partir de ce moment, Jacques ne pouvait plus être reconnu par personne. Le docteur, qui seul aurait pu parler, était mort.

A l'âge de vingt ans, le jeune homme était parti pour l'Angleterre, et il revenait depuis quelques mois seulement, inconnu à tous.

André Rémy était donc une personnalité nouvelle.

L'invitation qui lui avait été faite par Armande Martel était vivement désirée par lui. Il est même vrai de dire qu'il s'était présenté chez le vieillard avec une intention bien arrêtée de lui venir en aide et de ne quitter la maison que lorsqu'elle serait redevenue florissante, comme au jour fatal du crime commis par son père.

Mais soudain il avait hésité.

Cette hésitation, bien compréhensible d'ailleurs, avait trouvé naissance dans les beaux yeux d'Armande.

La jeune fille avait lancé sur lui, dans un regard de reconnaissance, un fluide si séduisant, que le cœur du jeune ingénieur en avait été comme magnétisé.

Malgré lui, il avait admiré cette admirable enfant, et il sentait que les jours qu'il allait passer près d'elle allaient allumer dans son cœur un ardent brasier, que l'amour partagé, seul, pourrait éteindre.

Il avait compris tout de suite qu'une alliance entre le fils de l'assassin et la fille de la victime était impossible; il avait compris qu'une lutte muette et terrible allait ravager son âme, mais le devoir devait l'emporter; il s'était dit :

— Sauvons-les d'abord, je souffrirai ensuite; si mon père a été le crime, je suis, moi, la vertu.

Et il avait ajouté, résolu : — Le sort en est jeté !

Ce fut donc d'un pas ferme qu'il suivit Mlle Martel,

et qu'il vint prendre sa part d'un déjeuner si bien gagné.

Naturellement, la conversation roula sur la grue de sauvetage, sur l'accident arrivé à l'aveugle et sur le courage intrépide déployé par André Rémy.

Mlle Armande ne pouvait se lasser de complimenter le sauveur de son cher grand-père.

Et souvent, les yeux humides de la jeune fille rencontrèrent ceux d'André Rémy, qui se baissaient rapidement, comme si le jeune homme eût craint de laisser deviner sa pensée.

Le repas s'acheva presque gaiement.

M. Martel était maintenant plein d'espoir de voir un jour sa grue fonctionner, grâce à la promesse que lui faisait le jeune homme, en qui il plaçait toute sa confiance.

Il invita André Rémy à venir le voir souvent, si ses occupations le lui permettaient.

— Je suis tout à votre disposition, répondit l'ingénieur, car, en ce moment, je suis complètement libre ; j'ai même quelque chose d'important pour vous et pour moi à vous proposer.

— C'est à moi, mon cher sauveur, à dire que je suis à votre disposition.

— Si donc je ne vous dérange pas, je viendrai demain matin, à l'heure de l'ouverture des bureaux, et nous causerons affaires.

— Voulez-vous donc me commander des voitures de première classe pour l'Angleterre ?

— Mieux que cela.

— Ah ! ah ! fit M. Martel, en se retournant vers l'ami qui avait recommandé le jeune homme, je commence à comprendre pourquoi vous me parliez si chaudement de M. Rémy.

— Ma foi, répondit l'ami, vous êtes plus avancé que moi, car je ne comprends pas du tout.

— Du mystère...

— Aucunement.

— Messieurs, dit sérieusement le jeune homme, ne cherchez pas à comprendre, vous ne le pourriez pas ; mais le mystère, s'il y en a, sera percé à jour dès demain matin, vous n'attendrez donc pas longtemps. Jouissons de l'heure présente, et à demain les choses sérieuses.

Le café étant prêt, on passa au salon.

Mademoiselle Armande se mit au piano et joua, avec un entrain exceptionnel, les plus jolis morceaux de son répertoire.

Le docteur, et M. Martel lui-même, n'étaient pas ennemis du cigare ; ils gagnèrent doucement le fumoir, et bientôt André Rémy et Armande Martel se trouvèrent seuls dans le salon.

Le jeune homme n'osa suivre les autres invités, dans la crainte de laisser la jeune fille seule, ce qui n'aurait pas été poli ; il dut donc se résigner à être son seul auditeur.

Auditeur attentif, d'ailleurs, et charmé par les grâces et le talent de la musicienne.

Le morceau achevé, Armande se retourna et s'aperçut de la fuite de son grand-père et de ses amis. Elle resta toute confuse, en voyant debout devant elle celui dont elle sentait les regards sans le voir.

— Quoi ! Monsieur, dit-elle, j'ai donc bien mal joué, que j'ai fait sauver tout mon auditoire ?

— Vous avez, au contraire, joué d'une façon ravissante; mais vos amis ont leurs petites passions, et le fumoir avait pour eux un attrait puissant. Moi, c'est différent; j'adore la musique, et je suis resté pour vous féliciter.

— Vous êtes trop aimable, Monsieur. Après tout, je suis heureuse de pouvoir vous parler sans témoin, pour vous exprimer encore une fois toute ma reconnaissance pour...

André Rémy l'interrompit.

— Je vous en prie, Mademoiselle, si vous voulez que nous restions amis, ne me parlez plus jamais de reconnaissance ; j'ai fait ce que je devais et rien de plus.

Leurs yeux se levèrent ensemble, et leurs regards se rencontrèrent. Tous deux sentirent le rouge monter à leur front. Ils restèrent là, embarrassés, muets, l'un devant l'autre, n'osant parler, mais non sans ressentir au fond du cœur une impression délicieuse et inconnue.

Ce fut Armande qui rompit la première ce silence trop prolongé.

— Connaissez-vous l'usine ? Monsieur Rémy, dit-elle.

— Non, Mademoiselle.

— Voulez-vous me permettre de vous montrer la partie qui compose mon domaine, c'est-à-dire le jardin ?

— Avec plaisir.

— Êh bien, venez.

— Ils sortirent et gagnèrent le jardin, marchant côte à côte, sans parler.

Armande montra ses fleurs, ses arbres, son banc de gazon favori, et André Rémy approuvait tout.

On rentra. Alors Armande dit :

— Je vous nomme Monsieur Rémy, parce que je crois que c'est votre nom de famille.

— Je l'ignore, Mademoiselle.

— Comment cela ?

— Je suis enfant trouvé, et l'on m'a donné, je ne sais qui et je ne sais pourquoi, ces deux prénoms ; vous choisirez.

— Alors, je préfère dire Monsieur André.

Lorsque les deux jeunes gens revinrent au salon, on les attendait. Ils auraient pu surprendre un sourire sur les lèvres des assistants.

Chacun se comprenait.

On se serra la main, et l'on remit la suite au lendemain.

Fidèle à sa promesse, André Rémy se présentait le lendemain matin à l'usine, à l'heure de l'ouverture des bureaux.

Il était vêtu simplement, comme l'est ordinairement un employé commis aux écritures.

M. Martel n'étant pas encore venu, il attendit, causant avec les employés et se faisant instruire des détails de l'exploitation.

Les commis, ignorant à qui ils avaient affaire, répondaient franchement, se moquant un peu de leur patron, qui, aveugle, avait la prétention de diriger une maison importante.

Ils ne se gênaient pas pour lui dire que l'affaire déclinait et qu'avant peu ils chercheraient d'autres places.

Les rats, dit-on, sentent l'heure où une vieille construction menace ruine ; les employés sont bien des rats dans le même cas. Au besoin, ils aident à la démolition.

André Rémy souriait en entendant toutes ces prophéties; comme le médecin en face de la maladie, qapportait le remède.

Enfin M. Martel parut.

Toutes les langues se turent, et les plumes se prirent à courir sur le papier.

L'ingénieur se leva et alla au-devant du vieillard.

— Déjà arrivé! s'écria M. Martel; c'est donc réellement sérieux?

— Ne le croyiez-vous pas?

— Si fait, mais une pareille exactitude...

— N'a rien qui vous surprendra lorsque vous m'aurez entendu.

— Entrons dans mon cabinet.

Les deux hommes entrèrent dans la pièce où M. Martel fils avait été assassiné.

A la vue de ce cabinet, André Rémy pâlit légèrement; il appuya une main sur son cœur et attendit.

M. Martel avait gagné son fauteuil sans hésitation, tant il avait l'habitude de sa place; puis il dit au jeune homme:

— Asseyez-vous, mon ami, et dites-moi sans détour et sans crainte ce que vous avez à me dire. Soyez certain d'avance que je ferai tout ce qui sera en mon pouvoir pour exaucer vos vœux.

André Rémy sourit imperceptiblement et répondit d'une voix calme:

— Je vous remercie, Monsieur, de l'assurance que vous me donnez; je vais vous demander la permission de remonter dans le passé et de remuer des souvenirs douloureux; mais je crois que cela est indispensable pour vous faire comprendre ce que je viens vous proposer.

— Et que je devine, murmura M. Martel, comme à lui-même.

— Je ne crois pas, fit le jeune homme.

— Allez donc, le plus court est de vous écouter; vous avez carte blanche; aussi bien, quoi qu'il arrive, le malheur ne peut me frapper plus rudement qu'il ne l'a fait jusqu'à ce jour.

— Tranquilisez-vous, Monsieur; ce n'est pas un malheur que je viens vous annoncer, au contraire; voici d'ailleurs de quoi il s'agit:

— Il y a dix ou onze ans, un crime a été commis chez vous.

— A la place même où nous sommes, Monsieur.

— Une somme importante vous a été soustraite, et votre fils a été assassiné par... des misérables.

— Oui, des ouvriers de l'usine en qui j'avais toute confiance.

— Un seul a été exécuté, je crois?

— Oui, un nommé Vincent; l'autre a échappé à la justice.

— Et vous ne savez pas ce qu'il est devenu?

— Non, Monsieur, ce malheureux est mort, peut-être.

André Rémy attendit quelques secondes et reprit:

— M. le docteur Mazet, que j'ai connu en Angleterre, m'a conté plusieurs fois cette triste histoire, et c'est à ce récit que je dois de vous avoir été présenté.

— Comment cela?

— J'ai été très-ému en écoutant les péripéties de ce drame, et je me suis pris par avance d'une respectueuse mais profonde amitié pour vous, Monsieur, qui avez supporté sans fléchir tant de malheurs immérités.

M. Martel sourit à son tour.

— Pour moi seul? demanda-t-il.

— Sans doute, fit André Rémy.

— Continuez donc, jeune homme.

— Aussitôt revenu en France, j'ai rendu visite à l'excellent docteur; il m'a annoncé que vous aviez inventé une grue de sauvetage d'un nouveau genre, et, comme vous l'avez vu, je n'ai pas manqué l'occasion d'essayer de vous être utile....

— Ce dont je n'ai pas fini de vous remercier.

— Attendez, je n'ai pas tout dit, et j'arrive à la partie la plus délicate de mon discours.

— Ah! ah! fit M. Martel sur un ton joyeux.

— En homme qui ne vous donne pas son amitié légèrement, j'ai pris des renseignements... oh! pas sur votre honorabilité, mais sur votre fortune. J'ai appris, Monsieur, que depuis dix ans l'usine ne prospère pas; je sais que vous avez remboursé presque tous les actionnaires, et que, si quelqu'un ne vient pas à votre secours, une catastrophe est imminente.

— Monsieur, un pareil langage...

— Ne doit pas vous offenser venant de moi, Monsieur; je vous le répète, je connais votre situation mieux que vous, et si je vous le dis sans ménagements, c'est parce que je vous apporte le moyen d'y remédier.

La figure du vieillard, qui s'était assombrie, s'éclaira de nouveau.

— Le moyen d'y remédier... murmura-t-il, il n'y en a qu'un, c'est...

— C'est de mettre de l'argent dans la caisse. Monsieur Martel, je suis libre de tout engagement, je viens vous proposer d'être votre premier commis, c'est-à-dire de prendre sous vos ordres la direction de la fabrique.

— Quoi! vous voudriez...

8

— J'y mets toutefois une condition.

— A la bonne heure.

— C'est que je verserai dès aujourd'hui une somme de 50,000 francs, par exemple, dans la caisse sociale.

— Cinquante mille francs....

— Dès demain, sous ma responsabilité, nous émettrons pour cinq cent mille francs d'obligations qui sont déjà souscrites ; j'apporte en outre pour un million de commandes d'Angleterre ; vous voyez que, dans. un an d'ici la maison Martel dominera la situation et retrouvera son ancienne splendeur.

— Pourquoi faites-vous tout cela, Monsieur ?

— Mais, je vous l'ai dit, parce que le récit de vos malheurs m'a ému ; et puis, comme dit mon ami le docteur, pour que Mademoiselle Armande ait une dot.

— Ce n'est donc pas pour me demander sa main que vous êtes venu ?

André Rémy fit un effort.

— Je n'y ai pas songé un instant, dit-il.

M. Martel se leva, alla droit au jeune homme et lui prit les mains.

— Et si je vous la donnais, moi ?

— Monsieur, sur ma conscience, je ne pourrais accepter.

— Qui êtes-vous donc ? fit le vieillard touché jusqu'aux larmes.

Alors André Rémy serra doucement l'aveugle dans ses bras, posa un baiser respectueux sur son front, comme il eût fait à un enfant, puis il dit :

— Je suis un orphelin, Monsieur ; je cherchais un père, et je suis heureux : je l'ai trouvé.

C'est ainsi que le jeune ingénieur devint l'associé de M. Martel.

CHAPITRE IV

A LA FORGE

A la suite de la scène que nous venons de raconter, M. Martel revient dans le bureau et présenta André Rémy à ses employés.

— Messieurs, leur dit-il, voici monsieur, qui est ingénieur civil comme moi et qui de ce moment me remplace à la tête de l'usine ; vous avez donc à lui obéir comme à moi-même.

Les employés restèrent stupéfaits, se rappelant ce qu'ils avaient dit quelques instants auparavant ; André Rémy leur dit en souriant :

— Je n'ai rien entendu, messieurs ; soyez tranquilles pour le passé, mais j'espère que vous serez plus circonspects à l'avenir.

Le jeune homme, à partir de ce jour, prit son rôle au sérieux et se multiplia pour rendre à l'usine son activité et sa prospérité.

La tâche était plus rude qu'on le pense. Il est difficile de changer les habitudes des ouvriers. Il essaya d'abord de la douceur et de la persuasion, mais il s'aperçut bien vite qu'il perdait son temps. La douceur faisait dire qu'il avait peur, et les bonnes paroles qu'il était un enjôleur ne connaissant rien au métier.

Alors, il dut changer de tactique.

Le caissier, qui, avant son arrivée, faisait un peu ce qu'il voulait, lui faisait une opposition sourde et excitait les mécontents. Il l'appela un jour dans le cabinet du directeur, et là, devant M. Martel, il lui dit qu'il était mécontent de lui.

Le caissier vexé répondit impoliment.

André Rémy voulut savoir jusqu'à quel point il pouvait compter sur le vieillard.

Il dit donc au caissier :

— Monsieur, vous méconnaissez mon autorité, je vous ordonne de sortir de l'usine.

— Je n'obéirai qu'à M. Martel, répondit le caissier.

— Que M. Martel choisisse donc.

Alors M. Martel d'une voix sévère :

— Lorsque mon associé commande, dit-il, sachez, Monsieur, que tout le monde ici, même moi, nous devons obéir.

Le caissier sortit sans répliquer.

— Et d'un ! fit le jeune homme ; je vois qu'il faut les dompter tous, on les domptera.

A la fin de la semaine, tous les récalcitrants furent remplacés.

Mais les ouvriers murmuraient de se voir dominer par ce jeune homme élégant et qui leur parlait avec bonté.

Une mauvaise tête, il y en a partout, ourdit un complot.

Il s'agissait tout simplement de se débarasser du *nouveau*, comme on l'appelait dans les ateliers.

Une occasion se présenta bientôt. André Rémy, qui surveillait tout, allait souvent sur la Seine et sur le canal assister au chargement ou au déchargement des bateaux.

On le pousserait de façon à ce qu'il se cassât quelque chose. Cela passerait pour un accident.

Un ouvrier robuste, aux cheveux crépus, à la face large, et que l'on surnommait le *Chacal*, parce qu'il était connu pour sa méchanceté, fut chargé de faire le coup.

André Rémy se doutait bien de quelque chose, mais il n'aurait jamais deviné ce qu'on lui préparait, si un autre ouvrier n'était venu le trouver et, sous prétexte de lui demander un renseignement, ne lui avait glissé ces mots :

— Ne venez pas ce soir sur le canal.

— Pourquoi? dit le jeune homme.

— *Motus*, avait répondu l'autre; ils me guettent, et s'ils savaient que je vous préviens, j'aurais mon affaire,

Un homme prévenu en vaut deux, comme dit le proverbe ; le jeune homme réfléchit que, s'il ne venait pas au canal ce jour-là, on lui tendrait un autre piège et qu'il pourrait arriver qu'il ne fût pas prévenu cette autre fois. Il se décida donc à affronter le danger en face. D'ailleurs il désirait terminer d'une façon ou d'une autre cette lutte d'un seul contre tous, qui durait déjà depuis plusieurs mois.

Les ouvriers quittaient l'usine à six heures du soir ; mais ceux qui étaient occupés sur les bateaux faisaient des heures en plus et travaillaient jusqu'à la nuit. Vers sept heures, André Rémy se dirigea du côté du canal, seul, sans armes, marchant d'un pas mesuré.

L'ouvrier qui l'avait prévenu le vit arriver avec effroi. Il murmura tout bas :

— Il ne m'a donc pas compris ! Tant pis, j'ai fait ce que j'ai pu.

Les autres se firent des signes d'intelligence, et le *Chacal* se prépara.

André Rémy traversa les groupes en donnant des ordres de sa voix la plus calme ; il monta sur les plats-

8.

bords et se dirigea vers le bateau où le Chacal attendait.

Alors, tous ces hommes se redressèrent émus, frémis-
sants, voulant voir ce qui allait se passer. A dire
vrai, les uns avaient peur, les autres regrettaient de se
liguer contre un jeune homme si confiant, mais il était
trop tard pour reculer.

Le Chacal, demi-courbé, le visage caché, guettait sa
victime.

André Rémy qui, sous une apparence froide, suivait
tous les mouvements des ouvriers, s'aperçut du silence
qui régnait tout à coup autour de lui. Il pensa avec
raison que le moment était arrivé.

Il voulut franchir le pas qui le séparait du bateau,
mais le Chacal barrait le passage.

— Rangez-vous, dit-il, en faisant le geste d'écarter
l'homme.

Mais l'ouvrier, qui attendait le moment propice, lui
décocha une bourrade à poings fermés.

A la grande surprise des assistants, l'ingénieur restait
debout sur la planche, immobile.

De ses deux mains blanches, il avait saisi les deux
bras noirs du Chacal et il les serrait comme dans un
étau. Il le tint ainsi durant une minute, lui tordant les
bras dans ses doigts de fer, sans avoir même l'air de
faire un effort.

La minute passée, le Chacal criait et hurlait.

Voyant cela, l'ingénieur le souleva, l'enleva et, le
montrant à tous, il le jeta dans le canal ; puis, descendant de la planche, il vint se placer au milieu des
groupes réunis en un seul et, les regardant les bras
croisés :

— Allons, dit-il, quarante lâches ne font pas peur

d'un homme ; ne vous gênez pas, il y en a pour tout le monde !

Les yeux des ouvriers flambloyaient de colère, mais aucun n'osait sortir des rangs.

— Eh bien, j'attends ! dit André Rémy.

Alors, trois ou quatre ouvriers se précipitèrent ensemble sur lui. Les deux premiers allèrent rouler à dix pas sur le sable ; un instant après, les deux autres allaient les rejoindre.

Le jeune homme, arc-bouté sur une jambe, les poings en arrêt, les attendait, et, lorsqu'ils arrivaient à portée, il étendait son bras musculeux.

Cela suffisait.

Les quatre hommes, pâles de rage et rouges de leur sang, qui s'échappait à chaque coup de poing, revenaient sans ordre et sans tactique et recevaient chaque fois la correction méritée.

Le Chacal avait regagné le bord et, mouillé, il se dissimulait derrière les autres.

La scène faisait du bruit et amenait sur le quai une foule de monde.

En voyant cet homme, seul contre les ouvriers, le nombre fut tout de suite pour l'homme.

Les cris : Assez ! assez ! se firent entendre.

La majorité n'attendait qu'un signal pour tourner du côté de la force et du courage.

Un ouvrier cria à son tour :

— Vive le directeur !

Aussitôt, André Rémy fut entouré et acclamé. Les ouvriers qu'il avait battus furent chassés à coups de pieds, et peu s'en fallut qu'il ne fût porté en triomphe.

La victoire était complète, et cela suffisait au jeune homme, qui ne voulait qu'asseoir son autorité.

L'affaire, toutefois, avait transpiré jusqu'aux oreilles de M. Martel et de sa petite-fille.

Le vieillard voulait faire une leçon exemplaire et renvoyer des ateliers ceux qui avaient fait partie du complot ; mais le directeur s'y opposa.

— Non, dit-il, ceux-là seront les plus soumis à l'avenir ; ce qui est arrivé ne recommencera pas, je vous en réponds.

Il fit afficher aussitôt dans l'usine que ce qui s'était passé la veille était le résultat d'une erreur, et qu'il espérait que chacun rentrerait dans l'ordre et le devoir. Et ce fut tout.

Mademoiselle Armande voulut absolument présenter ses compliments au jeune homme, pour la façon héroïque dont il avait échappé aux embûches des ouvriers.

André Rémy cherchait autant que possible à éviter la jeune fille, mais il ne pouvait pas toujours y parvenir ; car, de son côté, Armande manœuvrait pour se trouver en face de lui.

Ce grand jeune homme, si beau, si fort et si réservé, l'attirait malgré elle.

Son amour-propre de femme et de femme jolie était un peu froissé de voir l'associé de son grand-père la fuir au lieu de la rechercher. Et pourtant, elle avait saisi des regards de M. André arrêtés sur elle, et ces regards n'étaient pas indifférents ; ils l'avaient, au contraire, caressée et remuée doucement.

Etait-ce un excès de timidité qui éloignait ce garçon ? Ce n'était pas probable.

Elle en était là de ses suppositions, lorsque André Rémy entra au salon.

Elle alla vivement au-devant de lui, et lui tendit la main.

— Monsieur, dit-elle, je vous demande pardon de vous avoir enlevé pour un instant à vos sérieuses occupations, mais les convenances seules m'ont empêché d'aller vous trouver pour vous remercier de tout ce que vous faites, pour mon père *et pour moi.*

Elle appuya sur ces derniers mots.

Le jeune homme prit la main qui lui était offerte, la pressa légèrement, puis la laissa retomber en disant :

— En vérité, mademoiselle, je suis confus de l'intérêt que vous me portez ; ce qui est arrivé ne vaut pas la peine qu'on y prenne tant d'attention.

Armande prit un ton sérieux.

— Monsieur André, dit-elle, quoique l'émotion que j'ai ressentie, au récit de ce complot dont vous avez failli être victime, soit sincère, je dois avouer qu'en vous priant de venir ici, il y avait en moi un peu de... curiosité.

— Je ne comprends pas très bien, mademoiselle.

— Asseyez-vous là, en face de moi, c'est cela, et causons. Le voulez-vous ?

— C'est un bonheur précieux pour moi.

— J'hésite dans mes expressions, car ce que j'ai à vous dire est assez difficile.

— Ce ne sont plus des compliments ?

— Peut-être, mais je ne suis pas comme le poète qui disait :

Ce que je sais le mieux, c'est le commencement,...

C'est le début qui m'embarrasse.

— Si je pouvais vous aider ?...

— Il faudrait pour cela deviner ma pensée.

— Et si je la devinais, je n'aurais pas besoin de vous entendre.

— Précisément.

Il y eut un moment de silence.

André Rémy était, au fond, très inquiet.

Il pensait que M. Martel avait pu faire des recherches et qu'il avait pu découvrir son véritable nom. S'il en était ainsi, il n'avait plus qu'à faire ses adieux et partir.

Partir! c'était abandonner son œuvre, c'était aussi ne plus voir cette belle jeune fille, qui était là devant lui et qui l'aimait, oh! il le sentait bien.

Mais non, il se trompait. Armande ne savait rien de son passé; si elle avait seulement un soupçon, elle ne serait pas près de lui; la fille de M. Martel, indignée, montrerait la porte au fils de...

Ah! c'était ce nom-là qu'on ne devait jamais savoir.

Armande, de son côté, se disait :

— Je ne peux plus reculer, je vais faire les avances. Voilà qui est curieux! Mais aussi, comment faire? Je l'aime, cela est certain; j'ai voulu me le cacher long-temps à moi-même; mais du jour où je l'ai vu, le jour où il a sauvé mon grand-père, mon cœur n'a plus battu que pour lui.

Mon Dieu, s'il ne m'aimait pas, s'il était réellement indifférent, s'il en aimait une autre?...

Et elle ajoutait : — Il faut qu'il m'aime.

Ils causaient ainsi en eux-mêmes, dans le silence.

Or, comme ce silence ne pouvait toujours durer, Armande se décida à le rompre.

— Monsieur André, dit-elle, voici cinq mois, si je ne me trompe, que vous êtes à l'usine.

— Oui, mademoiselle.

— Je remarque que, depuis ces cinq mois, vous avez esquivé plusieurs de nos invitations et que, par un mo-

que je ne dois pas chercher à pénétrer, vous semblez
fuir la société de mon grand-père et la mienne.

André Rémy parut surpris.

— Moi, Mademoiselle, dit-il, vous fuir, moi qui, au
contraire, ressens en ce moment même et si vivement,
l'honneur que vous voulez bien me faire? Oh ! vous ne
le pensez pas.

Armande un peu interdite répliqua :

— Mais comment expliquer votre réserve à notre
égard ?

— Ma réserve ?... Mes occupations...

— Justement, ces occupations que vous avez deman-
dées vous-même, ce service immense que vous avez
rendu à notre maison en apportant de l'argent et du travail, voilà ce qui trouble mon grand-père et moi-même.

— C'est cependant bien naturel.

— Non. Mon bon grand-père m'a raconté ce que vous
en avez dit à cet égard. Certes, je suis la première à
dire que la mort si malheureuse de mes parents a pu
vous toucher, que la situation dans laquelle ces évènements nous ont placés a dû vous émouvoir; mais, soyez
donc, Monsieur André, ce n'était pas assez pour qu'un
inconnu, un étranger, comment dirai-je? un indifférent
vît ainsi à notre secours. La générosité a des limites,
vous deviez avoir, pour risquer votre fortune, un autre mobile que j'ignore, puisque vous le cachez.

André Rémy sourit à cette tirade et répondit :

— Je serais désolé, Mademoiselle, de laisser dans
votre esprit quelque chose qui pût vous encourager à ce
sentiment de curiosité dont vous vous accusiez tout à
l'heure. Je vous assure que rien, absolument rien qui ne
puisse dire m'a attiré ici. En plus de ce que vous venez de répéter, il y a bien quelque chose...

— Ah ! voyez-vous ?. .

— Certes, vos malheurs y ont été pour beaucoup, mais avant de vous connaître j'aurais pu tourner mes vues d'un autre côté.

Mademoiselle Armande rougit légèrement, mais n'interrompit pas.

— Oui, continua André Rémy, je suis venu, attiré par le docteur; mais lorsque j'ai connu et apprécié l'homme excellent qui est votre aïeul, je me suis juré que je mettrais à sa disposition, — mieux que cela, à son service tout ce dont j'étais capable.

— C'est très bien, cela, fit Armande un peu désappointée; et c'est tout ?

— N'est-ce pas déjà quelque chose ?

— Ah ! si, je vous dois mille remerciments. Mais pardonnez-moi si je reviens toujours à ma première pensée ; tout cela ne m'explique pas pourquoi, lorsque nous vous offrons toute grande notre gratitude et notre amitié, vous prenez soin de nous éviter.

— Je vois M. Martel chaque jour.

— Sans doute. Mais vous pourriez vivre absolument avec nous ; grand-père vous a proposé de partager nos repas et d'être de la famille.

André Rémy se leva à cette demande presque directe et fit le tour du salon, en proie à une émotion visible.

Armande se leva à son tour.

Il s'arrêta devant elle et la regarda si singulièrement qu'elle baissa les yeux.

Dans ce regard, empreint d'une douleur inconnue, elle avait vu briller une larme.

— C'est impossible, murmura-t-il.

Alors elle dit :

— Pourquoi ne seriez-vous pas mon frère ?

Il hésita encore.

— Même cela, non, non, il ne le faut pas !..

Et, laissant la jeune fille stupéfaite, il sortit rapidement du salon.

C'est sous le coup d'une émotion indicible qu'il se dirigea vers la forge.

En entrant dans les ateliers, André Rémy vit qu'il s'y passait quelque chose d'insolite ; le contre-maître parlait vivement à plusieurs forgerons.

En un clin d'œil il vit ce dont il s'agissait.

On allait forger une pièce, et le chef avait désigné plusieurs ouvriers qui se récusaient.

Il approcha.

— Pourquoi ne forge-t-on pas ce bloc ? demanda-t-il ; ce travail est pressé.

— Il est dangereux aussi, répondit un forgeron.

— C'est trop lourd pour deux hommes, et on ne peut faire convenablement que seul.

André Rémy regarda autour de lui.

— Il n'y a donc plus d'hommes forts ici ? dit-il ; il faudra remédier à cela. Dès demain, contre-maître, vous verrez dans les autres usines.

Un murmure accueillit ces paroles.

Le contre-maître ne savait plus que faire.

— Voyons, dit-il, deux hommes ici, je vais forger, moi.

Un homme lui apporta une forte pince, et, deux ouvriers l'aidant, la pièce de fer fut soulevée et poussée dans le foyer incandescent.

On jeta du charbon mouillé dans la forge, et l'énorme soufflet commença à actionner la flamme.

Le fer rougissait et devenait malléable à vue d'œil.

L'ingénieur regardait cela, les bras croisés sur sa poitrine et souriant.

9

Le père Robineau, en nage, murmurait entre ses dents :

— Si seulement j'étais encore jeune, je leur montrerais comment cela s'enlève... Mais ceux-là, les maladroits... se mettre trois pour un morceau de fer !... Pourvu qu'ils ne se le laissent pas tomber sur les pieds... C'est ça qui ne raccommode pas les chaussures !

Le bloc était rouge, on aurait pu dire cuit à point. Il s'agissait de l'arracher de la fournaise et de le servir sur l'enclume.

Le contre-maître prit la pince et s'apprêtait à exécuter l'enlèvement, lorsque André Rémy lui fit un signe.

Alors le jeune homme enleva rapidement son habit, releva ses manches et dit tout haut :

— Messieurs, je vais vous montrer que, si je commande, je sais aussi travailler. Attention ! préparez les marteaux à frapper, et chacun à son poste.

Puis, prenant la pince des mains du contre-maître, il approcha seul de la forge.

Il saisit le morceau de fer rigoureusement par le milieu, puis, raidissant ses muscles, il enleva le bloc rouge lentement et sûrement, tourna sur lui-même et le posa presque légèrement sur l'enclume.

Un applaudissement unanime retentit dans tout l'atelier, applaudissement vite couvert par les quatre marteaux à frapper, qui ne perdaient pas leur temps et se ruaient sur l'enclume.

— Tudieu ! fit le père Robineau, je n'ai connu qu'un homme qui était capable d'un pareil tour de force, et un instant j'ai cru le revoir en plus jeune... mais celui-là on ne doit pas prononcer son nom !

André Rémy avait remis son habit ; il sortit aux acclamations de tous.

Cette fois, il était certain d'avoir dompté ses hommes.

La vérité était qu'à partir de ce jour ils se seraient tous jetés au feu pour lui.

La volonté avait triomphé, et, sous l'habile direction du jeune homme, la maison Martel devenait de jour en jour plus prospère. Les actionnaires serraient précieusement les actions nouvelles qui avaient été émises, et à chaque paye on embauchait cinquante ouvriers de plus.

André Rémy était heureux de ce qu'il avait fait, et pourtant, lorsqu'il rentrait le soir seul dans sa chambre, il laissait tomber tristement sa tête dans ses mains et songeait.

Il tirait d'une petite boîte, un ruban bleu passé et fané, qu'il conservait depuis bien longtemps ; il le portait à ses lèvres en prononçant un mot tout bas.

Puis il se relevait en disant :

— Non, c'est impossible, jamais, jamais !

CHAPITRE V

SOUS LES MARRONNIERS

Quelques jours après les évènements que nous venons de raconter, Mlle Armande se promenait pensive, sous les marronniers qui formaient une terrasse au milieu du jardin.

C'était par une belle soirée du mois de septembre. Le soleil avait dardé ses rayons brûlants tout le jour sur les fleurs du jardin; aussi la fraîcheur du soir venait tout faire revivre.

La jeune fille allait doucement sous les grands arbres, et si ses lèvres étaient muettes, son esprit ne l'était pas.

Elle ne pouvait se le dissimuler, elle aimait M. André Rémy, ce jeune homme, aimable à tous égards, et qui semblait éviter de se trouver près d'elle.

Elle se disait bien que l'ingénieur pouvait ne pas l'aimer : après tout c'était possible ; cependant elle ne croyait pas se tromper en s'affirmant à elle-même qu'elle avait été remarquée.

Et M. André ne se déclarait pas.

Elle avait mis tout en œuvre pour l'exciter à parler; elle avait fait des avances qu'elle s'était même reprochées ensuite ; prévenances, sourires, mots à double entente, tout avait manqué le but.

Et le jeune homme, chaque fois, lui avait envoyé un long regard, un regard étrange, triste et doux, triste comme un remords, doux comme une espérance.

Ce regard lui disait : — Oui, je vous aime, mais je ne dois pas vous le dire.

Et André fuyait les pièges sans s'y laisser prendre.

Qui donc viendrait rompre ce silence, qui promettait d'être éternel ? Quel évènement mystérieux réunirait ces deux âmes qui tendaient l'une vers l'autre ?

Armande crut avoir trouvé.

Dans le courant de la journée, elle avait, derrière ses rideaux, guetté toutes les allées et venues du jeune directeur, et lorsqu'elle fut certaine qu'il était seul dans le cabinet, elle s'y rendit vaillamment.

Oh ! ce n'était pas une démarche irréfléchie, ni même irrégulière qu'elle faisait ; non. Elle avait eu soin d'y oublier sa broderie la veille en venant chercher son grand-père, et il était absolument naturel qu'elle vînt la chercher.

Lorsqu'elle ouvrit la porte, André Rémy, qui croyait que M. Martel entrait, continua d'écrire ; mais il entendit le frôlement de la robe et se leva vivement.

— Pardon, Mademoiselle, dit-il, je m'attendais si peu à votre visite, que...

Il était tout ému.

Armande souriait.

— Ne vous dérangez pas, dit-elle ; je cherche depuis ce matin cette broderie, que j'ai oubliée ici. Je croyais l'avoir perdue, lorsque la pensée m'est venue qu'elle pouvait être dans le cabinet de mon grand-père... Je vous laisse à vos occupations.

André Rémy salua et reprit sa place au bureau.

Armande ne put s'empêcher de faire un petit geste de dépit.

— A propos, dit-elle, puisque le hasard me fait vous rencontrer, Monsieur André, j'avais quelque chose à vous communiquer.

— A moi ? Mademoiselle.

— Quelque chose de très sérieux.

— Je vous prie de croire que je vous écoute avec la plus grande attention.

— Seulement, ce sera un peu long, et je craindrais que nous ne fussions dérangés.

— Je vais donner l'ordre de...

— Non, non, on m'a vue entrer, et je ne dois pas rester seule avec vous plus longtemps.

— Alors, que dois-je faire ?

— Venez ce soir vous promener sous les marronniers du jardin ; j'y serai avec grand-père.

André Rémy fit un geste de surprise qu'Armande interrompit.

— Ne manquez pas, surtout ; il s'agit de faire à nous deux une bonne action.

Sur ces mots, la jeune fille ouvrit la porte et s'enfuit, un peu troublée par l'idée du rendez-vous qu'elle venait de donner.

André Rémy était resté stupéfait.

— Elle ne m'épargnera rien, se dit-il ; que faire ? Je ne puis me dispenser d'aller à ce rendez-vous. Comment a-t-elle osé me le donner ? Il est vrai que M. Martel y sera. Cependant, en y réfléchissant bien, il est impossible que M. Martel, que je vois toute la journée ici, choisisse le soir sous les arbres pour me parler.

Et il continuait ses réflexions.

— S'il voulait m'offrir la main de sa petite-fille, il ne viendrait pas avec elle ; ce n'est pas cela. Armande m'aime, je ne puis en douter ; et moi, je l'adore, ce dont elle s'aperçoit sans doute ; elle veut me forcer à le lui dire. La bonne action dont elle pare sa démarche est un prétexte honnête.

Toute la journée, il se demanda s'il devait aller sous les marronniers, ou s'il devait rompre d'un seul coup avec ses hésitations.

Il était certain que, s'il n'allait pas au rendez-vous, Armande ne lui reparlerait jamais.

D'autre part, c'était bien cruel.

Le soir vint, et le jeune homme, que la raison retenait, mais que le cœur entraînait, se décida à traverser le jardin.

Il s'était promis d'être très réservé, première capitulation avec sa conscience.

De son côté, Armande se promettait d'être adroite comme une femme, et de ne pas laisser deviner le fond de sa pensée.

C'était donc presque en combattants qu'ils allaient l'un vers l'autre.

André Rémy vit sortir la jeune fille, puis la vit seule se diriger vers l'allée des marronniers ; il fit alors un détour, de façon à prendre l'allée par l'autre bout, afin que la rencontre parût toute naturelle, si quelque indiscret se permettait de les surveiller.

Armande, qui ne le voyait pas d'abord, s'était avancée jusqu'au milieu de l'allée, à petits pas, mais le cœur lui battait fort.

On le comprendra sans peine ; c'était son premier rendez-vous, et puis elle se disait :

— S'il n'allait pas venir ?

En effet, ce fier jeune homme, qui domptait tout le monde, ne méprisait-il pas la jeune fille qui faisait ainsi les premières avances ?

Elle en était là de ses réflexions, lorsque son oreille perçut le bruit d'un pas sur le sable au-devant d'elle.

Elle leva les yeux ; la silhouette de l'ingénieur se détachait au bout de l'allée, dans le fond sombre des arbres.

— C'est lui ! se dit-elle joyeuse.

C'était un premier triomphe. Puisqu'il était venu, il faudrait bien qu'il l'écoutât.

Le jeune homme avançait lui-même à pas comptés, lentement, comme s'il ignorait qu'il fût attendu.

Soudain, justement sous un énorme marronnier, en face d'un banc, les deux jeunes gens se rencontrèrent.

— Tiens, fit tout haut Armande, c'est M. André ! Par quel hasard vous trouvez-vous ce soir dans le jardin, vous qui n'y venez jamais ?

— Ma foi, mademoiselle, je l'ignore... une idée qui m'est venue ; la chaleur a été accablante aujourd'hui et j'ai éprouvé le besoin de prendre le frais du soir.

— C'est une excellente idée, cela.

— Tout à fait mademoiselle, surtout puisque j'ai justement le plaisir de vous rencontrer.

Armande ne répondit pas à ce compliment.

— Je devais sortir avec grand-père, dit-elle, l'air lui fait du bien ; mais, vous lui pardonnerez, il s'est endormi après le dîner, si profondément, que je n'ai pas osé le réveiller.

— Vous avez agi prudemment, mademoiselle.

— Mais nous causons là, debout, il y a là un banc ; voulez-vous prendre place près de moi ?

— Certes, mademoiselle.

9.

Ils s'assirent, puis Armande lui dit plus bas :

— Je vous remercie d'être venu, Monsieur.

— Pouviez-vous douter de mon empressement à venir ? Vous m'avez dit qu'il s'agissait d'une bonne action.

— C'est vrai, et vous me rappelez le but de ce... rendez-vous, car c'en est presque un que je vous ai donné.

— La fin justifie les moyens, dit sentencieusement André Rémy.

La glace avait de la peine à se rompre entre ces deux êtres si prêts cependant à se comprendre.

Après un court silence, Armande reprit :

— Voici donc, Monsieur André, de quoi je désirais vous entretenir :

Il y a quelques jours, j'ai lu dans un journal un fait navrant qui m'a touchée jusqu'au cœur. Il s'agit d'un ménage désuni, d'un homme méchant qui frappait sa femme et qui voulait forcer son enfant à mendier. L'enfant, plus fier que le père, a refusé.

— Alors il a battu l'enfant ?

— Peut-être, je l'ignore ; mais il a quitté le domicile conjugal et est allé vivre avec une de ces femmes sans nom comme il en existe, paraît-il, et qui sont la honte de notre sexe.

— Je comprends.

— Jusqu'ici c'est mal, mais ce n'est pas encore hideux. La mère, se voyant abandonnée par le mari et n'ayant pas le courage de travailler pour deux, s'en est allée avec un autre homme. C'est le journal qui le dit, car moi je ne puis croire à de pareilles infamies.

— Cela existe quelquefois, Mademoiselle, malheureusement, et la société, comme les rues, a des égouts.

Continuez, je vous prie, vous ne vous doutez pas à quel point vous m'intéressez.

— Vrai ? Eh bien ! j'en suis heureuse, car je me suis prise d'un amour... comment dirai-je ? d'un attachement maternel pour l'enfant abandonné !

— La mère l'a donc abandonné ?

— Oui. C'est un garçon de douze ans ; il est chétif, malingre, le père l'a chassé, la mère l'a repoussé ; entre les deux, le vice le guette.

— Le malheureux ! Mais comment les journaux ont-ils connu le fait ?

— J'oubliais en effet de vous dire la fin. L'enfant, n'ayant plus d'asile, a dû faire ce qu'il refusait de faire avant. Il a mendié... en attendant qu'il volât.

— C'est fatal.

— La police l'a ramassé, et il a comparu devant la police correctionnelle pour vagabondage.

— Le tribunal l'a sans doute acquitté et placé ?

— Le tribunal l'a acquitté, mais le père et la mère ont refusé de le prendre, et le président a déclaré que la loi était impuissante pour frapper les vrais coupables, les parents.

— De sorte que...

— De sorte que l'enfant, errant de nouveau, deviendra ce qu'il pourra, si personne ne lui vient en aide. J'ai pensé à la société que grand-père avait fondée autrefois, mais, hélas ! elle n'existe plus ! J'aurais été si heureuse d'y faire entrer cet enfant-là...

André Rémy s'était levé, en proie à la plus vive émotion.

— Mademoiselle, dit-il d'une voix un peu étouffée, écoutez-moi ; vous savez où se trouve cet enfant.

— Non, mais j'ai le journal qui donne tous les détails.

— Vous me le remettrez demain matin, n'est-ce pas ? Je me charge de la chose. Ah ! vous ne pouvez savoir quel bien vous me faites ! je vais enfin pouvoir à mon tour payer une dette sacrée. Oh ! oui, ce garçon-là sera votre enfant, je n'ose dire le nôtre, et il sera sauvé.

— Monsieur André, je ne croyais pas vous exalter à ce point pour un inconnu.

— Je vous dis que vous ne pouvez pas savoir combien vous me rendez heureux. J'avais pour vous un culte... pardon... une amitié profonde, je vais maintenant vous adorer comme une sainte.

— En vérité ? Monsieur... fit Armande un peu effrayée.

— N'ayez aucune crainte, Mademoiselle, vous êtes ici sous ma protection, mais permettez-moi de vous remercier comme je l'entends du bonheur que vous me procurez.

Armande s'était levée aussi.

André Rémy mit un genou en terre devant elle et dit :

— Devant Dieu qui nous entend, Mademoiselle, vous venez de payer d'un mot tout ce que j'ai fait pour votre grand-père et votre maison. Devant Dieu, je vous jure que je suis à vous comme l'esclave le plus dévoué, prêt à vous obéir en tout.

— Relevez-vous, Monsieur, fit la jeune fille ; si l'on vous voyait à mes pieds, que dirait-on ?

Et elle tendit la main au jeune homme, comme pour l'aider à se relever.

Il prit cette main, la serra doucement. Puis, comme la main ne se retirait pas, il y appuya ses lèvres longuement.

Et Armande disait tout bas : — Relevez-vous donc !

Mais la main restait sous les lèvres, qui semblaient vouloir y rester toujours.

Ce moment d'effusion passé, André Rémy se releva, et les deux jeunes gens, n'osant plus rien dire, tout entiers à leurs pensées, Armande, émue et rougissante dans l'ombre, André le cœur dilaté et se débattant encore contre l'amour qui riait dans la nuit, marchèrent l'un près de l'autre, les yeux baissés.

Ils allèrent ainsi jusqu'au bout de l'allée. Là il fallut se retourner ; ils se trouvèrent l'un devant l'autre, ils se regardèrent, et dans l'obscurité leurs yeux se rencontrèrent.

Quel éclair en jaillit-il ? C'est ce que nous ne pourrions dire, mais la lueur en fut si vive qu'elle éclaira toute leur âme et que la main de la jeune fille se retrouva dans celle du jeune homme.

Oh ! la vingtième année ! la page blanche du premier amour ! Tous ceux qui ont eu vingt ans, tous ceux qui ont aimé, comprendront que l'on ne peut décrire ce qui se passait dans le cœur de ces beaux enfants.

Le calme du soir, la fraîcheur de la brise, le soupir du vent dans les feuilles, tout cela c'était bon, tout cela criait par les voix de la nature joyeuse :

— Je t'aime.

Ils ne le disaient pas, les jeunes amoureux, mais comme ils le savaient bien !

Combien de temps restèrent-ils ainsi, la main dans la main ? Combien de temps surtout seraient-ils restés si, tout à coup, quelque chose de noir ne fût accouru bondissant dans l'allée.

Armande la première entendit.

Se dégageant vivement de l'étreinte du jeune homme :

— Mon Dieu, dit-elle, quelqu'un !

André Rémy se retourna vivement et sourit.

— C'est Pluton, dit-il.

Et il siffla d'une façon particulière.

Le jeune chien que nous avons introduit dans cette histoire avait près d'un an ; grand et fort, il s'était attaché tout particulièrement au jeune homme. Le soir, le concierge le lâchait dans l'usine pour faire la garde. Il avait senti son maître, et joyeusement il venait à lui.

Mademoiselle Armande se baissa et l'embrassa sur sa belle tête noire. Alors, André Rémy se baissa à son tour et embrassa le chien à la même place.

Pluton, content, sautait et gambadait autour d'eux.

— Pluton vient me dire qu'il est l'heure de rentrer, hasarda mademoiselle Armande ; il doit être tard.

— Je ne sais, fit le jeune homme, j'oubliais tout.

— Même mon protégé ?

— Oh ! non ; demain il sera ici.

— Vraiment ?

— Vous le verrez.

— Vous me ferez un grand plaisir.

— Si vous le permettez, je vous rendrai compte de mon ambassade, à la même heure... ici.

Armande hésita un instant.

— Vous me refusez ?

— Non. Il s'agit d'une bonne action.

L'amour dut continuer à sourire dans l'ombre, car cette bonne action tendait singulièrement la perche à l'action, excellente d'ailleurs, que préparait le dieu malin.

Mademoiselle Armande s'échappa vivement, et André Rémy rentra chez lui, en flattant Pluton, qui était arrivé à point pour terminer ce rendez-vous.

CHAPITRE VI

UN CAS SOCIAL

Le lendemain matin, André Rémy trouva sur son bureau le journal dont Armande avait parlé.

La jeune fille, n'avait pas osé l'apporter elle-même. Maintenant qu'elle était certaine d'être aimée, elle éprouvait une frayeur à se trouver devant celui qu'elle avait pour ainsi dire provoqué.

Elle avait peu dormi cette nuit-là. Elle aimait à repasser dans sa mémoire les moindres gestes d'André, ainsi que ses paroles.

Elle ne s'expliquait pas certaines réticences, certains mots à double entente qui échappaient au jeune homme; mais qu'importait cela? Elle l'aimait.

Comme il avait pressé ses mains avec passion, comme sa voix tremblait, lorsqu'il lui parlait tout bas sous les arbres !

Elle finit par s'endormir et rêva qu'André demandait sa main à M. Martel.

Le jeune homme, de son côté, se laissait aller à tout enivrement de son amour, et il commençait à comprendre combien il lui serait difficile d'échapper au charme puissant de la jeune fille.

Comment ferait-il, lorsqu'il serait contraint d'avouer son véritable nom ?

Il n'y voulait pas penser et ne pensait qu'à cela.

En attendant que le hasard, ce dieu des amoureux, vînt à son secours, il allait toujours aller trouver le protégé d'Armande.

Lorsqu'il eut donné des ordres pour l'usine, il monta en voiture et prit la direction de Paris.

L'adresse indiquée était rue Simon-le-Franc.

André Rémy descendit devant la porte d'une vieille maison, laide et quelque peu enfumée, comme il en existe beaucoup dans cette rue étroite et sombre.

Il demanda le nom du père à la concierge, qui répondit :

— Au quatrième, au fond de la cour ; le nom est sur la porte.

André Rémy monta un escalier peu éclairé, sur lequel ouvraient des portes de logements qui lui rappelaient, hélas ! celui de sa jeunesse.

Arrivé au quatrième étage, il n'eut pas de peine à trouver ce qu'il cherchait. Il poussa la porte et entra dans une chambre où une odeur de fumée de tabac le saisit à la gorge.

Le lit était défait, un homme fumant était couché dessus.

Une femme mal mise était accroupie près d'un petit poêle en fonte sur lequel chantait une bouillotte d'eau qui devait servir à faire le café.

Les effets étaient épars çà et là.

Une table, deux chaises et un vieux bahut complétaient le mobilier de cette demeure.

André Rémy eut un mouvement d'hésitation et sentit son cœur se serrer de dégoût.

Il fit un pas dans la chambre ; la femme leva la tête et, voyant un monsieur, elle se dressa vivement :

— Que désirez-vous ? dit-elle avec un sourire.

— M. Robert !

— C'est moi, répondit l'homme sans changer d'attitude, et lançant une bouffée de fumée âcre par la chambre.

— Je désirerais vous parler !

— Allez, ne vous gênez pas, fit l'homme, continuant de fumer.

Un éclair passa dans les yeux du jeune homme, mais il reprit d'une voix calme :

— J'ai lu dans les journaux l'affaire de votre fils. Plusieurs personnes s'intéressent à lui et m'envoient pour le chercher, afin de le placer dans une maison honnête et convenable.

L'homme regarda André Rémy fixement, puis il dit, avec son air nonchalant :

— Pas bête, vous, le beau monsieur !

— Que voulez-vous dire ?

— Je m'entends ; vous vous êtes dit : Tiens, un enfant abandonné, je vais le prendre, il travaillera pour moi et j'aurai l'air de l'avoir sauvé. Avec cela, on m'enverra la croix de la légion d'honneur. Pas mal trouvé.

Et il ajouta en ricanant :

— On ne le monte pas comme ça à papa.

André Rémy sentit le rouge de la honte lui monter au front, celui de la honte que ce misérable aurait dû éprouver. Il avança près du lit, et peut-être il allait dire à ce père dépravé ce qu'il pensait de lui, lorsque la femme dit d'une voix de fausset :

— Monsieur a l'air trop bien pour vouloir du mal au

pauvre monde. Tais-toi, Robert, et laisse-moi arranger cette affaire-là.

— Comme tu voudras, fit l'homme, mais fais-le accoucher, tu comprends ?...

La femme lui fit un signe, puis elle offrit une des deux chaises au jeune homme et prit place sur l'autre.

— D'abord, dit-elle, il faut que vous sachiez ce qui en est; les journaux ne disent pas tout, et l'enfant, c'est un paresseux qui n'a que ce qu'il mérite.

Elle fit un tableau peu flatté du pauvre abandonné, et n'oublia pas de rejeter toute la responsabilité sur la mère, une femme de mauvaise vie, qui trompait son mari et dépensait en friandises l'argent du ménage.

Comprenant ce que son auditeur pouvait lui répondre, elle s'empressa d'ajouter :

— Vous me direz que je fais comme elle; mais moi, je suis libre, je suis veuve, et j'ai bien le droit de faire ce que je veux.

André Rémy écoutait tout cela en se disant :

— Sans M. Martel, je serais aujourd'hui un homme comme celui-ci, et j'aurais quelque femme comme cette mégère-là !

Ecœuré, il interrompit :

— Voyons, dit-il, finissons. Je vous ai dit que je désirais venir en aide à l'enfant, où est-il?

— Je ne sais pas, fit la femme.

— Comment, vous ne savez pas? Est-il chez sa mère ?

— Ah ! ouiche, chez sa gueuse de mère; elle ne veut pas en entendre parler.

— Alors, où pourrai-je avoir des renseignements ?

— En cherchant, je pourrai peut-être le trouver; mais, vous comprenez, toute peine mérite salaire.

André Rémy se leva, outré de tant de cynisme.

— Vous voulez vous faire payer pour laisser faire du bien à votre enfant... c'est ignoble.

— C'est comme ça, mon petit, dit le père. Pas de monacos, pas d'enfant.

— C'est bien, fit André, je vais de ce pas chez le commissaire de police du quartier, que je connais intimement, et je sais ce que j'ai à lui dire.

— Allez, répondit Robert ; je suis le père de mon fils, et j'ai le droit d'en faire ce que je veux.

Le jeune homme descendit l'escalier sans répondre, et au moment où il allait monter dans sa voiture, il vit la femme qui courait après lui.

— Arrêtez, Monsieur, criait-elle, arrêtez, je vais vous conduire où il est, moi.

— Est-ce loin ?

— Non, à deux pas, près des Halles.

— Bien je vous suis.

Il fit signe au cocher de l'attendre, car il lui répugnait de se trouver assis près de la concubine de l'aimable Robert, et il traversa la rue Saint-Martin et entra dans la rue de Venise à la suite de sa conductrice.

Au coin de cette rue infecte et de la rue Quincampoix, il y avait un débit de vin achalandé par une singulière clientèle.

C'était le rebut des Halles.

Les hommes se donnaient pour porteurs, les femmes pour revendeuses, les enfants faisaient tous les métiers ; en réalité tout ce monde interlope vivait d'escroqueries.

Il fallait voir ces types de voyous qu'il y avait parmi la jeune clientèle de l'établissement !

— Mince de chic ! comme disait le garçon du *mastroquet*.

Les habitués de ce caboulot devaient avoir souvent à causer avec les présidents de la police correctionnelle; aussi, à la suite de cette conversation, plusieurs disparaissaient des mois et même des années.

C'est au milieu de ce vilain monde que l'enfant repoussé par ses parents avait tout naturellement cherché un refuge, la société lui en refusant un.

Il n'y avait pas de milieu; mendiant ou voleur, c'était son lot, et à la première faute, la société juste et sévère apparaîtrait pour condamner celui qu'elle n'avait pas su garantir de la misère et arracher à la griffe des vices.

C'est là que plus que jamais André Rémy comprit cette grande œuvre dont il avait profité et que M. Martel n'avait pu achever.

Cette œuvre-là, il jura en lui-même de la reprendre un jour. En attendant, il allait toujours enlever au mal le protégé d'Armande.

Il y avait tant de choses qui se dressaient entre elle et lui pour les séparer, qu'il était heureux de songer qu'il y aurait au moins une bonne action là, vivante, pour les unir.

La femme de Robert jeta un regard dans la boutique et alla jusqu'à la salle à boire.

Il y avait des garnements qui jouaient aux cartes ou, pour mieux dire, qui se trichaient aux cartes.

Tous visages hâves, maigres, mais caractéristiques.

La femme leur demanda :

— Avez vous vu Prosper?

C'était le nom de l'enfant.

— Qui ça, Prosper? fit un grand sans lever les yeux.

— Tu sais bien, dit un autre, celui dont les juges ne veulent pas.

— Ah ! le petit Falot ?

— C'est cela.

Ce surnom de petit Falot venait d'être donné à l'enfant à cause de son âge, qui ne lui permettait encore que d'être éclaireur dans les affaires.

— Non, il n'est pas ici.

— Savez-vous où il est ? demanda de nouveau la femme.

— Est-ce que je l'ai en garde, votre gosse ?...

— Non, mais...

— Allez, vous m'embêtez, la vieille ; vous venez de me faire oublier trois *larbins* et une tierce aux *haricots*... A l'ours !

André Rémy s'avança.

A sa vue, tous se turent.

Le jeune homme jeta cinq francs sur la table.

— Ceci est pour celui qui m'amènera le petit Falot tout de suite ; il y aura de plus un litre à boire au retour.

Le grand qui avait oublié sa tierce aux haricots se jeta d'un bond sur la pièce blanche, enjamba la table et sortit en criant :

— Attendez, bourgeois, dans deux minutes je vous l'offre sur un plateau !

André Rémy fut obligé de s'asseoir dans la salle à une table et, pour se donner une contenance, de demander une consommation.

La femme vint se mettre devant lui en guignant d'un regard avide le liquide dans le verre.

L'ingénieur comprit et voulut se l'attacher du coup.

— Vous accepterez bien quelque chose ? dit-il.

— Si monsieur me fait cet honneur... murmura la femme, je n'oserai pas refuser.

— De l'honneur! en v'là du luxe pour la mère Bobê-
chon; ous-qu'est mon balai?

— Un verre de doux, murmura la femme Robert;
garçon, avez-vous quelque chose pour la colique?

— Oui, un vulnéraire!

— C'est ça, un *vétérinaire cuirassé*, n'est-ce pas?

— Rien que ça de douceur!

— Elle avalerait bien le cuirassier avec!

— Et le sabre par dessus le marché!

— Dis donc, toi, Polyte, pourquoi que le grand dit
toujours une tierce aux haricots?

— Bête-à-pain, une tierce aux fines herbes, c'est-y
pas dans les *petites* légumes?

— Tais-toi donc et regarde l'homme.

— Et puis après?

— Il a l'air d'un *sergot* déguisé.

— Ça, jamais. Trop de chic, mon vieux; c'est pas
même de la rousse, ou alors ça serait de la haute.

— Et puis la vieille ne l'amènerait pas ici... C'est
quelque particulier de la bienfaisance qui vient pour
Falot.

Tout cela se disait à mi-voix, en ayant l'air de regarder les cartes.

En ce moment, le grand entra, amenant avec lui le
petit Prosper, dit Falot.

André Rémy jeta un rapide coup d'œil sur l'enfant
et parut assez satisfait de son examen.

L'enfant était chétif d'apparence, mais cela tenait
plus au manque de soins et de nourriture qu'à sa propre constitution. Dans d'autres mains, il deviendrait
robuste.

Son regard, un peu fuyant par la honte de la misère,
était encore assez franc. Cet enfant n'avait encore qu'un

pied au bord du précipice; André Rémy arrivait à temps pour l'empêcher d'y tomber.

Il comprit que ce n'était pas le lieu de faire de la morale à l'enfant; aussi il donna cinq autres francs au garçon en lui disant:

— Vous donnerez deux litres à ces jeunes gens; vous prendrez la consommation là-dessus et le reste est pour vous.

Puis il sortit, suivi de la femme et de Prosper.

— V'là ce que j'appelle un homme, dit le grand.

— C'est un milord, ajouta Polyte.

— Va donc voir, que le garçon nous donne du bon; il a bien assez pour ça.

— Tiens, dis donc, l'homme n'a pas bu son bitter, je me l'offre.

— S'il revient?..

— Lui? des panais!... s'il avait voulu boire, il aurait sifflé la chose.

Le garçon apporta les deux litres.

— Tas de veinards! je vous en donne à sucer; vous savez, n'oubliez pas ma générosité, car je pouvais tout garder.

Les verres s'emplirent et on porta un large toast à l'homme aux cent sous.

Durant ce temps, André Rémy et ses compagnons étaient retournés rue Simon-le-Franc.

Le jeune Prosper, en voyant la maison paternelle, fit un mouvement comme pour s'enfuir.

— Venez, mon ami, dit l'ingénieur avec un ton de voix rassurant; n'ayez pas peur, vous êtes avec moi.

Et ils montèrent tous trois les quatre étages où gisait le misérable Robert.

L'homme cette fois était debout. Il jeta sur André

Rémy un regard de convoitise et sur l'enfant un regard cruel.

Le petit se plaça instinctivement derrière le jeune homme.

Ce fut la femme qui prit la parole.

— Voilà la commission faite, dit-elle, et je suis persuadée que l'affaire s'arrangera.

— Voyons! fit seulement Robert.

André Rémy dit alors :

— Cet enfant est votre fils, et je sais que la loi vous force à lui accorder protection; je sais aussi que, si vous ne le faites pas, elle ne peut vous enlever votre enfant qu'en cas de mauvais traitements.

— Je ne le bats pas.

— Soit. Je sais encore que je n'ai le droit de garder votre fils qu'avec votre consentement.

Robert approuva de la tête.

— Ce consentement, je pourrais au besoin vous obliger à le donner, mais je n'aime pas les moyens violents; je préfère l'obtenir de bonne volonté.

— Ça se paie, ce consentement-là.

— Oui, et je vais vous payer. Voici un contrat d'apprentissage préparé en blanc. Vous allez y mettre le nom de votre fils et votre signature. Par cet acte, votre enfant est à moi pour cinq ans, à la condition de le loger, de le nourrir et de lui donner un état.

— Bon pour lui, mais pour moi?...

— Pour vous, une somme de mille francs vous sera versée, à raison de deux cents francs par année et d'avance.

— Voyons les jaunets !

André Rémy tira son porte-monnaie et sortit de l'or, qu'il étala aux yeux de son interlocuteur.

Robert fit un mouvement de refus.

— Ce n'est pas assez, dit-il.

L'ingénieur reprit l'argent et le papier et fit le geste de se retirer.

— Un instant donc ! exclama l'homme, vous êtes bien susceptible. Et, chaque année, qui me paiera ?

— Moi !

— Et si vous n'y êtes plus ? Dame, vous savez, en affaires, il faut tout prévoir.

— C'est juste, dit André Rémy ; mais la maison Martel et Cie, de Saint-Denis, vous soldera à ma place.

— Ah ! je connais ça ; M. Martel, celui dont le fils a été assassiné.

— Précisément.

— J'ai confiance ! ajouta Robert, avec un geste superbe.

Il posa sa pipe sur le poële et dit à sa femme :

— Passe la plume et l'encre.

Cela fait, il lut attentivement les deux doubles de l'acte, remplit son nom et celui de son fils, écrivit au bas de la feuille « Approuvé l'écriture ci-dessus » ; puis il signa.

Alors il passa un double à Rémy, qui avait signé d'avance, empocha les dix louis et dit à sa femme :

— Tâche de m'apprêter mon linge, je vais aller dans le monde aujourd'hui.

André Rémy comprit que le misérable ne rentrerait pas au logis tant qu'il resterait un sou des deux cents francs ; il le lut d'ailleurs sur la figure de la concubine. Pris de pitié, il lui mit vingt francs dans la main et dit vivement au petit Falot :

— Partons.

L'enfant ne se le fit pas dire deux fois. Il dégringola

l'escalier avec une rapidité de bon aloi et fut bientôt dehors.

Le jeune homme le fit monter près de lui dans la voiture et donna ordre au cocher de le ramener à l'usine.

Prosper n'osait bouger dans cette belle voiture. Il ignorait où on le conduisait, mais il était confiant, car il ne pouvait perdre au change.

Lorsqu'ils furent hors Paris, l'ingénieur lui dit :

— Prosper, vous avez entendu le marché que j'ai fait avec votre père ?

— Oui, Monsieur.

— Ces arrangements vous plaisent-ils ?

— Oh ! oui, Monsieur.

— Que désirez-vous apprendre ?

— Tout ce que vous voudrez, Monsieur, pourvu que je demande pas l'aumône.

— Cela vous humilie ?

— Oui, dit l'enfant d'une voix profonde.

— Cependant, vous faisiez déjà partie d'une société fort disposée à faire des choses plus mauvaises que la mendicité ?

— Vous voulez parler de ceux que vous avez vus chez le marchand de vin. Oui, ce sont des filous.

— Qui deviendront des voleurs, et vous alliez faire comme eux.

— Peut-être oui, il faut bien manger.

— Manger avec le produit du vol ?

— J'aimais mieux voler que de mendier, dit l'enfant avec un certain air de fierté. Au moins, on risque quelque chose !

Tout ce jeune caractère était dans cette réponse. Les Mandrin et les Cartouche n'étaient pas des hommes sans fierté et sans valeur. Prosper pouvait devenir un voleur résolu, courageux et par conséquent dangereux. André Rémy se reconnaissait un peu dans ce malheureux. De ce futur brigand, il allait faire un honnête homme.

— A l'avenir, dit-il, mon ami, vous serez à l'abri du besoin. Chez nous, le travail est toujours récompensé. Vous n'êtes pas bien fort, pour manier le marteau et la cisaille.

— Je le ferai s'il le faut ; mais, dites-moi, Monsieur, mon père ne peut plus me reprendre ?

— Non, d'ici cinq ans.

— Cinq ans ! fit l'enfant, c'est long cela ; dans cinq ans je serai un homme, et je n'aurai plus peur de lui.

André Rémy sourit.

— Quel métier vous sourirait le plus ? Vous êtes libre de choisir.

— Vrai ? Eh bien, à l'école, ce que j'aimais le plus, c'était dessiner des maisons ; mais ce n'est pas un métier, ça.

— Si fait, mon ami, c'en est un. A l'usine, nous occupons cinq ou six dessinateurs. Seulement, ils font des wagons ou des locomotives.

— Ça doit être bien difficile, fit le petit.

— Rien n'est difficile, lorsqu'on veut apprendre.

— Oh ! j'apprendrai, Monsieur, vous verrez, parce que je veux gagner mon pain, moi, et je veux vous rendre l'argent que vous avez donné à mon père...C'est que vous lui en avez donné beaucoup !

— Deux cents francs !

— Deux cents francs ! Va-t-il en étouffer de ces perroquets ! comme il dit. — Gare ce soir, la vieille recevra sa râclée, et ce sera bien fait.

Ce fut le dernier souvenir du petit Prosper à cette mansarde où il avait tant souffert.

On arrivait devant l'usine.

André Rémy présenta l'enfant au concierge, lui donna la commission de l'habiller proprement et de lui donner à manger.

Il fut convenu que Prosper coucherait dans un cabinet au-dessus de la loge et partagerait le repas du portier et de sa famille.

Dès ce jour même, il entrait comme apprenti dessinateur au bureau du dessin de la maison Martel.

VII

L'INVENTAIRE DE FIN D'ANNÉE

Il y avait un an que M. Martel avait pris André Rémy pour associé, et les commis aux écritures avaient travaillé toute une semaine pour faire l'inventaire.

Le résultat devait être excellent, et M. Martel se réjouissait tout particulièrement d'avoir à annoncer un beau dividende aux actionnaires qui avaient eu confiance en lui.

Le dividende était sans doute une belle chose, mais ce n'était pas cela seulement qui faisait épanouir la face de l'aveugle. Il y avait un autre motif.

Un matin, il avait dit à Armande :

— Ma mignonne, cet inventaire-ci marquera un grand jour dans ton existence.

Armande comprenait à peu près ce que disait son cher grand-père, mais son front restait soucieux.

Pourquoi ?

Nous allons l'expliquer en deux mots.

André Rémy, si bien lancé dans la voie des aveux, lorsque Pluton était venu le déranger, André Rémy était redevenu muet et réservé comme par le passé.

La jeune fille ne pouvait se dissimuler que le motif qui retenait la déclaration trop attendue sur les lèvres

10.

du jeune homme devait être grave. Elle en était inquiète, et cette inquiétude se changeait souvent en tristesse.

Lorsque Prosper était arrivé à la fabrique, amené par le directeur, elle était entrée dans les bureaux sous un prétexte quelconque. Elle y avait rencontré André Rémy, qui lui avait présenté son protégé.

Elle avait remercié l'ingénieur plutôt des yeux que de la voix, et cependant il était resté poli, mais froid.

Alors elle avait demandé Prosper chez elle. L'enfant, tout surpris de cette attention, ne s'était pas fait prier.

Armande, la curieuse, avait voulu savoir comment les choses s'étaient passées, et Prosper, qui n'avait rien à cacher, avait tout conté avec complaisance.

Naturellement, il faisait à chaque phrase l'éloge de M. Rémy, et Armande ne perdait pas un mot de ce que disait l'enfant. Au besoin elle le faisait répéter tel ou tel passage.

Elle fit ainsi revenir de temps à autre, puis presque chaque jour, le jeune Prosper, tout simplement pour entendre parler de M. André.

Et c'était bien naturel, puisque M. André s'obstinait à ne pas parler lui-même.

Mais ces petits récits de l'enfant étaient un maigre aliment pour les désirs de Mademoiselle Martel. Un regard de celui qu'elle aimait aurait valu cent fois les paroles de Prosper.

Armande affectionnait l'allée ombragée du jardin où elle s'était rencontrée avec André, mais elle ne pouvait y aller rêver que le jour. On était en hiver, et les arbres, dépouillés de leurs feuilles, étaient un médiocre abri pour la promenade des amoureux.

Aussi attendait-elle impatiemment la belle saison.

Et c'était justement au retour du printemps et des roses, à l'époque où tout dans la nature dit : Je t'aime ! que M. Martel lui avait lancé cet espoir qu'un jour heureux approchait.

Il avait voulu dire, sans doute, qu'il allait enfin pouvoir reconstituer une dot à l'enfant de son cœur et que, fier de cette fortune, il pourrait dire à ce cruel André Rémy : Voilà ma fille !

Armande sentait bien que ce n'était pas sa dot qui attirait l'ingénieur et que ce n'était pas le défaut d'argent qui l'empêchait de se prononcer. D'ailleurs, cette dot, c'était encore à lui qu'elle la devait.

Et elle se répétait pour la millième fois :

— Il m'aime, j'en suis certaine ; il m'aime, il souffre et il me fuit. C'est là que se place ce mystère qui fait mon malheur. Je vais attendre encore jusqu'à cet inventaire, puis j'éclaircirai tout cela ; il le faut !

M. Martel avait décidé qu'il donnerait une petite fête pour le jour où, tous les comptes rendus et approuvés, on allait recommencer une année commerciale.

Il devait y avoir grand dîner et bal.

Mlle Martel, qui devait faire les honneurs de la maison et songer à sa toilette, eut tant d'occupation durant huit jours, qu'elle en oublia un peu Prosper.

Le tapissier et la couturière eurent la plupart de ses instants.

De temps à autre, le souvenir d'André Rémy venait traverser son esprit, et presque joyeuse elle se disait :

— C'est pour lui que je fais tout cela ; c'est pour lui que je veux être belle. Oh ! il faudra bien qu'il me regarde et qu'il danse avec moi...

Enfin, un beau matin se trouva être le grand jour.

Les ouvriers eurent congé avec une gratification, et

M. Martel partit avec André Rémy et le caissier pour Paris, où se tenait l'assemblée générale des action-naires, dans une salle louée à cet effet.

Comme cette assemblée, purement commerciale et financière, serait sans intérêt pour nos lecteurs, nous dirons simplement que, les comptes vérifiés, il se trouva que le dividende dépassait les espérances de chacun et que, devant ce résultat, tout le bureau fut renommé.

André Rémy reçut plus particulièrement les éloges qu'il avait si bien mérités, et M. Martel fit un petit discours de remercîment qui se termina par une invitation à sa fête.

M. Martel et son jeune associé étaient de retour vers quatre heures du soir, lorsque Mlle Armande les fit demander tous deux.

La jeune fille, ce jour-là, était la maîtresse absolue, et elle ne doutait pas que ces messieurs ne se rendissent immédiatement à son désir.

C'est ce qui eut lieu en effet.

Elle les reçut avec un secret contentement, leur indiqua un siège et, en grande politique, commença par leur demander des nouvelles de la séance.

M. Martel s'acquitta de cette première tâche avec un peu de prolixité, envoyant de temps en temps quelques éloges à l'adresse de son voisin.

André Rémy s'excusait de son mieux.

Alors Armande, saisissant la transition, reprit la parole et, s'adressant au jeune homme :

— Puisque décidément, Monsieur, dit-elle d'un ton de voix moitié affectueux, moitié ironique, vous êtes notre bon génie, je désire, en fée modeste, vous faire voir les apprêts de la fête et vous demander votre haute appréciation.

André Rémy comprit qu'une simple flatterie aurait été une piètre réponse, et il s'inclina sans rien dire.

Après tout, il ne voulait pas absolument déplaire à celle qu'il adorait en secret.

— Grand-père, reprit Armande, donne-moi ton bras et vous, Monsieur, suivez-nous.

Alors on visita la salle à manger. Armande consulta son grand-père sur le classement des invités, chose toujours délicate.

On fut d'accord pour placer les deux plus forts actionnaires de chaque côté de mademoiselle Armande ; honneur à la pièce de cent sous !

Aux côtés de M. Martel, on mit son ami le médecin et André Rémy.

Le jeune homme refusait cet honneur ; mais Armande, en mettant son nom sur le couvert, ajouta :

— Vous serez en face de moi, je le veux !

— Parbleu, fit M. Martel, refusez donc maintenant mon cher Rémy ; je vous en défie.

De la salle à manger on passa au jardin.

Armande avait fait dresser sous la fameuse allée un ciel de verdure et de ballons de couleurs du plus gracieux effet. Des guirlandes de lierre entremêlé de roses rejoignaient chaque arbre à l'arbre voisin.

C'était féerique et charmant.

— Mais, dit André Rémy, je ne vois pas l'orchestre.

Et il regarda Armande, qui souriait malignement.

— Venez, lui dit-elle.

Elle prit André par la main et l'entraîna vivement à quelques pas, jusqu'à un mur de feuilles et de fleurs qui cachait le fond de l'allée, le fit passer entre deux arbres et lui dit :

— Regardez !

Derrière cette cloison de verdure était l'orchestre, dissimulé aux yeux des danseurs, et qui devait éclater tout à coup comme par enchantement.

Alors, elle dit tout bas au jeune homme :

— J'ai fait tout ceci pour vous, en souvenir d'un soir où là, à cette place...

— Oh ! mon Dieu, murmura André Rémy, vous êtes un ange...

— Eh bien ! où êtes-vous donc ? demanda la voix de M. Martel, je me perds dans vos feuillages.

— Par ici grand-père ; en voyant l'orchestre, M. Rémy m'invitait pour la première valse. N'est-ce pas, monsieur Rémy ?

— Certainement, répondit l'amoureux, profondément troublé.

Le but d'Armande était atteint. Son mystérieux amant l'aimait toujours ; c'était le principal.

Elle alla plus joyeuse donner les derniers ordres pour le dîner et laissa les deux hommes ensemble.

M. Martel parut satisfait d'être un peu seul avec son associé. Il n'était pas fâché de lui causer avant de frapper le grand coup qu'il méditait.

Il prit donc vivement la parole en invitant le jeune homme à s'asseoir.

— Mon cher ami, dit-il, — je pourrais dire mon cher enfant, car je vous aime comme mon fils, — je suis heureux de ce jour où vous avez prouvé à tous vos talents d'administrateur. Personnellement, je ne veux plus vous faire de compliments, j'en ai depuis longtemps épuisé la série, et ce serait banal ; je veux faire mieux.

— Permettez, Monsieur...

— Non, écoutez-moi. Je n'ai plus beaucoup d'années

vivre, par conséquent je dois me hâter de payer la
dette que j'ai contractée envers vous.

— Y songez-vous? vous ne me devez rien.

— Comme argent peut-être, dit M. Martel avec un
sourire profond, qui faisait parfois croire que l'aveugle
voyait son interlocuteur. Je ne puis lire dans vos yeux,
mon ami, mais je lis dans votre cœur. Oh! cela ne
n'est pas bien difficile, car vos pensées ont un rayon
qui fait épanouir un autre cœur, bien pur et qui n'est
qu'à nous deux; me comprenez-vous?

— Monsieur Martel, répondit André Rémy, je crois
vous comprendre.

— Eh bien! me laisserez-vous donc faire toutes les
avances?

— Croyez que je suis désolé...

— Ne soyez pas désolé et déclarez-vous.

— Je ne le puis.

— En vérité, vous dites cela d'un ton résolu. Je vais
vous forcer dans vos retranchements.

— Par grâce, Monsieur...

— Vous m'avez dit un jour que vous cherchiez un
père et que vous l'aviez trouvé en moi. Je vais user de
cette autorité paternelle. Je n'aime au monde que ma
petite-fille et vous. Je veux, vous entendez, je veux que
vous soyez heureux tous deux. Armande est une femme
digne de ce nom, elle sera le bonheur vivant de la
maison. Vous, mon ami, je ne puis juger de votre
personne physiquement, puisque je n'ai pas la vue,
mais vos actions m'ont dit ce que vous étiez, et d'ailleurs
Armande vous aime.

— Monsieur...

— Oh! vous l'aimez aussi, ne vous en défendez pas.

— Je ne sais pas mentir, Monsieur, oui, j'aime votre Armande, et c'est ce qui fait mon désespoir.

— Pourquoi cela ?

— Voilà ce que je ne puis dire.

M. Martel sourit.

— C'est si terrible que cela ?

— Hélas ! Monsieur, c'est trop sérieux pour que j'espère une seconde, et pourtant...

— Oui, je comprends, la question d'argent n'est pour rien dans tout ceci ; ah ! je devine.

Ce fut au tour du jeune homme à sourire avec incrédulité.

— Vous m'avez dit, reprit M. Martel, que vous étiez orphelin. C'est cela, n'est-ce pas ?

— Je ne suis pas seulement orphelin, je n'ai pas de nom à offrir à une femme.

— André Rémy...

— N'est pas mon nom. En un mot, je n'ai pas d'état civil.

— Tant mieux, fit M. Martel en se levant ; il vaut mieux n'avoir pas de nom que d'en porter un déshonoré.

Le jeune homme se tourna vivement vers le vieillard ; mais il ne rencontra qu'un visage placide et un œil blanc sans expression.

— Monsieur, dit-il, un jour... un jour qui sera proche, je vous dirai tout, car je souffre trop de rester ainsi parmi vous sous un nom d'emprunt. Il faut, oui, il faut que vous sachiez tout, dussé-je être chassé d'ici... Vous serez mon juge, et quoi que vous ordonniez alors, j'obéirai.

Et, sur ces paroles, il sortit.

— Hum ! fit M. Martel, il est temps d'en finir, en effet. Je connais le moyen de le forcer à parler, et je te l'emploierai dès aujourd'hui. Aux grands maux, les grands remèdes.

En ce moment Armande rentra dans le salon et vit que le jeune homme n'était plus là.

— Tu es seul, grand-père? demanda-t-elle.

— Oui, ma fille, M. Rémy me quitte à l'instant.

— Ah!

— Tu avais quelque chose à lui demander?

— Moi? non.

— Je crois que si.

— Mais que veux-tu que je lui demande?

— Mais, par exemple, s'il verrait avec plaisir ton mariage.

— Mon mariage? Avec qui?

— Mais avec lui, mon Dieu.

— Grand-père, ne te moque pas de moi, je t'en supplie.

— Tu ne veux pas te marier?

— Je ne dis pas cela.

— Tu ne l'aimes peut-être pas? Me voilà joli garçon, moi qui lui ai dit de ta part que...

— Voulez-vous vous taire, méchant!

— Après cela, il le savait déjà. Il est très perspicace, ce jeune homme.

— Vilain moqueur.

— Rassure-toi, je ne lui ai fait cette confidence que parce qu'il m'a avoué qu'il éprouvait pour toi un de ces amours qui ne finissent qu'avec la vie.

— Grand-père, dis-tu vrai?

— Eh! tu le sais bien. Ce soir, petite fille, je vais m'arranger pour que tout soit décidé; dans un mois tu seras madame.

Armande sauta au cou de son grand-père et lui donna deux gros baisers en lui disant :

— Tu es le meilleur de tous les grands-pères!

— Parbleu! fit M. Martel, quand on fait ce que tu veux, il en est toujours ainsi.

Durant cette petite scène, André Rémy causait dans la cour avec un des commanditaires de l'usine.

Cet actionnaire avait pris le jeune homme à part.

— Monsieur, disait-il, je n'ai pas voulu interrompre votre rapport tantôt, mais j'ai remarqué que votre succursale d'Amérique, au lieu de suivre la progression de la maison-mère, rendait plutôt des déficits que des bénéfices; d'où vient cela?

— Ce fait m'a également frappé, répondit l'ingénieur. J'ai demandé des explications à M. Martel, qui a paru fort surpris lui-même.

— En effet, jusqu'à la guerre des Etats-Unis, l'affaire fonctionnait régulièrement. Alors, le directeur vint à mourir, et nos correspondants nous présentèrent un ouvrier pour le remplacer.

La lettre présentait cet ouvrier sous les couleurs les plus flatteuses; fils de ses œuvres, il avait économisé un pécule assez rondelet, cinquante mille francs environ, qu'il versait dans notre affaire. En outre, il passait là-bas pour un homme de bien, charitable, un peu dévot, mais d'une conduite irréprochable; jusqu'à son nom, tout parlait en sa faveur. M. Martel ratifia sa nomination.

— Vous nommez ce directeur?

— M. Bonnefoy.

— En effet, c'est un nom qui promettait.

— Cependant, depuis cette époque, les pertes continuent. D'abord, nous avons attribué cela à la guerre; mais la paix est revenue, et le gain n'a pas reparu.

— Je prendrai des renseignements moi-même, car

je vais cet été faire un voyage à New-York ; je pousse-rai jusque-là, et je vous écrirai ce que j'aurai vu.

La cloche tinta, annonçant le dîner, et les convives de M. Martel se dirigèrent vers la salle à manger.

VIII

LES FIANÇAILLES

Le dîner suivait son cours. Mlle Armande présidait, ayant devant elle son grand-père et André Rémy; elle ne les perdait pas de vue, et tout en répondant aux compliments de ses voisins de table, ses regards semblaient lire les paroles que les deux hommes échangeaient entre eux.

La jeune fille attendait avec confiance l'exécution de la promesse de M. Martel, car elle savait que son grand-père était la loyauté même, et c'eût été un crime de douter de sa parole.

Légèrement troublée, mais heureuse, elle se laissait aller à tous ses rêves d'espoir et de bonheur.

De son côté, André Rémy semblait transformé. Toute trace de tristesse avait disparu de sa belle physionomie. Entraîné par la parole du vieillard, enivré par l'amour qu'il ressentait pour Armande, étourdi par la fête et le bruit, il avait presque capitulé avec sa conscience.

Il était arrivé par degrés à se dire que, le crime de son père n'étant pas le sien, il ne devait pas en porter la peine.

Cela était vrai.

Mais il ajoutait que tout le monde ignorait son vrai nom et qu'il n'y avait rien d'extraordinaire à ce que ce nom ne fût jamais divulgué.

André Rémy avait donc le droit d'aimer Armande Martel. En somme, n'avait-il pas effacé le mal commis par son père? La maison, relevée grâce à lui, florissait, et il avait sauvé la vie de l'aveugle.

Au fond de son âme, une voix taquine lui disait bien que tout ce qu'il avait fait et tout ce qu'il pourrait faire ne rendrait pas la vie aux parents d'Armande; mais la possibilité d'un bonheur ardemment désiré bornait en ce moment l'horizon de sa pensée.

Comme Armande, il attendait, à la fois anxieux et charmé.

Tout à coup, avant le dessert, et comme on versait un vin de qualité, M. Martel prit la parole.

— Messieurs, dit-il, qu'il me soit permis de porter ici la première santé.

— Je bois à la prospérité de l'usine!

Tous les convives applaudirent.

M. Martel fit signe qu'il n'avait pas terminé son discours, et le silence se rétablit.

Il continua aussitôt :

— Je bois à la prospérité de l'usine et à tout ce qui peut continuer et accroître cette prospérité. Je bois à nos travailleurs aux bras noircis, aux fronts durs, qui sont les piliers immortels de toute œuvre, car à toute œuvre il faut la main de l'ouvrier! Je bois au talent et au génie, car pour faire mouvoir nos machines et nos leviers, il faut du génie pour les inventer, du talent pour les diriger. Je bois aux actionnaires de l'entreprise, car il faut des capitaux pour faire mouvoir tous ces moteurs, l'argent étant le moteur des moteurs, et la confiance des uns faisant nécessairement la production des autres. Messieurs, le travail, le génie et l'argent représentant la confiance, n'est-ce pas notre devise célèbre : *Liberté, Egalité, Fraternité?*

A ces belles paroles d'un homme de bien, tous ces hommes, dont beaucoup cependant n'étaient pas républicains, se levèrent, mus par un même sentiment, et crièrent d'une voix unanime :

— Vive M. Martel !

L'orateur laissa passer l'expression un peu bruyante de la reconnaissance des assistants, puis, reprit :

— Merci, Messieurs, mes amis, pour les marques non équivoques de votre contentement. J'en suis fier, et c'est pour cela que je veux, dès ce jour, vous apprendre une bonne nouvelle, une nouvelle qui vous donnera l'assurance que mon œuvre sera continuée par un bras fort, un esprit éclairé, une âme vaillante !

Tout le monde écoutait, surpris.

André Rémy se sentit pâlir et Armande, au contraire, dissimula une certaine rougeur indiscrète en s'éventant avec son mouchoir.

M. Martel reprit :

— J'ai décidé, Messieurs, de céder la direction de l'usine à M. André Rémy, dont vous avez tous, comme moi, apprécié le talent et les hautes connaissances, et, pour ne pas retirer de l'affaire le nom de Martel tout entier, je lui accorde devant vous tous la main de ma chère petite-fille Armande Martel.

A ces mots, André Rémy se leva, voulut parler, mais l'émotion le serrait à la gorge, et d'autre part les applaudissements des convives lui prouvèrent qu'il serait inutile à lui de refuser.

C'était une joie universelle ; chacun allait serrer la main des deux jeunes gens.

Tout à coup, Armande prit son verre, et, debout, en regardant André, elle dit de sa voix claire et vibrante :

— Messieurs, je remercie mon grand-père, et je bois avec vous à mes fiançailles avec M. André Rémy.

André, pâle, se leva à son tour.

Qu'allait-il dire ?

Un grand combat se livrait en lui-même ; cependant il laissa échapper quelques paroles.

— Messieurs, dit-il, hésitant, je suis indigne de l'honneur qui m'est fait... je ne dois pas accepter... un bonheur que...

— Alors M. Martel, qui était près de lui, l'interrompit, et le serrant dans ses bras :

— Mon fils, dit-il, embrassez-moi... je le veux.

Et des larmes coulèrent de ses yeux.

Le jeune homme, hors de lui, faiblissant, subjugué par le regard d'Armande, qui ne le quittait pas, donna l'accolade au noble vieillard.

André et Armande étaient fiancés.

Le repas se termina au milieu de la gaieté la plus folle, et, disons-le, André Rémy parut avoir pris bravement son parti.

Pouvait-il, en effet, dire à toute cette brillante société, venue pour une fête, à ce vieillard paternel, à cette belle et aimante jeune fille :

— Celui que vous acclamez, celui que vous aimez, c'est le *fils de l'assassin* ?

Il ne le pouvait ni ne le devait.

Et cependant il se sentait pris plus fort que jamais dans cette situation terrible, dans ce préjugé infranchissable qui lui crierait un jour : La mère de tes enfants est la fille de la victime de ton père !

Le premier coup d'archet vint le rappeler à la réalité.

Le dîner était terminé ; Armande avait changé de toilette comme par enchantement, et elle recevait déjà les dames invitées.

Il se dirigea vers les jardins pour se recueillir un peu.

L'allée choisie par Armande l'attirait invinciblement ; ce soir-là, elle était doublement attrayante.

Le coup d'œil était féerique.

Derrière une illumination splendide, on entendait les notes harmonieuses d'un orchestre invisible.

Il longeait l'allée, en dehors des arbres ; son cœur l'attirait vers le bal, sa raison lui défendait d'en prendre le chemin.

Nous avons dit comment il avait été obligé d'accepter les fiançailles, comment devant tous il avait reçu sans protester l'accolade de M. Martel.

Près de la toile de la tente, il rencontra un banc, celui où il s'était assis un soir avec Armande. Au-dessus de sa tête, une guirlande de fleurs pendait, et dans les éclaircies de la verdure il voyait toutes ces femmes parées et brillantes qui attendaient les danseurs.

Tout à coup une forme svelte passa, une forme qu'il reconnut entre toutes. Armande, un peu inquiète, jetait çà et là des regards d'appel et de recherche.

— Elle ne me voit pas, pensa-t-il.

Il ne put y tenir davantage.

L'orchestre préludait un air qui parut entraînant ; écartant le feuillage, il avança de deux pas et se trouva devant la jeune fille.

11.

— Je vous attendais, dit-elle simplement en lui tendant sa main gantée ; que faisiez-vous donc ?

— J'étais là, répondit-il, sur le banc de l'allée... vous vous souvenez...

— Oui, fit-elle, heureuse.

Et elle se pencha sur l'épaule de son cavalier, qui, l'enveloppant de son bras, l'enleva en tournoyant dans cette foule de valseurs que la musique emportait.

André Rémy ne parlait plus. Armande était sur son cœur ; il ne voyait rien, rien que le bonheur qui tourbillonnait en accents joyeux autour de lui.

Bonheur ! être aimé, aimer soi-même, oublier le reste, quelle belle vie !

Il était loin de songer à ces préjugés du monde, dont il se faisait un épouvantail.

Il pouvait, sous le nom qu'il s'était donné, être riche, honoré, l'époux d'une femme charmante et prétendre comme un autre et plus qu'un autre à sa part de bonheur. Pourquoi aurait-il hésité ?

Tout nuage de tristesse avait disparu, et son regard se reportait clair et joyeux sur celui de la jeune fille, qui semblait lui répondre :

— Je suis heureuse de vous voir ainsi !

Durant deux heures, le bal continua avec un entrain de bon aloi. Chacun s'en donnait à cœur-joie.

Bientôt les hommes sérieux quittèrent la salle champêtre et gagnèrent le salon de jeu et le fumoir.

Les dames et les jeunes gens firent seuls alors les frais du bal.

Armande, obligée de surveiller un peu tout ce qui se passait, avait aussi quitté la partie.

André Rémy, complètement subjugué, la suivait du regard et même de sa personne.

Il arriva un moment que la jeune fille, en traversant l'espace resté libre entre le salon et le bal, le rencontra sur son passage.

— Comment, dit-elle, vous abandonnez ces dames ?

— Puis-je rester là, lorsque vous n'y êtes plus ?

— Oh ! voilà de la flatterie... et je n'y suis pas habituée.

— Ce n'est pas ce que vous croyez. Tenez, Armande, votre père m'a électrisé; si cette journée durait longtemps, je deviendrais fou.

— Oh ! quittez-moi bien vite, alors.

— Méchante.

Il lui prit la main.

— Tout ce que je dis là est banal, n'est-ce pas, mais je ne m'y connais plus. Je pense des choses sublimes et je vous dis des phrases de roman.

— Si vous me dites que vous m'aimez, je trouverai toujours vos paroles spirituelles.

— Ce n'est pas le dire qu'il faut.

— Que faut-il donc ?

— Le prouver.

Et ils marchaient.

S'en doutaient-ils ? Nous ne savons, mais par un hasard étrange, ils se trouvèrent derrière le bal, sous une charmille, loin des danseurs.

Ils se tenaient la main sans se rien dire, et là, écoutant la voix de leurs cœurs qui jasaient tout bas, ils restaient en extase.

Là-bas, l'orchestre continuait son bruit, et les accords harmonieux des instruments arrivaient jusqu'à eux, mêlant leurs notes joyeuses au concert indéfinissable qui chantait en eux,

Doux et céleste concert, fait d'amour et de silence, que nous avons tous plus ou moins entendu.

Le bras d'André osa entourer la taille d'Armande et lui donner une faible pression. Le front de la jeune fille, se trouva à la hauteur des lèvres du jeune homme, et, sous le couvert des arbres, l'oiseau endormi crut entendre le bruit d'un baissr, autre note du même concert, note furtive, mais silencieuse, prélude du grand morceau qui répète pendant des années l'interminable : — Je t'aime !

Qu'ils sont beaux les jours heureux de la jeunesse, mais qu'ils sont courts ! De ces serments du cœur combien la mort en brise-t-elle en chemin ? Combien de ces enfants arrivent-ils à l'heure de la vieillesse, cherchant autour d'eux les compagnes disparues et ne trouvant plus que le souvenir du premier baiser !

Nos deux amants n'en étaient pas là. Ils planaient en ce moment au-dessus de la terre. Le monde n'existait pas pour eux.

Loi sociale, préjugés, respect humain, mots et folies ! Ils souriaient et, dans le rayonnement de leurs yeux, ils voyaient bien autre chose, ils voyaient le ciel. Plus que le ciel, plus que Dieu, ils voyaient tout, car ils voyaient l'amour.

Alors Armande laissa tomber sa tête sur l'épaule du jeune homme, et elle murmura ce seul mot, qui s'échappa comme un soupir :

— Toujours !

Et André Rémy répondit :

— Toujours !

C'est alors qu'ils étaient vraiment fiancés.

Armande se détacha doucement de l'étreinte du jeune homme, et lui dit :

— André, laissez-moi partir ! grand-père pourrait s'inquiéter de ne pas me voir, et si quelqu'un nous voyait, que diraient nos invités ?

— C'est vrai, allez, Armande, et à demain.

— Pourquoi à demain ? Ne rentrez-vous pas ?

— Non, ma bien-aimée, il me semble que tout le monde lirait mon bonheur sur mon front, et les regards des profanes défloreraient notre amour. J'emporte votre image, Armande, et je vais la voir par-là, dans la nuit, plus belle, et plus rayonnante. Au revoir.

Et il disparut dans les cours, tandis qu'Armande rentrait au bal.

Il marchait sans savoir où, l'âme si heureuse, qu'il aurait volontiers crié tout haut, aux arbres, aux maisons, aux pierres : — Elle m'aime !

Tout à coup, comme il suivait la clôture en planches du côté du canal, une lumière vint le frapper au visage.

Il regarda d'où venait cette lumière importune qui troublait ainsi le plus beau rêve de sa vie, et reconnut la petite maison où se tenait l'établissement du *Lapin qui fume.*

Soudain l'image d'Armande s'évanouit, et quelque chose d'âpre et de douloureux vint le mordre au cœur.

Il se revit, dix ans auparavant, ivre dans ce cabaret entre son père et Billou ; près de là, le chemin que les meurtriers avaient suivi ; la planche dévissée, le cadavre de Pluton : et l'horrible drame se déroulait de nouveau dans sa mémoire.

Il revit tout ; l'assassinat, le jugement, la condamnation à mort ; son serment de vivre pour tuer Billou,

sa mère mourante, le cimetière ; il entendit les paroles
du docteur, revit la maison de refuge ; et, étourdi par
tant de visions touchantes et cruelles, il prit sa tête
dans ses mains en s'écriant :

— Mon Dieu, mon Dieu ! mon rêve de bonheur est-il
déjà fini !

Et des larmes amères, brûlantes, tombèrent de ses
yeux, sans qu'il cherchât à les empêcher de couler,
car il n'y a que les hommes forts qui osent pleurer et
montrer leurs larmes.

En ce moment, il entendit un mouvement près de lui
et se retourna. Il vit Pluton assis près de lui, le regardant.

Le fidèle animal l'avait suivi, discrètement, à distance, veillant sur lui en silence.

André Rémy le flatta de la main.

— Oui, dit-il, tout disparaît, la gloire et l'amour,
tout s'envole dans le tourbillon de la vie ; il ne reste
souvent au voyageur fatigué, qui revient seul au foyer,
que l'amitié inaltérable d'un chien !

Et, triste maintenant, suivi de Pluton, il regagna sa
chambre.

Dans l'allée, l'orchestre jetait, dans une figure brillante, son dernier soupir.

IX

LE RUBAN BLEU

Le lendemain d'une fête, tout le monde est fatigué.

On aime, le matin, à somnoler doucement, en se souvenant, par intervalles, des faits marquants de la nuit.

Mademoiselle Martel, à demi-éveillée sous les rideaux blancs, souriant à une vision qu'elle croyait voir dans les plis de l'étoffe diaphane, suivait, comme en cadence, le rythme de la polka ou de la valse qu'elle avait dansée avec *lui*.

Premier beau jour, qui devait maintenant être suivi de beaucoup d'autres, tous sans nuages.

Elle était enfin fiancée à son André, et cette grande chose, tant désirée et un peu redoutée, le mariage, allait être, dans quelques semaines, un fait accompli.

Être sa femme !

Par instants, elle se prenait à croire qu'elle rêvait encore, qu'elle n'était pas éveillée ; et elle se complaisait dans le songe qu'elle caressait. Mais elle ouvrait les yeux, elle constatait que le soleil, le vrai, dardait ses rayons sur sa fenêtre close ; et, plus heureuse qu'elle ne se l'avouait, elle disait à demi-voix :

— Je ne dors pas, je sais qu'il m'aime, qu'il sera mon mari, et... je l'aime !

Et les minutes suivaient les minutes et formaient des heures.

Tout à coup, la pendule indiscrète vint à sonner.

Armande compta nonchalamment les coups... six, sept, huit, neuf... tiens, déjà... dix... onze...

— Onze heures ! murmura-t-elle..... fi ! la paresseuse.

Elle se leva et commença sa toilette du matin.

C'est tout ce que nous pouvons dire sans être indiscret ; mais, une demi-heure après, la jeune fille, vêtue simplement, mais non sans coquetterie, sonna la bonne.

— Grand-père est-il levé ? demanda-t-elle.

— Oui, mademoiselle.

— Est-il allé au bureau ?

— Non, mademoiselle. Monsieur s'est levé tard, et lorsqu'il m'a appelée, le petit Prosper, votre protégé...

— Oui, eh bien ?

— Le petit Prosper a demandé à le voir.

— Tiens, pourquoi cela ?

— Pour lui remettre une lettre.

— Une lettre à grand-père ? Mais il ne pourra la lire.

— C'est justement ce qu'il a dit ; alors, le petit a répondu : c'est de la part de M. André Rémy.

Armande releva vivement la tête, comme si quelque chose l'avait frappée.

— Une lettre de M. Rémy à M. Martel... ce matin... que peut-il avoir à lui écrire qu'il ne puisse pas lui dire de vive voix ?

— Mon Dieu, fit la bonne, mademoiselle pâlit...

— Ce n'est rien, Marie, je suis folle... c'est très naturel... M. Rémy a hésité à déranger mon père, pensant qu'il s'était couché tard... Oui, c'est cela, une affaire pressée... Et qu'a dit M. Martel?

— Mademoiselle, il a dit à Prosper :

« Mon ami, allez dire à M. André Rémy que je ne puis lire sa lettre moi-même et que j'attendrai que ma petite-fille soit levée pour lui répondre. »

— J'y vais, fit Armande réellement troublée.

Elle franchit d'un pas rapide la distance qui séparait sa chambre de celle de son grand-père, et, malgré le courage factice qu'elle affectait, elle sentit sa main trembler en ouvrant la porte.

Le vieillard était assis devant un petit bureau et tenait la lettre d'André à la main.

Au frou-frou de la robe, M. Martel éleva la lettre au-devant d'Armande et lui dit :

— Mon enfant, prends une chaise et assieds-toi près de moi.

— Père, que veut dire cette lettre?

— Ma fille, tu vas le savoir, puisque seule tu me sers de secrétaire particulier.

Puis, comme Marie, curieuse, restait là :

— Laissez-nous, ma bonne, dit-il.

La fille sortit.

Alors, avec une certaine solennité, M. Martel reprit :

— J'ignore le contenu de cette lettre, Armande, dit-il ; mais, dans la situation présente, une lettre est le contraire d'une visite agréable ; sois forte et courageuse, car, j'en ai le ferme espoir, cette lettre est l'acte honnête d'un honnête homme.

Armande posa une main sur son cœur, et d'une voix ferme elle dit :

— Donne cette lettre, grand-père, je vais lire.

Elle prit le papier.

Du premier coup d'œil, elle reconnut l'écriture d'André Rémy.

Elle brisa le cachet et jeta l'enveloppe à ses pieds.

Pas une fibre de son visage ne trahissait l'émotion de son âme, mais son cœur battait à se rompre.

Un brouillard passa devant ses yeux lorsqu'elle déplia le papier, mais cela passa vite, et elle lut :

     « Monsieur, mon bienfaiteur, mon père,

    « Ces noms vous sont dus, car ce que j'ai à dire
« s'adresse à l'homme, au philanthrope, au vieillard.

    « Vous allez trouver singulier le procédé que j'emploie : vous écrire dans les termes où nous en sommes ; et cependant c'est ce que je dois faire.

    « Je ne pourrais vous dire, je le sens, ce que le
« papier ne refuse pas de vous porter.

    « Hier, fasciné par la beauté de celle que j'aimais,
« hélas ! plus que ma vie, mais pas plus que l'honneur,
« dompté par votre bonté, je n'ai pas refusé l'honneur
« que vous me faisiez, devant tous : celui de m'accepter
« dans votre famille.

    « Je l'ai déjà dit à mademoiselle Martel et à vous,
« mais sans doute d'une manière trop peu sérieuse : je
« suis indigne de cet honneur ; je suis seul coupable,
« puisque je n'ai pas su me faire comprendre.

    « Je ne puis, encore une fois, vous dire le motif impérieux, mais indiscutable, qui m'oblige à décliner
« votre alliance, mais je vous jure, les larmes dans les
« yeux, la mort dans l'âme, qu'un mariage entre André
« Rémy et Armande Martel est impossible.

    « Ma vie, mes espérances de bonheur et d'avenir, je

« les brise par cette lettre ; et je dois le faire pour con-
« server votre estime, celle de mademoiselle Martel et
« et la mienne.

« Adieu ! Un souvenir quelquefois pour celui qui
« était heureux de se dire

« Votre fils,
« ANDRÉ RÉMY. »

Lorsque Armande eut lu tout d'une voix cette lettre,
elle la relut lentement, et tout bas, une seconde fois.

Puis, elle dit enfin, calme en apparence :

— Qu'en dis-tu ? grand-père.

— Je dis que, pour agir comme il le fait, ce jeune
homme doit avoir un motif exceptionnellement grave.

— C'est mon avis, dit Armande, car il m'aime. Eh
bien ! ce motif, je le saurai !

Elle sortit sans dire un mot de plus et sans que
M. Martel cherchât à la retenir.

Elle rentra chez elle et fit demander le jeune Prosper.

L'enfant accourut aussitôt.

— Prosper, lui dit-elle, savez-vous où est M. André ?

— Il est chez lui, Mademoiselle.

— Vous êtes sûr ?

— Bien sûr, Mademoiselle, je l'ai quitté il y a cinq
minutes.

— Que vous a-t-il dit ?

— J'attends la réponse de M. Martel.

— Et c'est tout ?

— Oui, Mademoiselle.

Armande fit un effort.

— Que faisait-il ?

— Mademoiselle, il était assis devant sa commode
et regardait devant lui tristement.

— Ah ! il était triste ?

— Oh ! oui... je ne sais si je dois dire à Mademoiselle...

— Oui, oui, dites tout.

— J'ai vu qu'il avait pleuré.

— Bien, fit Armande très émue ; c'est bien, Prosper, allez, merci.

Prosper se retira, et Armande alla devant sa glace rajuster un peu sa coiffure et poser un fichu sur son cou.

La femme n'oublie jamais de regarder si elle est jolie.

Comme l'avait dit Prosper, André Rémy, assis dans sa chambre, était fort triste.

Ah ! il songeait, et il y avait de quoi.

Tous ses rêves s'engloutissaient d'un seul coup :

Son amour et sa vengeance !

En effet, que ferait-il, loin de l'usine de St-Denis, sans revoir Armande ? Il oublierait Billou, ce Billou, ce misérable qu'il avait juré de trouver et de détruire.

Disons-le franchement, Billou était alors peu de chose dans sa pensée ; ce qui lui tenait le plus au cœur, c'étaient les deux beaux yeux d'Armande, qui ne se fixeraient plus sur les siens...

Et il courbait la tête devant ces trois mots, qui étaient pour lui ceux du festin de Balthazar :

Il le faut !

Oui, il le fallait. L'honneur et les préjugés voulaient que ce jeune homme n'aimât pas cette jeune fille et faisaient un crime à ces deux innocents d'être les enfants de la victime et de l'assassin.

Et là, devant son bureau, dans une petite chambre qu'il occupait au-dessus de la caisse, il regardait, l'œil humide, un morceau de carton.

Ce carton était une photographie.

Le lecteur devine que c'était celle d'Armande.

Et cette photographie, qui reproduisait des traits si beaux et si chers, était entourée d'un ruban bleu.

Ou bien qui avait été bleu.

Il y avait longtemps que le beau ruban, tombé de la jeune tête de mademoiselle Martel et ramassé par Jacques Vincent, avait petit à petit perdu sa couleur. Mais il avait été bleu, et il avait pâli sous les pleurs de la pauvre Louise et sous les baisers d'André Rémy.

Il l'étreignait en ce moment et semblait lui dire tout son amour et tout son désespoir.

Tout à coup la porte de la chambre, qui n'était que poussée (sans doute Prosper avait oublié de la fermer), la porte, disons-nous, tourna sur ses gonds sans bruit.

Une femme parut dans l'encadrement de cette porte ; et, voyant le jeune homme absorbé et comme en contemplation, elle s'arrêta dans le milieu de la chambre...

Un mouvement de la robe trahit la présence de la visiteuse. André Rémy se retourna brusquement, appuyant de la main sur la phothographie et le ruban, pour les dérober à la vue de celui qui venait le surprendre.

En reconnaissant Armande Martel dans la visiteuse, il s'écria :

— Vous ! vous ! Ah ! vous voulez me tuer !

— Non, dit Armande, je veux savoir si je dois vivre.

— Vivre !

— Oui ; depuis hier nous sommes fiancés, depuis hier, je me considère comme votre femme et je vous regarde comme mon mari. Je me suis éveillée heureuse, et votre lettre incompréhensible a remis tout en état. Je viens vous demander, à vous, Monsieur André Rémy, ou à vous, mon fiancé : Pourquoi ne pouvez-vous pas être mon époux ? pourquoi ne puis-je pas être votre femme ? A qui la faute est-elle, à vous ou à moi ?

Armande était d'une beauté mâle en disant ces mots gravement, sans colère ; elle avait dans les yeux ce reflet de la justice que rien n'altère, que rien ne peut troubler.

Un combat terrible se livrait dans le cœur d'André Rémy.

Debout, pâle, il écoutait, il dévorait les paroles de sa bien-aimée Armande.

Ah ! comme il comprenait ce qu'elle lui demandait ! Mais, pouvait-il lui répondre ?

Pouvait-il, d'un mot, briser le cœur épris qui battait à l'unisson du sien ? — Non.

Toutefois, il ne pouvait non plus lui dire :

— Je brise nos espérances ; j'ai un motif, et je ne puis vous le communiquer. Ces choses-là s'écrivent, mais ne se disent pas d'homme à femme, d'amant à amante.

Il fallait à Armande une solution vraie et complète.

Il fit alors un effort surhumain ; et, d'une voix qu'il s'efforça d'adoucir et de rendre froidement polie, mais qui tremblait, il lui dit :

— Ecoutez, Mademoiselle...

Mademoiselle, lui parut trop sévère.

— Ecoutez, Armande, vous que je voudrais au péril de ma vie, nommer ma femme... oui, je comprends votre démarche ; oui, je vous le dis, je craignais votre présence et je l'attendais ; je ne pouvais partir, vous quitter pour toujours sans vous revoir.

— Pour toujours !

— Hélas ! je l'ai dit.

— Alors, ce motif ?...

Il hésita.

— Ne me le demandez pas. Tenez, dites-vous que vous avez fait un mauvais rêve ; que vous avez rencontré un jour un jeune homme indigne de votre amour, j'aime mieux cela, et sans me regarder, quittez-moi. Envoyez votre malédiction sur cet intrus qui a osé une seconde se croire votre égal... Dites-lui...

— Non, André, non ; vous me trompez et vous vous trompez vous-même. Un homme comme vous n'est pas indigne, un homme comme vous n'est pas lâche... Il y a un mot qui vous brûle les lèvres et que vous n'osez prononcer.

— C'est vrai.

— Il est plus brave de tout dire, brutalement s'il le faut, mais simplement.

— Vous le voulez ? Armande.

— Je le veux.

— Eh bien ! sachez donc...

Il s'arrêta encore, comme si un sanglot lui eût coupé la parole.

Puis il s'écria :

— Mon Dieu ! mon Dieu ! c'est trop.

Sa main avait quitté le bureau, Armande avait fait un pas. Elle vit son portrait, elle vit le ruban qui l'entourait.

Elle s'arrêta, cherchant dans sa mémoire, cherchant dans le passé.

La photographie prouvait l'amour d'André Rémy, mais le ruban ?...

Ce ruban fané, ce ruban qu'était-il ?

Un souvenir d'enfance lui revint.

Autrefois, elle était encore bien jeune, un ruban semblable avait volé de ses cheveux... Un enfant... un garçon de l'usine l'avait ramassé et le lui avait offert.

La coquette avait répondu : Garde-le !

Et cet enfant... ce garçon... oui... c'était...

Ah ! elle poussa un cri.

Etait-il possible ?...

Elle vint sur lui, elle lui saisit le bras, et pâle, les yeux fixes, elle lui dit :

— Vous êtes Jacques Vincent... vous êtes le fils de...

Elle n'acheva pas.

André Rémy consterné, attendait sa sentence.

Armande releva la tête.

— Monsieur, dit-elle, vous êtes franc et loyal, voici ma main. La fille d'Armand Martel peut-elle être la femme du fils de Claude Vincent? C'est la question que vous vous êtes posée? Je vous demande deux jours pour la résoudre.

Et elle sortit.

CHAPITRE X

LE CONSEIL DE FAMILLE

Après le départ d'Armande, André Rémy retomba dans sa mélancolie ; il comprenait que tout était fini.

La jeune fille avait bien demandé deux jours de délai, mais que pourrait-elle faire en deux jours ?

Absolument rien.

Cependant c'était un espoir.

Il releva la tête, remit en place la photographie et le ruban accusateur, puis il descendit reprendre la direction du travail.

Armande était sortie et traversait la cour presque calme.

Ce secret terrible, elle le connaissait. Elle préférait cela à l'incertitude. Aussi, ce fut d'un pas ferme qu'elle entra chez son grand-père.

Le vieillard l'attendait, assis dans son fauteuil, tranquille comme un homme qui a accompli son devoir et que rien ne peut troubler, ni le bien ni le mal.

Armande avança jusqu'à lui.

— Eh bien ? dit-il.

— Je sais tout, répondit-elle.

Et elle fit une pose comme pour savourer l'effet de ses paroles sur son grand-père.

12

Mais lui répondit seulement :

— Alors, tu sais que monsieur André Rémy se nomme Jacques Vincent?

Armande resta stupéfaite.

— Tu le savais? dit-elle avec reproche.

— Oui, fit le vieillard.

— Tu le savais, et....

— Ne m'accuse pas... il y a peu de temps que je le sais, ou plutôt que je l'ai deviné ; sans cela, je n'aurais pas moi-même encouragé vos dispositions réciproques. Lorsque j'ai vu clair dans le mystère, il était trop tard.

— Pourquoi trop tard?

— Pour vous empêcher de vous aimer. Si je ne me trompe, ce n'est pas l'obstacle infranchissable qui vous sépare matériellement qui empêchera vos jeunes cœurs de s'aimer.

— Non, certes.

— Le contraire serait plus vraisemblable, et je ne me fais aucune illusion sur vos résolutions futures.

— J'aimerai André ou Jacques jusqu'à la mort.

— C'est entendu. Mais, remontons en arrière. L'arrivée de ce jeune homme m'a produit un grand plaisir. Il m'a sauvé la vie et je lui devais de la reconnaissance. Dans ses actions, il y avait toujours une chose qui me frappait plus particulièrement, et malgré moi, ces actions me rappelaient des souvenirs funèbres et terribles. Ainsi, son apport dans la maison était de cinquante mille francs... juste la somme volée par son père.

— C'est vrai, fit Armande.

— Cet apport était une restitution. Mon sauvetage n'était lui-même que le remboursement d'une autre existence... celle de ton pauvre père.

Il se fit un silence ému.

Puis M. Martel reprit :

— La mort misérable de Claude Vincent équivalait, si l'on peut chiffrer ces malheurs, à celle de ta mère à toi. André Rémy avait sans doute promis de payer toutes ces dettes ; son travail, son courage, son activité, tout cela était pour relever la maison tombée par le crime de son père. Moralement, ce garçon honnête nous a rendu, autant que cela est possible, ce que son père nous a pris.

— Oh ! grand-père, peux-tu faire ainsi le compte de ce qu'il a fait pour nous ?

— Oui, parce que c'est le compte qu'il a fait lui-même, parce que c'est ce compte qui m'a mis sur la trace de la vérité. Si tu n'avais pas été là, il viendrait aujourd'hui me dire : — Monsieur, ma famille ne doit plus rien à la vôtre, nous sommes quittes.

— Tais-toi père, tais-toi.

— Laisse-moi achever. — J'ai dit : Tu étais là. C'est toi qui as gêné ce calcul. — Oh ! je ne veux pas dire que ce jeune homme l'ait fait pour s'acquitter vis-à-vis de nous ! Non, le mobile était bon, il était louable. Un jour, il m'a dit : — Monsieur, je suis orphelin, je cherche un père et l'ai trouvé en vous. — Ce jour-là, j'ai cherché qui il pouvait être. Un peu plus tard, le père Robineau m'a fait la narration de ce qui s'était passé à la forge, et il m'a dit : — Lorsque j'ai vu ce jeune homme à l'œuvre, les bras nus, le front mouillé de sueur, soulever un fardeau impossible, j'ai cru revoir un homme, le seul qui eût pu faire le même tour de force.

— Qui donc ? lui ai-je demandé.

— Même visage, même prestance, même force.

— Mais qui donc ?

— Je n'ose dire son nom.

Je compris.

— Parle sans crainte, lui dis-je.

— Eh bien ! me dit le brave homme, j'ai cru revoir Claude Vincent, le vrai, quand il était jeune et honnête.

Depuis, j'ai demandé des renseignements sur les enfants entrés à l'asile que j'avais fondé.

— Eh bien ! grand-père ?

— Je ne pouvais savoir rien d'exact, car le premier article de la loi que j'avais faite moi-même, était de ne pas connaître ceux qui venaient se réfugier chez nous. Je pus cependant constater que, quelque temps après l'exécution de Claude Vincent, et le jour même de l'enterrement de sa femme, un enfant s'était présenté sous le nom de André Rémy.

— Je comprends tout.

— Un instant. Cet enfant pouvait être tout autre que Jacques Vincent, et les services qu'il m'a rendus pouvaient n'être que de la reconnaissance.

— C'est vrai.

— Il a fallu les incidents exceptionnels dont je parle pour me former une certitude.

— Aujourd'hui, il n'y a plus à douter, celui que j'aime est le fils de l'assassin de mon père.

— Oui, ma fille, et je lui sais gré de ne pas nous avoir trompé, car il le pouvait faire.

— Il le pouvait certainement.

— Quelle est ta pensée à toi ?

— Ma pensée, dit Armande, laquelle ?

— En as-tu donc plusieurs ?

— La situation le veut. Comme jeune fille, comme

femme, je l'aime et c'est tout dire; je le souhaite pour époux.

— Et comme fille d'Armand Martel?

— Comme fille de la victime, j'ai demandé à monsieur André lui-même deux jours de réflexion.

— Et que feras-tu dans ces deux jours?

— Père, je ne suis pas encore bien au courant des choses de la vie et des exigences du monde; mais je crois que le cas dans lequel je me trouve est rare.

— Je ne l'ai jamais vu se présenter.

— Il y a en France des préjugés...

— Beaucoup.

— J'ai donc pensé qu'étant mineure, il devait exister pour moi un conseil, nommé conseil de famille, qui doit s'assembler pour délibérer, dans les cas graves, sur mes intérêts.

— Sans doute.

— Je viens donc demander la réunion de ce conseil de famille, dans le plus bref délai.

— La pensée est juste, honnête et convenable; c'est en effet ce qu'il y a de mieux à faire. J'en parlerai à mon avoué.

— Mon père, il faut convoquer ce conseil ici, demain.

— Diable!

— J'ai un peu le droit de commander dans cette affaire, car il y va de mon bonheur et peut-être de ma vie.

M. Martel connaissait le caractère de sa petite-fille. Il le savait droit, entier, tout d'une pièce, mais bon et loyal.

— C'est bien, dit-il; à tout prendre, mieux vaut tôt que tard. Ce jeune homme doit souffrir, abrégeons sa souffrance; demain soir, nous tiendrons conseil.

12.

Armande prit la tête de M. Martel dans ses mains et la baisa au front.

— Tu comptes donc sur l'avis de ce conseil?

— Beaucoup.

— Tu crois qu'il sera favorable?

— Au contraire.

— Je ne comprends plus.

— Je me comprends, moi, et cela suffit.

Ainsi se termina cet entretien.

Dans la soirée, M. Martel fit envoyer des lettres aux six proches parents et amis qui composaient avec lui le conseil de famille.

Le lendemain, à deux heures de l'après-midi, le conseil, sous la présidence de M. Martel, était réuni dans la salle réservée aux actionnaires.

Inutile de dire que M. Rémy et Mlle Armande n'étaient pas présents.

Les têtes blanches allaient délibérer et décider en dernier ressort sur l'avenir des jeunes gens.

Cela doit être ainsi; mais, comme les jeunes font souvent le contraire de ces décisions de l'expérience, et comme quelquefois ils ont raison!

N'est-ce pas à dire que tout le monde se trompe, à tout propos et à tout âge?

Le grave conseil se composait de graves personnages.

Il y avait M. Martel, comme nous l'avons dit; l'inévitable docteur, qui n'était pas un intransigeant... oh! non.

Mais il y avait aussi deux oncles maternels, un banquier et un rentier, gens qui reconnaissent pour dieu l'argent, mais enclins à donner raison à tous les préjugés.

Il y avait un cousin, un homme de quarante ans,

qui aimait à passer pour voltairien, qui abominait les prêtres en paroles, mais qui se serait cru damné s'il avait mangé gras le vendredi saint.

Pourquoi ? oh ! il n'aurait pas pu le dire.

Ses ancêtres faisaient comme cela, et il faisait comme ses ancêtres.

Pour libre penseur, il l'était… il le criait à tout propos, mais il ne l'était qu'en paroles et peut-être en écrits… en exemple, jamais.

Nous en rencontrons tous les jours comme cela.

Gens dangereux au fond, car on compte sur leur vote d'après ce qu'ils disent, et leur bulletin détruit leur promesse.

Du côté paternel, il y avait un parent éloigné, sans prétention, sans avis, un bulletin blanc, comme disait le docteur, et enfin un marin en retraite, très grossier et très dévot, très disposé à tout commettre, mais à ne rien passer aux autres.

Un « tout pour moi, et Dieu pour tous ».

Armande, qui connaissait les parents, ne se faisait pas d'illusion, et cependant M. Martel espérait encore.

Le digne homme, dont le cœur allait au-devant de ce qui était grand et beau, ne pouvait croire à la petitesse.

Lorsque tout le monde fut placé, M. Martel prit la parole, et de sa voix la plus claire expliqua le but de la réunion.

Il fut écouté avec le plus profond respect.

Le banquier demanda la parole.

— Messieurs, dit-il, ce que nous venons d'entendre est grave et peut-être unique dans le siècle où nous sommes. Si je n'écoutais que ma première pensée, mon opinion ne serait pas tardive à se produire ; mais il s'agit d'une question de bonheur pour l'enfant confiée à nos soins, et en même temps d'une question d'argent qui a bien son mérite.

L'argent, Messieurs, nous n'en parlerons pas; la situation de M. André Rémy lui est acquise par ses apports, et son talent, bien qu'il nous ferait défaut, peut être remplacé. — Comme je le lisais encore aujourd'hui dans mon journal, il n'y a pas d'homme obligatoire; — tout le monde est remplacé par tout le monde; une seule chose est difficile à conquérir, et c'est l'argent. Or, l'affaire est en bon chemin, et ce n'est plus la présence ou l'absence de ce brave jeune homme qui peut faire péricliter l'entreprise.

Je ne m'occuperai plus que de la question des convenances.

J'apprécie, plus que personne, la bravoure, le courage, le désintéressement d'André Rémy, ou plutôt de Jacques Vincent; mais, Messieurs, quoi qu'il fasse, il sera toujours Jacques Vincent; il sera toujours le fils de l'assassin du pauvre Armand Martel, le père de notre chère pupille.

Je ne puis, et la société ne peut admettre que la fille de la victime pose sa main dans celle du fils de l'assassin de son père !...

Après cette tirade, préparée d'avance, et qui obtint un certain succès, le banquier s'essuya le front et attendit.

Ce fut le docteur qui répondit.

— Je sais bien, dit-il, que la question est épineuse; mais, enfin, supposons que le mariage se fasse; supposons que quelques personnes crient après nous? Que nous importe?... nous aurons fait deux heureux; cela ne vaut-il pas tous les préjugés du monde? Voyons,

Messieurs, ce garçon honnête est-il responsable du crime de son père? Cette jeune fille innocente doit-elle subir la peine d'un autre? Ils sont jeunes et ils s'aiment; mettez-vous à leur place, et demandez-vous si, à leur âge, les préjugés qui vous semblent si terribles vous eussent arrêtés?

Vous qui êtes, j'en suis certain, contre le divorce, ayez donc la force d'être pour le mariage!

Le docteur fut applaudi pour la forme, et la parole passa au rentier, qui répéta en mal ce qu'avait dit le banquier.

Puis le cousin, le voltairien, envoya son petit discours.

— Pour moi, Messieurs, je dois vous dire que je fais fi de l'opinion religieuse dans cette affaire; mes principes sont bien connus; je me moque des préjugés et des qu'en dira-t-on; je demande le bonheur de tout le monde, et je verrais le mariage de nos deux jeunes gens avec plaisir complet... mais...

Il y avait un mais.

— Mais, ce mariage est tout simplement impossible.

— Pourquoi? demanda le docteur, qui ne s'attendait pas à la conclusion.

— Pourquoi? Vous le demandez? Mais parce qu'il est impossible, et cela suffit.

— Il y a au moins un motif.

— Il n'y en a pas besoin; et je m'étonne d'une chose, c'est que la question ait pu être posée.

Le marin, contrairement à ce qu'on pouvait attendre de lui, fut calme, posé, et presque logique; il parla de Dieu, de la sainte Vierge, des habitudes, et conclut que cette fille n'en mourrait pas et trouverait un autre mari.

Restait le parent éloigné qui vivait à la campagne. Il se fit prier pour donner son avis et, finalement, accoucha d'un : — Je suis un peu de l'avis de tous ces Messieurs ! Je demande de procéder au vote par *oui* ou par *non ;* ce sera le plus simple.

— Vous avez raison, reprit M. Martel ; mais, dans une question qui intéresse le bonheur du seul être que j'aime au monde, je veux savoir à quoi m'en tenir sur ceux qui sont mes amis ou... des indifférents. — Je vote oui...

— Et moi aussi, dit le docteur.

Les autres se levèrent.

— Monsieur Martel, dit le banquier, votez donc seul, et faites comme vous l'entendez ; nous votons tous non.

Le parent éloigné ajouta :

— Je suis de l'avis de ces messieurs.

Ce n'était pas compromettant.

Quelques minutes après, André Rémy et Armande, mus par le même sentiment de curiosité, entraient dans la salle où restaient seuls le docteur et l'aveugle.

— Eh ! bien ? demanda Armande la première.

— Refus ! dit M. Martel...

— Je m'en doutais, père ; aussi ne suis-je pas surprise.

— Et vous, mon ami, que décidez-vous ?

— Moi, dit Jacques, je pars pour l'Amérique ; je vais prendre la direction de la succursale et essayer de la faire fructifier, ce sera travailler encore pour vous. Dans huit jours je serai au Havre. Je vais donc vous dire adieu.

— Non, dit Armande, mais au revoir.

— Que voulez-vous dire ?

— Qui sait! fit-elle avec un de ces sourires qui font entrevoir des mondes inconnus.

Le jeune homme serra la main de M. Martel, jeta un regard à Armande, un regard qui disait mille choses, tout son amour, tout son chagrin, tout son espoir; il fit un geste d'amitié au docteur et sortit pour cacher son émotion.

— Père, dit Armande au vieillard, est-ce loin l'Amérique ?

— Deux mille lieues, ma fille.

— Bon, cela se fait en douze jours! C'est un voyage d'agrément.

FIN DE LA DEUXIÈME PARTIE

TROISIÈME PARTIE

LA TERRE LIBRE

CHAPITRE PREMIER

LE DÉPART

Deux jours après les évènements que nous venons de raconter, André Rémy était dans sa chambre vers dix heures du matin.

Il n'avait pas revu Armande.

Des paquets gisaient çà et là autour de lui et annonçaient un départ prochain.

Triste, mais résigné, il regarda l'heure à sa montre.

— Allons, dit-il, voilà bientôt l'heure de partir ; je dois prendre le train de midi à la gare St-Lazare, je vais dire que l'on attelle.

Il se levait, lorsqu'un pas qu'il connaissait bien se fit entendre dans l'escalier.

— C'est M. Martel murmura-t-il.

C'était M. Martel, mais il n'était pas seul.

Un instant, André Rémy eut l'espoir de voir apparaître Armande, mais cet espoir fut déçu. L'aveugle était conduit par le petit Prosper et par Pluton, qui arriva bon premier à la porte de celui qu'il regardait comme son maître.

La visite de M. Martel fut touchante et courte.

Il venait serrer une dernière fois la main de son sauveur, de celui qu'il aurait voulu nommer son fils.

André l'assura de son dévouement, et les deux hommes se quittèrent fort émus, sans dire un mot de plus.

Le vieillard reprit l'escalier, guidé par Prosper, mais Pluton, le gros chien noir, vint se coucher aux pieds de Jacques et le regarda avec ses bons gros yeux roux.

Le jeune homme le flatta de la main en lui disant :

— Oui, mon Pluton, tu veux être le dernier à me dire adieu. Tu ne connais pas les préjugés, toi... Tu dis, j'aime celui-là, et tu te donnes à lui, tout entier, sans arrière-pensée.

Et l'homme et le chien se regardaient ainsi, le chien heureux, l'homme attendri.

— Eh bien, continua André Rémy, si je t'emmenais avec moi, j'aurais au moins un souvenir d'ici, un souvenir d'*elle*.

C'est dit, nous verrons l'Amérique ensemble.

Comme s'il avait compris, le chien se dressa sur ses pattes, battit de la queue et jappa joyeusement.

A ce moment quelqu'un se présenta dans l'encadrement de la porte.

André Rémy se retourna.

— Tiens, dit-il, c'est Prosper ! que veux-tu ? mon garçon.

— Vous parler, monsieur.

— Quel air grave tu prends ?

— Non, monsieur, mais j'ai du chagrin.

— Toi ! Pourquoi ?

— Parce que vous en avez.

— Ah !... Qui te dit que j'ai du chagrin ?

— Personne, je devine.

— Alors, tu viens me dire adieu, car tu sais que je pars... Allons, merci Prosper, tu es reconnaissant, c'est d'un bon cœur. Je t'ai d'ailleurs recommandé à M. Martel et à Mlle Armande.

— Ce n'est pas cela qui m'amène, dit le petit en hésitant.

— Qu'est-ce donc ?

— Combien y a-t-il de lieues d'ici l'Amérique ?

— A peu près deux mille lieues.

— C'est bien loin, alors ; et l'on met beaucoup de temps pour y aller ?

— Onze à douze jours, suivant le temps qu'il fait.

— Ça coûte bien cher, Monsieur, pour aller en Amérique ?

— Dame, oui, ça coûte cinq cents francs.

— Oh ! que je voudrais être riche !

— Bon, pour aller en Amérique ?

— Pas pour cela, Monsieur, mais pour aller avec vous.

André Rémy regarda l'enfant, qui se tenait droit et qui avait l'air déterminé.

— Tu veux me suivre, alors ? Sais-tu qu'il y a du danger sur mer ?

— Tant mieux, si vous mourez, qu'est-ce que me fait le reste ? Je veux être avec vous quand même.

Jacques Vincent se revit à cet âge, où il faisait de bonne foi des serments, hélas ! difficiles à tenir.

— Prosper, dit-il, tu es un brave garçon, va faire ton paquet, je t'emmène.

— Monsieur, il est tout prêt, je l'avais fait d'avance, avec une autre personne.

— Ah! elle veut bien...

— Oui, monsieur, et quand je lui dit que je voulais partir avec vous, elle m'a embrassé.

André Rémy prit son cœur à deux mains et s'écria:

— Partons, je ne puis rester ici une minute de plus.

Et, suivi de Prosper et de Pluton, il se dirigea vers la voiture qui l'attendait.

A midi il était arrivé à la gare. Il fit enregistrer ses bagages et monta dans le train.

A mesure que la vapeur l'emportait loin de Paris, où il avait tant souffert, tant travaillé et où il avait entrevu le bonheur, son cœur se gonflait.

Le départ, ce n'est rien pour celui qui s'en va avec l'espoir du retour; mais c'est un triste passage pour celui qui se dit: Je ne reviendrai jamais!

A vingt-cinq ans, on dit aussi facilement jamais que toujours; on a des pensées extrêmes, radicales, que le bonhomme le Temps se charge d'adoucir.

Il regardait machinalement à la portière les champs passer rapidement, courant après les vignes et les vignes après les bois; il ne faisait nulle attention à ces toits de chaume qui semblent si petits, à ces villages qui paraissent et disparaissent comme dans un rêve.

Les conducteurs crièrent: « Poissy! Mantes! dix minutes d'arrêt », sans qu'il prît même attention à ces villes.

Il rêvait, secoué par le ballottement du wagon; il pensait à celle qui restait, et il lui reprochait tout bas, dans son cœur, de l'avoir laissé partir sans le revoir, ne fût-ce qu'un instant.

Oui, elle devait, suivant lui, envoyer au voyageur, à l'exilé, un sourire d'espoir au départ.

Il connaissait le caractère de la jeune fille et savait qu'elle ne reculait pas devant une démarche qui, à certains yeux, eût pu passer pour risquée.

Comment donc le laissait-elle partir ainsi?

Il revint à lui lorsqu'il entendit crier : « Rouen ! quinze minutes d'arrêt ».

Il descendit et alla caresser Pluton dans sa cage, puis remonta près de Prosper, qui n'osait parler et qui d'ailleurs regardait de tous ses yeux ce spectacle de la nature champêtre, si nouveau pour lui.

Il s'extasiait devant ce frais paysage qui se nomme Pavilly. Les prés allaient être en fleur, et sous le souffle de la brise printanière et les rayons du soleil, la belle Normandie lui parut le plus beau pays du monde.

En lui-même il se disait :

— Nous devons être déjà bien loin !

Et, au contraire d'André Rémy, il se sentait joyeux d'aller à l'inconnu.

Oh ! la jeunesse, égoïsme naïf que nous ne savons apprécier qu'après l'avoir perdu !

Le soleil baissait déjà lorsque le train entra vers sept heures dans la gare du Havre.

André Rémy prit une voiture, fit charger ses bagages et se fit conduire à l'hôtel de l'Europe, rue de Paris, près du théâtre et du bassin du Commerce, tout à fait au cœur de la ville.

Cette rue de Paris, au Havre, ressemble tout à fait à une rue de Paris.

André Rémy se trouvait presque en pays de connaissance. Le va-et-vient du port lui rappelait le bord de la Seine.

Il s'installa à l'hôtel avec Prosper, dîna, puis alla

se promener par la ville et s'informer du départ du paquebot.

Le paquebot partait seulement le surlendemain matin. Il avait donc toute une journée pour se disposer au voyage. Il se promit d'employer une partie du temps pour écrire à M. Martel et à Armande.

La nuit se passa sans incident.

Nous avons souvent mis en scène le docteur de M. Martel, un savant et un ami de la famille de l'aveugle.

Ce savant était en outre un cœur d'or, une âme franche, un esprit charmant.

Le départ de Jacques Vincent l'offusquait. La douleur muette d'Armande lui causait des mouvements nerveux. Il était furieux, le bon docteur.

Il n'y avait pas deux heures qu'André Rémy était parti qu'il alla trouver son vieil ami.

— Vous savez, dit-il, que j'ai cédé ma clientèle depuis un an ?

— Sans doute, mon ami.

— Vous savez que je m'ennuie horriblement à Paris ?

— Non, je ne savais pas... fit M. Martel tout surpris.

— Eh bien ! je vous l'apprends.

— Vous partez à la campagne, alors ?

— Oui, mais à une campagne un peu... comment dirais-je ? un peu primitive.

— Dans la Sologne ?

— Non. Il y a longtemps que j'ai l'intention d'aller herboriser en Amérique...

— En vérité ?

— Parole d'honneur... Je n'ai que soixante ans... c'est la jeunesse de la vieillesse, et d'ailleurs le proverbe l'a dit :

A soixante ans il ne faut pas remettre...

— C'est vrai.

— Donc, je pars.

— Pour l'Amérique ?

— Pour le Havre d'abord, où je suis certain de retrouver un compagnon de voyage qui ne sera pas fâché d'avoir à qui parler en route.

— Excellent docteur !

— C'est tout naturel ce que je fais là... et si vous voyiez clair et que vous soyez à ma place, vous en feriez autant...

— Votre main, mon ami.

— Pardieu, la voici... mais pas d'attendrissement, soyons des hommes ; j'ai un train ce soir, je voyagerai de nuit et demain matin je serai là-bas... Il sera bien surpris, allez !

— Je le crois, fit M. Martel avec un fin sourire. Au revoir, cher docteur.

— Oui, au revoir ; car, vous comprenez, je ne vais là-bas que pour herboriser, et je reviens.

— Naturellement.

— Je vais embrasser notre bonne petite Armande et je cours à mes préparatifs.

— C'est cela.

Et le jour même le docteur Barbier, c'était son nom, prenait place dans le train express pour le Havre.

Donc, vers dix heures du matin, André Rémy allait sur la jetée, regardant l'horizon lointain, lorsque tout à coup il entendit une voix qui criait :

— Eh ! monsieur Rémy... Oh ! eh !

Pluton s'était retourné et, plus vif à reconnaître les gens que son maître, il courait en avant.

C'était le docteur.

— Par quel hasard ?... commença André Rémy.

— D'abord, mon ami, il n'y a pas de hasard, répondit le docteur ; il y a que depuis longtemps je voulais voir l'Amérique ; car, voyez-vous, je m'étais promis de ne pas mourir sans l'avoir foulée du pied ; on tient ses serments, que diable ! Or, je ne pouvais choisir une plus belle occasion que celle qui m'était offerte de voyager avec vous.

— Docteur, vous êtes un de ces hommes comme on n'en fait plus.

— Je l'espère pardieu bien.

— Vous êtes plus qu'un ami pour moi.

— Bon, je vous vois venir ; je suis un père... Allons, avec un petit trémolo à l'orchestre, ça ferait une jolie scène au Gymnase... Allons déjeuner.

Cette journée parut courte à André Rémy ; la compagnie du docteur et les apprêts du voyage la remplirent tout entière.

Il fut peu question d'Armande. Le jeune homme avait décidé que, devant le silence de la jeune fille, il ne lui écrirait qu'à son arrivée au Nouveau-Monde.

— Oui, oui, disait le docteur, voyez-vous, jeune homme, lorsqu'une chose vous tourmente, il n'y a que ceci à faire : remettre la solution à plus tard et y penser le moins possible.

Les deux hommes réglèrent le prix du transport, et il fut convenu que le lendemain matin à dix heures on dirait adieu à la terre de France.

Le petit Prosper avait couru toutes les rues du

Havre ; il avait grimpé jusqu'aux phares, et de là, il avait plongé ses regards dans cet infini, sans bornes visibles, sur lequel il allait s'embarquer.

Un instant il avait senti la tristesse s'emparer de son cœur ; mais à cet âge la douleur fuit comme elle vient et sans laisser de traces.

C'était donc avec un plaisir tout nouveau qu'il songeait au lendemain.

Il vint, le jour fatal. A dix heures moins un quart, André Rémy, le docteur Barbier, Prosper et Pluton, tenu en laisse par Prosper, longeaient le quai d'embarquement.

Tout à coup, Pluton jappa et fit des efforts pour s'élancer en avant.

André Rémy fut obligé d'intervenir pour le faire tenir en repos.

A plusieurs reprises il recommença, aboyant et battant de la queue.

— On dirait qu'il reconnaît quelqu'un, fit le docteur.

— Bon, qui voulez-vous qu'il reconnaisse ?

— C'est invraisemblable, je le sais.

Ils étaient devant le paquebot, ils embarquèrent.

Les bagages étaient arrivés de la veille au soir, et le capitaine n'attendait plus personne.

Des matelots tirèrent à eux la planche d'embarquement que l'on nomme le pont, et le pilote, son chronomètre à la main, attendait le premier coup de dix heures pour crier au mécanicien :

— En avant !

Les voyageurs étaient tous sur le pont pour saluer, une dernière fois, ce dernier coin de la patrie qu'ils allaient quitter.

13.

Soudain, la vapeur siffla, l'hélice commença à tourner : le paquebot quittait le bassin.

Pluton se mit alors à hurler et à bondir en regardant fixement sur la jetée du nord.

— Mais qu'a-t-il donc? s'écria Jacques.

Et, suivant du regard la direction de celui du chien, il vit debout un vieillard et une jeune fille qui leur faisaient des signaux.

Alors, saisissant la main du docteur :

— Regardez, dit-il, c'est elle !

— Pardieu oui, fit le docteur; c'est gentil d'être venue nous voir partir.

— Je me disais aussi... murmura André, qu'elle ne pouvait m'oublier ainsi !

Il tendit la main, et Armande agita son mouchoir blanc.

C'est ainsi que la terre disparut, petit à petit, aux yeux des voyageurs, et que le vaisseau s'éloigna dans la brume. C'est ainsi qu'un quart d'heure plus tard ils ne se voyaient plus et qu'ils croyaient se voir encore.

CHAPITRE II

EN MER

Les premiers jours de la traversée passèrent vite pour nos voyageurs ; la gaieté du docteur parvenait à amener le sourire sur les lèvres d'André Rémy. En outre, la nouveauté du panorama, les figures nouvelles qui se montraient à lui, les manœuvres des matelots et le changement d'existence, tout cela éloignait un peu le souvenir d'Armande.

Le petit Prosper était comme transformé. A cet âge, où la recherche de l'inconnu fait tout le bonheur de la vie, il ne se lassait pas de regarder vers l'horizon pour y découvrir cette terre d'Amérique dont tout le monde parlait autour de lui.

Il restait des jours en contemplation devant ces masses d'eau, toujours renaissantes, Pluton à ses pieds, et il comptait les heures.

Le temps était magnifique.

La Manche avait été franchie sans qu'il y ait eût à constater un seul mal de cœur. C'était presque incroyable.

Le paquebot suivait sa route droite, par 42 degrés de latitude, et marchait droit sur New-York.

Le troisième jour, un certain brouillard avait fait

craindre une collision possible; mais le brouillard s'était vite dissipé et, avec lui, la crainte qu'il avait causée.

On était au milieu de l'Océan; la terre nulle part, l'eau partout; même au-dessus de la tête, car les vagues formaient des hauteurs que le ciel seul fait distinguer.

Au bout de cinq jours, on commençait à se lasser de voir toujours la même plaine humide. C'est comme le voyageur qui va devant lui, sur une route inconnue, plate et aride; il demande un précipice, un rocher, un arbre, quelque chose qui interrompe la monotonie du tableau, fût-ce même un danger.

Le septième jour, il y eut un divertissement qui aurait pu être fatal aux passagers.

Le courant qui descend du pôle nord, et qui va se briser sur les côtes des Antilles, amena une île flottante, une île de glace, débris de la banquise qui se forme chaque année par soixante-dix degrés de latitude nord.

Plus cette île de cristal approchait, plus on admirait les effets singuliers des rayons du soleil qui lui donnaient les couleurs du prisme; mais le capitaine, un vieux loup de mer, suivait d'un œil plus anxieux les évolutions du glaçon.

Il calcula la vitesse du courant, fit ajouter de la toile au bâtiment, et ordonna de forcer la vapeur.

Lorsqu'on fut près du morceau de glace, on put voir qu'il comptait une lieue de diamètre et qu'il mesurait au moins trente mètres d'élévation, ce qui indiquait autant d'épaisseur dans l'eau.

Un simple choc aurait brisé le paquebot comme du verre.

Ce danger fut évité, et le huitième jour se passa sans autre incident.

Déjà on causait de l'arrivée prochaine, et chacun souriait en pensant aux récits de naufrages racontés par les journaux.

Un voyage sur mer était décidément une partie de plaisir.

C'est ce que le docteur répétait encore le neuvième jour.

— Allons, disait-il à André Rémy, allons, mon ami, encore deux fois vingt-quatre heures et nous foulerons du pied la terre de Christophe Colomb !

Le dixième jour, à midi, le capitaine releva le point par 40 degrés de latitude nord, et 67° 21ᵐ de longitude.

Les passagers manquaient rarement d'assister à cette opération, qui équivaut à l'heure qu'il est, et chacun disait : — Encore tant de degrés, tant d'heures, tant de minutes.

Le vent était faible, la mer belle, quoique avec une tendance à grossir. Le capitaine attribuait ce fait à l'approche des côtes.

Le docteur, qui avait été médecin à bord d'un bâtiment de l'Etat, et qui se connaissait un peu à la manœuvre, pronostiqua que tout allait le mieux du monde.

Une heure après, André Rémy causait avec le capitaine, et celui-ci lui disait :

— Nous aurons un peu de mer.

— Gare aux estomacs sensibles, répondit le jeune homme en riant.

— Et aussi à ceux qui ne le sont pas, riposta le capitaine.

— Est-ce sérieux ? reprit vivement l'ingénieur.

— Pas encore ; je vous dirai cela dans une heure.

Le capitaine jeta les yeux sur le baromètre, qui marquait alors 754,6 ; il fronça les sourcils.

— Pas d'apparence de grain, dit-il, c'est extraordinaire.

Les passagers, voyant le capitaine soucieux, se tinrent à l'écart, n'osant l'interroger.

Les hommes de l'équipage, sérieux aussi, exécutaient les ordres du chef avec promptitude et précision.

C'était le calme qui précède la tempête.

Le calme dans l'air, le calme sur le vaisseau, sinon dans les esprits, où l'idée d'un naufrage commençait à poindre.

André Rémy et le docteur, ayant près d'eux le jeune Prosper, regardaient cette mer qui grossissait toujours sans motif apparent.

— Parbleu, dit le docteur, il faut que nous ayons ici un de ces volcans sous-marins qui existent, dit-on, et qui soulèvent des îles en pleine mer, là où les marins n'en connaissaient pas.

— Non, dit un ancien marin qui se trouvait près d'eux, ou je me trompe fort, ou nous sommes devant un ouragan de premier ordre qui ne tardera pas à se faire violemment sentir.

— Mais le ciel est bleu, et je ne vois pas de nuages !

— Je ne dis pas ; seulement les nuages vont vite. Regardez, la mer est tourmentée, houleuse, mauvaise ; nous commençons à danser ; tenez-vous bien, Messieurs.

— Je me tiens, répondit le docteur.

— Moi aussi, fit Prosper en devenant très pâle.

— Bon, reprit le vieillard ; je consulte le baromètre

et je vois qu'il est à 749 ; ce qui prouve qu'il descend avec une rapidité vertigineuse.

— Alors nous allons avoir du gros temps jusqu'à notre arrivée à New-York ?

— Je ne crois pas que ce qui nous arrive dure aussi longtemps, mais cela sera plus drôle.

— Très bien, fit le docteur, nous rirons ; mais où diable est donc le petit ?

— Disparu, répondit André Rémy ; avec un tangage pareil, cela n'est pas étonnant ; il cause avec le plancher.

Le docteur suivait les évolutions barométriques.

— 744, murmura-t-il.

A ce moment même le baromètre était à 743. Le capitaine debout sur le pont tenait le porte-voix à la main.

Toute trace d'inquiétude avait disparu de sa figure. Les passagers se rassuraient, mais les matelots comprenaient que le capitaine n'avait plus peur... de ne pas savoir ce qui allait arriver.

Pour eux, il était tranquille en apparence, parce qu'il savait à quoi s'en tenir.

Déjà le capitaine avait fait carguer les grandes voiles. Il fit forcer la vapeur pour fuir la tempête, mais il s'aperçut avec étonnement que, de quelque côté qu'il fît mettre la route, il rencontrait le vent.

Il était fixé ; il avait affaire à un cyclone.

La loi qui régit la marche des cyclones n'est pas encore bien déterminée ; on a prétendu d'abord que c'était une zône circulaire dans laquelle le vent, se trouvant comprimé, se déchaînait en rafales furieuses dans toutes les directions, espèce de tourbillon ayant un centre fort dangereux, comme on le comprend bien.

D'autres prétendent qu'il faut abandonner l'idée de la forme circulaire, pour adopter le mouvement en spirale. Le centre du tourbillon est également dangereux, et la différence, qui peut être grande au point de vue de la science, produit exactement le même résultat pour le navire engagé dans le cyclone.

On comprend qu'entraîné par le tourbillon, le pauvre vaisseau, faible hochet pour l'Océan, jeté d'une lame sur l'autre, ne peut manœuvrer et doit forcément courir vers le centre, surtout si l'on admet l'idée de la spirale.

Le capitaine savait tout cela. Il avait remarqué que la tempête arrivait du sud ; aussi avait-il fait mettre résolument le cap à l'ouest pour gagner davantage la pleine mer. Il pouvait ainsi, par un hasard providentiel, éviter le centre du météore.

Il put tenir la route à l'ouest à sec de toile, durant une heure environ, pendant laquelle le baromètre descendit successivement à 740-736 et enfin à 731.

La mer était affreuse, la brise épouvantable. La pluie tombait à torrents : les mâts craquaient et menaçaient à chaque instant de se briser.

Le paquebot, pris entre un mouvement horrible de tangage et un mouvement de roulis effrayant, bondissait sur les lames en fureur et menaçait à chaque instant de disparaître sous l'eau.

Depuis longtemps les passagers étaient rentrés à l'intérieur. Beaucoup avaient été pris du mal de mer et roulaient dans l'entrepont ou dans les cabines. Les plus aguerris étaient malades.

Réunis dans le salon, tous les passagers valides, serrés les uns près des autres, attendaient anxieux ce qui allait résulter de cette tempête imprévue.

Des femmes étaient à genoux et priaient avec ferveur.

Les hommes se serraient la main, prêts à tout évène-ment.

Le capitaine n'avait encore rien dit ; cela prouvait que jusque-là le danger n'était pas extrême.

Et cependant le baromètre descendait toujours !

Seul le docteur paraissait tranquille et comme dans son état habituel. Il allait et venait et, malgré son embonpoint, marchait sur le plancher difficile comme sur la chaussée la mieux nivelée. Il grimpait sur le pont et redescendait apporter des nouvelles.

La dernière fois qu'il était descendu, il avait dit presque riant :

— C'est un cyclone, mes amis, un beau et vrai cyclone.

— Qu'est-ce que cela ? avait demandé un passager.

— Je vous expliquerai cela plus tard, le moment n'est pas propice à une conférence ; il fait un vent à décorner le diable et la mer fait un tel bruit qu'à peine si je m'entends parler.

— Vous pensez donc, monsieur, dit une femme, que nous en réchapperons ?

— Si nous en reviendrons ? ma petite mère, mais j'en suis certain.

— Dieu vous entende !

Tout à coup le docteur tendit l'oreille et s'adressa à André Rémy.

— Diable ! dit-il, les meubles dansent, et l'eau, dans l'intérieur de notre coque de noix, bat les murailles et les cloisons.

Il n'avait pas achevé que les matelots firent irruption dans le navire en criant :

— Aux pompes !

— Je le disais aussi... fit le docteur avec un sourire de satisfaction.

Puis il ajouta :

— Allons, les enfants, nous serons malades demain à notre aise ; aux pompes !

Et, donnant le signal, il suivit le lieutenant qui commandait la manœuvre.

Décidément, le docteur, qui voulait fouler le sol de la libre Amérique avant de mourir, avait l'air d'en savoir bien long.

Nous ne jurerions pas qu'il n'eût déjà foulé, ce sol.

Ce cri : Aux pompes ! fit frémir tout le monde.

— Est-ce que nous coulons ? fut la question que chacun s'adressa dans son for intérieur.

Le paquebot entrait dans la phase la plus terrible du cyclone, mais, par bonheur pour lui, il côtoyait le centre du tourbillon sans y entrer.

Le baromètre, qui était descendu jusqu'à 721, semblait immobile. S'il ne descendait plus, le navire était sauvé.

Cependant l'équipage et les passagers valides étaient aux pompes ; dans la machine, l'eau s'élevait jusqu'à la hauteur des grilles du fond des cendriers, et la flamme, refoulée sous l'effort du vent, menaçait d'envahir la chambre de chauffe. Les mécaniciens stupéfaits s'apprêtaient à l'évacuer.

A l'intérieur, les cris des passagers malades ou affolés se joignaient au bruit des craquements et des chocs des meubles ; c'était un tintamarre infernal.

Sur le pont, c'était une autre scène.

Le capitaine était à son poste, accroché aux cordages et dominant la tempête.

Le *maître après Dieu* semblait vouloir être *le maître malgré Dieu.*

Une fois n'est pas coutume.

Les bastingages étaient écrasés ; la mer sautait à bord par la crête de ses lames et balayait le pont.

A peine, quoiqu'il fît encore jour, distinguait-on les objets à vingt pas.

Dix minutes s'écoulèrent, puis le baromètre marqua une tendance à remonter. Il n'hésita pas longtemps et fut bientôt à 725.

On apercevait au centre du météore un cercle du ciel bleu et pur, qui contrastait étonnamment avec les nuages gris-sombre qui entouraient ce point du zénith.

Le docteur, qui ne pouvait tenir en place, apparut sur le pont et promena un regard calme et intelligent autour de lui.

— Allons ! allons ! fit-il comme rassuré, le plus fort est passé, nous avons eu plus de peur que de mal !

Comme il achevait ces mots, une violente bourrasque vint l'ébranler et un dernier paquet de mer lui monta jusqu'aux genoux, l'entraînant par l'écoutille.

Il se releva tout déconfit, puis, s'adressa ces trois mots :

— Curieux ! c'est bien fait !

Et il alla rejoindre les autres passagers, qui travaillaient toujours aux pompes.

— Courage ! mes amis, cria-t-il, le baromètre remonte, le cyclone est passé.

— Hurrah ! crièrent les travailleurs.

Les autres n'osaient plus y croire.

— Eh ! bien, dit le docteur, maintenant je puis vous l'avouer....

— Quoi donc ?

— J'ai eu grand'peur.

— On ne s'en serait pas douté, reprit André Rémy en lui serrant la main.

— Le courage moral, mon ami, vous connaissez cela, et moi aussi.

Les natures d'élite se comprennent d'un mot.

Une heure après, le baromètre marquait 740, puis il monta avec moins de rapidité. A huit heures du soir, il atteignait 751, et, vers minuit, il gravissait jusqu'à 760.

La mer, toujours grosse, continuait à faire tanguer le vaisseau, mais ce n'était plus qu'un jeu.

Le ciel était parsemé d'étoiles.

Le capitaine reprit sa route droit sur New-York. En somme, le cyclone l'avait peu retardé.

Au jour, on se compta.

Personne ne manquait à l'appel, pas même Pluton.

C'était un miracle qu'aucun accident ne se fût produit par une pareille mer, mais presque tous les passagers étaient malades ou brisés de fatigue.

Le paquebot avait des toiles déchirées, mais pas d'avaries sérieuses.

Il arriva en vue de la magnifique baie de New-York le lendemain, vers cinq heures du soir.

Chacun n'avait plus, à ce moment, qu'une pensée, qu'un espoir, qu'un désir, débarquer !

C'est ce que l'on fit dans un ordre excellent, aussitôt que toutes les précautions furent accomplies, et nos voyageurs se trouvèrent sains et saufs sur le port d'Amérique.

CHAPITRE III

MONSIEUR BONNEFOY

Le nord des Etats-Unis est séparé de la Grande-Bretagne et du Canada par une succession de lacs importants, et par le Saint-Laurent, ce fleuve géant par sa largeur.

Ainsi, depuis le petit lac des Bois, placé près du 100e degré de longitude, jusqu'à l'embouchure du golfe Saint-Laurent, au cap Saint-Charles, situé au 58e degré, c'est une suite d'eau non interrompue en passant par le lac de la Pluie, le lac Supérieur, un grand lac, celui-là, le lac Huron, qui se mêle aux eaux du lac Michigan.

Puis, on traverse le lac Érié et le lac Ontario, d'où s'écoule le fleuve Saint-Laurent, qui traverse Montréal et Québec, ces capitales de l'ancien Canada français.

C'est donc un parcours de mille lieues de mer à travers les terres.

L'usine de M. Martel était située au nord de l'État de New-York, à environ 80 lieues de cette dernière ville, tout près du lac Champlain, formé par l'Hudson, le fleuve impérial, qui se jette dans l'Océan à la baie de New-York.

C'étaient de grands chantiers, composés d'une

mine de fer en exploitation et de plusieurs scieries mécaniques alimentées par les arbres des grandes forêts presque vierges des environs.

Le centre important de cette région était Montpellier, fondé par un émigré français, ainsi que le nom l'indique.

C'est peut-être ce qui avait engagé M. Martel à donner à ce lieu la préférence.

L'usine se trouvait à une lieue de la ville, seule dans la forêt, au-dessus d'une délicieuse vallée et au pied d'une forte colline, à cinquante kilomètres à peine de la frontière du Canada, où la première ville était Chambly, encore un nom français.

Ce pays était donc comme une seconde France.

Entre la mine de fer et les scieries, une trentaine de maisons en bois s'élevaient, donnant asile aux ouvriers de la fabrique et à leurs familles.

Et il y avait bien, dans l'une d'elles, une espèce de taverne qui remplaçait le marchand de vin traditionnel et inévitable.

Beaucoup de Français émigrés travaillaient dans ce coin de terre, avec quelques Allemands, un ou deux Indiens civilisés et un Chinois, domestique et martyr.

M. Martel avait eu une concession gratuite de deux cents hectares, à la condition d'y construire des maisons et d'y faire son exploitation au moins pendant cinq ans, comme cela se pratique encore dans plusieurs États ou territoires.

Il avait nommé ce village le *Petit-Saint-Denis*, en souvenir du grand.

Or, l'exploitation du Petit-Saint-Denis avait été laborieuse d'abord, mais avait donné quelques bénéfices sous l'ancien directeur ; puis elle n'en donnait plus.

M. Bonnefoy, le directeur actuel, envoyait bien quantité de bois et de fer à la maison mère, mais les frais
semblaient lourds pour la besogne exécutée.

La production, qui aurait dû être doublée, restait
stationnaire ; sans les bons renseignements qui parve-
naient sans cesse sur M. Bonnefoy, on eût pu supposer
que cet honnête intendant vendait le surplus des pro-
duits pour son compte personnel.

Depuis qu'il avait pris possession de la direction, ce
bon M. Bonnefoy avait fait construire un joli pavillon à
la mode de Paris et s'y était installé. Il n'avait négligé
ni la pierre ni la brique, car il craignait le feu, si à
craindre en effet dans les maisons américaines, cons-
truites généralement en bois.

M. Bonnefoy était arrivé dans le pays il y avait environ
onze ans ; il s'était installé à Montpellier, où il vivait
de petites rentes qu'il avait gagnées, disait-il, à la
sueur de son front, dans une forge de New-York.

Il était d'ailleurs peu communicatif et parlait à peine
du passé.

Il observait régulièrement le repos du dimanche et
fut bientôt au mieux avec la bourgeoisie française de
la ville et les ministres des diverses religions.

Comme aux Etats-Unis, il y a quarante à cinquante
cultes, tous libres, et qu'il est de bon ton de se payer le
luxe d'avoir plusieurs croyances, un peu par intérêt
aussi, M. Bonnefoy donnait à l'église catholique, à
l'église anglicane et voire même au temple israélite.

Il avait ainsi des amis dans toutes les branches.

Ce M. Bonnefoy était un homme bien prudent ; un
jour, il lui prit fantaisie d'aller étudier les environs,
mais avant de partir, il plaça sa petite fortune.

Comme il avait trois religions, il voulut avoir cinq

banquiers. Il déposa chez chacun d'eux dix mille francs
en disant :

— Il ne faut pas mettre tous ses œufs dans le même
panier.

Le facteur venait toutes les semaines lui apporter,
non des lettres, mais des journaux.

Quand nous disons des journaux, un journal, et un
journal français : *le Petit Journal*. Chaque paquebot
apportait le stock de la semaine.

M. Bonnefoy s'enfermait dans sa chambre et lisait
tous ses journaux, ligne à ligne jusqu'à la dernière.

Un jour, le facteur vint sans journaux et montra son
étonnement.

— Je ne suis plus abonné, répondit M. Bonnefoy ; ce
que je voulais savoir est arrivé, j'ai tout à fait rompu
avec la France, où je n'ai plus de parents ; je vais devenir
un des vôtres.

Naturellement, le facteur répéta cela partout, et
l'estime que l'on avait pour M. Bonnefoy parut aug-
menter.

Dans ses tournées, il visita le Petit-Saint-Denis
et parut apprécier beaucoup le travail de l'usine. Il se
connaissait au métier, d'ailleurs, et donna quelques
avis qui furent suivis et qui donnèrent un bon résultat.

Le directeur devint son ami.

Bientôt après, M. Bonnefoy entrait à l'usine comme
inspecteur, et se faisait, à surveiller les autres, de bons
petits appointements.

Il apprit alors, avec un chagrin visible, le meurtre
dont M. Armand Martel, le futur maître, avait été la
victime.

Cet excellent M. Bonnefoy se fit raconter la chose
dans tous ses détails et pleura même à la conclusion.

Ah ! ce scélérat de Claude Vincent avait été guillotiné, c'était bien ; mais celui qu'il aurait voulu tenir pour le hacher de ses mains, c'était cette canaille de Billou.

Le temps seul parvint à calmer sa fureur.

Le lecteur se souvient que Séverin Billou était le complice de Claude Vincent et l'instigateur du crime.

M. Bonnefoy resta quelque temps en qualité d'inspecteur ; puis, recommandé par le directeur mourant, il obtint la première place.

Il promit monts et merveilles, changea et dérangea bien des choses, augmenta le travail et diminua les salaires.

On murmura, mais tout bas ; il était craint de tous ceux qui servaient sous ses ordres.

Son air doucereux ne trompait que ceux qui ne le connaissaient pas. Comme tous les parvenus, il était humble et même rampant devant les grands, mielleux avec ses égaux, et féroce avec les petits.

Pour une peccadille, il avait fait maltraiter un des Indiens qui travaillaient à l'usine. Cet homme rouge, rancuneux comme ceux de sa race, avait juré en lui-même de lui rendre croc pour croc.

Il avait paru soumis, mais son œil suivait tous les pas et gestes de l'autocrate par procuration. Il en voulait autant au Chinois qui, dévoué à Bonnefoy, avait fait contre lui, l'Indien, le rapport qui avait motivé la punition.

Cette haine sourde entre les deux hommes de couleur augmentait de jour en jour.

M. Bonnefoy avait d'un côté des amitiés, du respect et des serviteurs ; il avait de l'autre un individu pour ennemi.

Un seul, et c'était assez.

14

Cependant tout allait pour le mieux. M. le directeur, manœuvrant bien et vendant à des marchands de Montréal ou de New-York une partie de la fabrication, empochait d'assez jolis bénéfices.

Les cinquante mille francs qu'il avait mis dans l'affaire, et qui lui rapportaient intérêt, étaient déjà doublés, et le bonhomme voyait le moment où il pourrait bientôt donner sa démission et se retirer avec quelque cinq à six mille livres de rentes, ce qui là-bas constituait un beau revenu.

Qui l'aurait cru ? M. Bonnefoy avait 53 ans et il songeait à épouser une Canadienne, qui l'emmènerait finir ses jours à Sorel, entre Montréal et Québec, sur la rive droite du Saint-Laurent.

M. Bonnefoy ne demandait plus que quelques mois pour parfaire sa petite fortune et se retirer honnêtement et dévotement.

Mais l'homme propose et le hasard dispose, comme nous l'allons voir tout à l'heure.

Un matin du mois de mai, M. Bonnefoy vit arriver de Montpellier un homme porteur d'une dépêche.

Cette dépêche, signée André Rémy, annonçait l'arrivée de l'envoyé de la maison Martel et Compagnie et du docteur.

M. Bonnefoy connaissait M. Rémy par la correspondance. Il fut un peu surpris de cette visite inattendue, et, sans deviner un remplaçant ou un maître, il se mit en devoir de recevoir ses hôtes qui, suivant lui, venaient tout simplement jeter un coup d'œil sur l'usine en voyageant dans le pays.

Les ouvriers furent prévenus, chacun reçut sa petite leçon, et M. Bonnefoy quitta sa maison de pierre pour en faire honneur à ses hôtes et se réfugia dans une cabane d'ouvrier.

Il repassa avec son commis tous ses comptes, mit tout au courant avec un soupir de regret, et, prêt enfin, il attendit de pied ferme.

André Rémy et le docteur Barbier, accompagnés bien entendu de Prosper et de Pluton, étaient, comme nous l'avons dit, débarqués à New-York, où ils étaient restés deux jours à se remettre du voyage.

Ils en avaient profité pour parcourir la ville. Puis, ils avaient remonté l'Hudson sur un bateau à vapeur et étaient arrivés à Montpellier par le chemin de fer, qu'ils avaient pris au sortir du bateau.

Tout cela avait demandé quelques jours. A Montpellier, le docteur avait couru un peu la ville et demandé des renseignements tant sur M. Bonnefoy que sur l'usine du Petit-Saint-Denis.

Les renseignements étaient splendides.

L'usine allait de mieux en mieux, et ce bon M. Bonnefoy était un homme comme il n'y en a guère.

C'est dans ces conditions que les deux hommes, l'enfant et le chien, se présentèrent devant la scierie du petit Saint-Denis.

M. Bonnefoy, ayant près de lui ses principaux ouvriers et son Chinois, qui ne le quittait pas, les reçut à l'entrée principale.

Il lança en dessous un regard pénétrant sur chacun des personnages.

La figure franche et le regard assuré d'André Rémy lui firent un singulier effet. Il lui sembla avoir vu cette figure quelque part. Le docteur lui parut un bon homme. Le petit Prosper n'eut pas l'honneur de son attention, et il allait souhaiter la bienvenue à l'envoyé de M. Martel, lorsqu'il aperçut le chien.

Ce chien noir qui le regardait le terrifia. Il ne pouvait retirer ses yeux de cet animal.

Et l'animal grognait, mécontent de son examen à lui.

Les chiens ont plus d'instinct que l'homme.

Ce fut André Rémy qui rompit le premier ce silence embarrassant.

— Monsieur le directeur, dit-il, nous venons, M. le docteur et moi, visiter l'usine, et nous comptons sur vous pour nous introduire.

— Certainement, fit M. Bonnefoy, rappelé à lui-même; à qui ai-je l'honneur de parler?

— Je me nomme André Rémy, répondit l'ingénieur, et je viens pour quelque temps diriger notre succursale de la part de M. Martel; il est.entendu que cela ne vous fera aucun tort, cher Monsieur.

— Entrez, messieurs, fit Bonnefoy; je vois que l'on va me prier de me retirer.

— Nullement, dit le docteur; la maison prend une grande extension, et M. Rémy, qui est un des intéressés principaux, vient s'assurer des ressources de votre exploitation, voilà tout.

Bonnefoy eut un sourire hypocrite.

— S'il en est ainsi, messieurs, soyez les bienvenus.

Les ouvriers saluèrent, et le petit cortège se dirigea vers la demeure du directeur, destinée aux hôtes inattendus.

M. Bonnefoy marchait près du docteur, laissant l'avance à André Rémy, qui interrogeait le contre-maître.

— Monsieur, dit-il, quel est donc ce chien que vous avez amené?

— Ce chien, fit le docteur, mais c'est le brave Pluton, qui n'a pas voulu quitter son maître.

— Pluton ! murmura Bonnefoy d venu livide ; ah ! ce chien se nomme Pluton ?

— A cause de sa couleur noire, continua le docteur, vu que le dieu Pluton, roi des enfers, ne devait pas, je suppose, être tout blanc.

M. Bonnefoy ne répondit rien.

On arriva bientôt à la maison.

Les voyageurs s'installèrent, et jusqu'au repas du soir il ne fut question de rien.

M. Bonnefoy demanda à soigner lui-même Pluton et à le loger près de lui ; mais André Rémy déclara que, jusqu'à nouvel ordre, Pluton et Prosper coucheraient dans la salle qui précédait sa chambre à coucher.

L'ingénieur n'avait aucune méfiance, mais la physionomie de M. Bonnefoy réveillait en lui un souvenir éloigné, mais tenace. Lorsque le directeur parlait, il lui semblait entendre comme une note connue que le temps s'était chargé d'adoucir.

Où donc avait-il pu connaître ce Bonnefoy ?

En France, ou en Angleterre ?

Le soir, le repas fut assez gai, et vers la fin André Rémy posa plusieurs questions de métier à M. Bonnefoy, qui répondit à sa satisfaction.

Il annonça que le lendemain il visiterait l'usine dans son entier, et le surlendemain les comptes.

M. Bonnefoy ne s'opposa à rien et promit tout ce qu'on voulut.

Il avait pris le parti de rester humble et soumis.

Le lendemain, levé de bonne heure, il donna l'ordre au contre-maître de rester à la disposition du nouveau directeur et de lui dire que, pour une affaire urgente

14.

dont on le prévenait à l'instant, il était obligé d'aller à Montpellier.

Ce fut donc le contre-maître qui fit les honneurs de la fabrique à André Rémy et au docteur.

M. Bonnefoy ne perdait pas son temps ; il était allé chez ses banquiers et avait souscrit des traites pour une partie de ses dépôts et fait des demandes de retrait pour des sommes importantes. En outre, il avait télégraphié à son agent de change de New-York, ces deux mots significatifs :

— Vendez tout.

Plus tranquille, il était revenu vers le soir au Petit-Saint-Denis. Il fut avenant et familier.

Il daigna caresser Pluton et causa avec Prosper en l'absence de son patron.

Le jeune garçon, qui n'avait rien à cacher, fit l'éloge complet d'André Rémy, et raconta comment il avait été adopté par lui.

M. Bonnefoy parut prendre un vif plaisir à ce récit et engagea l'enfant à continuer.

Il apprit alors que M. Rémy devait épouser Mademoiselle Martel, mais que le conseil de famille s'était opposé au mariage.

— Bon, dit-il ; et le père ?

— M. Martel voulait et le docteur aussi, mais les autres n'ont pas voulu.

— Il y a bien un motif ?

— Vous comprenez, Monsieur, je ne me connais pas beaucoup à tout cela, mais j'en ai entendu un qui disait à un autre : « Il est impossible que le fils de l'assassin épouse la fille de la victime. »

Les yeux de Bonnefoy, à ces mots, lancèrent comme un éclair vite éteint.

— Je ne comprends pas, dit-il froidement.

— Moi, fit le petit, j'ai conclu de là et d'autres mots que j'ai entendus, que M. Rémy est le fils d'un nommé Vincent, qui aurait tué autrefois le père de Mademoiselle Armande.

M. Bonnefoy devint tout rouge.

Il regarda dehors et dit tout à coup :

— Voilà ces messieurs qui reviennent ; allons au-devant d'eux.

André Rémy causa une heure environ avec Bonnefoy, puis se retira chez lui avec le docteur.

— Qu'avez-vous donc ? lui dit ce dernier, vous paraissez tout pensif.

— Oui, je cherche où j'ai déjà vu ce Bonnefoy ; demain je saurai à quoi m'en tenir sur sa gestion, qui me paraît louche ; mais sur l'homme, je ne puis...

Tout à coup il poussa un cri.

— C'est lui ! dit-il, ah ! le hasard est pour moi.

— Qui, lui ?

— Pas un mot, docteur, laissez-moi agir, et que le coquin ne se doute de rien.

— Je ne vous comprends pas...

— Celui qui est ici directeur est le véritable assassin d'Armand Martel ; c'est le voleur des cinquante mille francs ; oh ! j'en suis certain, c'est Séverin Billou !

CHAPITRE IV

POUR CACHER UN CRIME, IL EN FAUT COMMETTRE UN AUTRE

La découverte qu'avait faite André Rémy avec les souvenirs de Jacques Vincent l'empêchait de dormir.

De son côté le docteur, surpris d'abord, effrayé ensuite de cette rencontre singulière, ne pouvait fermer l'œil.

Lui, le naturaliste, il était arrivé, après une heure de réflexion, par trouver tout naturel ce rapprochement extraordinaire.

En effet, le criminel tourne ordinairement dans l'orbite du crime. S'il fuit d'abord, il s'en rapproche insensiblement, mais infailliblement.

Billou avait suivi la même loi d'attraction.

Sauvé aux États-Unis, par hasard ou par la volonté supérieure qui est en nous et qui nous dirige, il avait été attiré par cette usine du Petit-Saint-Denis. Là, il le savait et il le craignait, mais il le désirait encore plus, on lui parlerait de son crime.

Se croyant bien en sûreté, bien caché, bien inconnu (il était tout cela), Billou s'était présenté timidement d'abord, hardiment ensuite. A l'aide d'un faux nom, il était devenu l'associé du père de la victime. Ce scélérat, après avoir volé la caisse, dilapidait de loin ce qu'il ne pouvait prendre de haute lutte.

Le bon docteur passa la nuit à peser toutes ces probabilités.

Il conclut en se disant que le bonhomme ne se doutait de rien, et que le lendemain il serait bon de lui envoyer quelques gendarmes.

Mais celui qui dormait le moins, c'était certainement Billou. Le petit homme, impassible en apparence, enfermé dans sa case avec son Chinois, passait et repassait dans sa tête toutes les combinaisons possibles pour se tirer de ce mauvais pas.

Et il se disait :

— Jacques Vincent ne m'a pas encore reconnu, mais ses yeux me regardent en disant : — Je te connais. Le souvenir lui reviendra : à quatorze ans on a bonne mémoire ; demain, après demain, un jour enfin, il me sautera au cou en s'écriant : — Tu es le complice de mon père !

Voilà ce qu'il faut éviter.

Et il ajoutait :

— Dans deux jours, j'aurai réalisé mes fonds, et alors... je pourrai abandonner la place.

Il fallait donc attendre deux jours, tergiverser, mentir, se courber. C'était facile à faire.

Être obséquieux et prudent, Séverin Billou connaissait cela.

La troisième journée se passa donc en compliments de sa part à André Rémy et au docteur.

L'ingénieur voulut voir les livres, et il fallut s'exécuter. Séverin remit des livres insignifiants ou sans suite. Il devenait impossible de contrôler sérieusement les opérations.

Cependant, André Rémy ne pouvait se douter que

Billou l'eût reconnu. Il croyait au contraire tenir son adversaire dans sa main.

Un fait imprévu lui prouva le contraire.

Deux lettres de Montpellier étaient arrivées le matin, et Billou les avait lues sans rien dire de leur contenu.

— Ce sont des affaires personnelles, avait-il dit.

— Une demi-heure après, un télégramme arriva, et le hasard voulut que ce fût le docteur qui le reçût.

Ce télégramme disait :

— Tout vendu. — Cours moyens. — A disposition.

Il fit remettre par un ouvrier le télégramme à Billou et prévint André Rémy.

— Nous sommes devinés, répondit celui-ci. Le gredin a des valeurs et les fait vendre ; il est temps d'agir.

— Que faut-il faire ? demanda le docteur.

— Allez à Montpellier ; sachez ce qu'on pense de Billou, et s'il a de l'argent placé. Présentez-vous carrément de la part de la maison Martel et Cie ; il faut savoir à tout prix la vérité.

— Bien, dit le docteur.

Et il partit.

Mais Billou avait reçu la dépêche. Il avait vu André et le docteur causer ensemble. Il vit atteler le cheval et sembla n'y pas faire attention.

Il appela son Chinois.

— Suis cette voiture, lui dit-il, et dis-moi où le maître sera entré.

— Quand faudra-t-il revenir ?

— Quand il reviendra.

Il mit au serviteur asiatique un dollar dans la main, ce qui donna à celui-ci assez de jarret pour suivre le cheval du docteur jusqu'à Montpellier.

Le soir, André Rémy n'avait rien obtenu de précis sur les comptes de M. Bonnefoy, lorsque le docteur revint, suivi sans le savoir du Chinois de Billou.

— Eh bien ? demanda le jeune homme.

— En deux mots, voici la chose, répondit le docteur ; le Bonnefoy ou le Billou, comme vous voudrez, est un malin ; il a plusieurs banquiers et il est très bien vu dans le pays. Il est dévot et paie à plusieurs paroisses. Il y a deux jours, il a fait passer des valeurs assez fortes et semble vouloir retirer ses fonds. Un seul des banquiers, par jalousie et pour avoir la clientèle de la maison, que je lui ai promise, a vendu la mèche.

— Très bien, nous agirons demain matin.

— Pourquoi pas tout de suite ?

— Il est tard, et il ne se doute pas de notre démarche. Je l'ai tenu toute la journée sans le lâcher d'un instant.

— C'est un finaud.

— Comment faire ? alors.

— Je sais bien que nous n'avons pas de preuves absolues ni de police sous la main.

— Vous voyez bien.

— Je ne voudrais pourtant pas qu'il nous échappât.

— Il ne le peut. Tant que son argent ne sera pas dans sa poche, il n'essaiera pas de fuir.

— Vous avez raison ; demain, guettez de votre côté ; moi, je retournerai à la ville et je sonderai la police ; avec de l'argent, on peut ici bien des choses.

— A demain donc.

Dans la case de M. Bonnefoy, une autre scène avait lieu.

Le Chinois était devant son maître. Il était un peu ivre, car il avait fêté le dollar, mais il avait rempli son devoir.

— Ainsi, disait le directeur, ce médecin est allé chez les banquiers ?

— Oui, Monsieur.

— Il y est resté longtemps ?

— Chez un surtout.

— Lequel ?

— Sir Thomas Moore.

— Oui, celui que j'ai quitté, murmura M. Bonnefoy ; c'est une faute ; ils savent tout. Cette démarche me prouve que je n'ai plus rien à leur cacher. Demain ils me feront appréhender au corps ! Il n'y a pas un instant à perdre.

Il regarda le Chinois dans le blanc des yeux.

— Veux-tu gagner de l'or ? lui dit-il.

Les yeux de l'homme jaune étincelèrent.

— Oui, beaucoup, répondit-il.

— Tu as une fiancée qui t'attend dans ton pays ?

— Oui, fit tristement le Chinois ; mais là-bas, trop de monde, mourir de faim ; nous venir en Amérique pour avoir du pain.

— Sans doute. Mais en Amérique, Chinois mal vus, battus et chassés.

— Excepté ici... bon maître.

— Alors, toi faire tout ce que je veux ?

— Tout... mais...

— Oui, de l'argent, des dollars.

— De l'or !

— Je t'en donnerai pour retourner à ton pays, pour être riche, épouser ta fiancée... ce que tu voudras.

— Que faut-il faire ?

— Ecoute bien. Le monsieur qui est ici, tu l'as vu ?

— Le vieux ou le jeune ?

15

— Le jeune. C'est un ennemi à moi, qui vient pour me perdre.

Le Chinois devint sérieux.

— Bien mal, dit-il.

— Oui, il faut qu'il ne puisse me remplacer ici.

— Difficile.

— Je te donnerai deux mille francs.

— Très difficile, fit le Chinois.

— Je te donnerai... M. Bonnefoy fit un effort... cinq mille francs.

Le Chinois, plus sérieux encore, reprit :

— Que faut-il faire ?

— Dame ! ce que tu voudras, pourvu que demain je sois libre.

— Où est l'or ? demanda le Chinois.

— Tu n'as donc pas confiance ? riposta Billou.

— Si... Mais préfère tenir.

Billou fit une grimace.

— Tiens, tu vois cette caisse; demain, si l'affaire est faite, l'argent est là.

Le Chinois toisa M. Bonnefoy, et probablement confiant dans sa force plus que dans l'honnêteté de son patron, il dit :

— A demain matin...

M. Bonnefoy savait de son côté de quoi était capable ce brave Asiatique, car il se coucha tranquillement et souriant en lui-même.

— Demain, se dit-il, je serai débarrassé de tout souci.

Nous n'oserions pas cependant affirmer qu'il s'endormit l'esprit tranquille.

Le Chinois, qui s'appelait Hang-Fô, attendit que tout le monde fût couché dans le Petit-Saint-Denis, puis il vint rôder autour de la maison qu'occupait André Rémy et le docteur.

Il vint en rampant, s'effaçant le long des murailles ou à l'ombre des arbres.

Lorsqu'il fut parfaitement certain que personne ne le suivait et que ceux qu'il allait surprendre dormaient, il se prit à réfléchir.

Commettre un crime, c'est facile et c'est quelquefois très difficile.

Si le Chinois Hang-Fô avait rencontré André Rémy dans les bois, il l'aurait tué et la chose n'aurait pas fait grand bruit, quand même elle fût arrivée aux oreilles d'une police paresseuse.

En Amérique, nombre de crimes restent impunis.

Le Chinois savait cela.

Mais ce qu'il savait aussi, c'est que la justice populaire était fort expéditive et que le public faisait souvent l'office de juge et de bourreau.

On comprendra qu'il fût songeur.

Toutefois, la somme promise par Billou poussait sa volonté et armait son bras.

Au bout de quelques minutes, il avait fait taire sa conscience et il ne s'occupait plus que de calculer les chances de réussite.

André Rémy était condamné.

Deux hommes ne dormaient pas.

Le premier était Billou, qui, moitié habillé, moitié couché, allait de la fenêtre à son coffre et surveillait les mouvements du Chinois.

Le second était l'Indien dont le nom était fantaisiste et signifiait *le Poignet-de-fer*, mais que nous nommerons, comme on l'appelait à l'usine, Tafala.

Tafala n'avait pas un seul instant cessé de suivre les

mouvements de Hang-Fô. Il rampait, comme le Chinois ;
il savait se dissimuler dans les herbages, et la marche
du chat qui guette la souris ne fait pas plus de bruit
que n'en faisait son pas.

Si le Chinois était un serpent, l'Indien était un tigre.

Il avait compris que Bonnefoy était gêné par la présence du nouveau venu, et les allures mystérieuses du
Chinois lui faisaient prévoir un crime.

Suivons Hang-Fô.

Le Chinois, se croyant parfaitement maître de la
situation, se prit à écouter à la porte de la maison.

Si peu qu'il fît de bruit, il entendit un grognement
sourd, ce qui lui fit comprendre que Pluton couchait
dans ce vestibule, certainement avec le jeune Prosper.
Entrer par là, c'était exciter la fureur du chien, c'était
essayer l'impossible.

Le docteur couchait dans la seconde pièce, et André
Rémy, celui qu'il s'agissait de trouver, dans la pièce
du fond.

Hang-Fô connaissait la disposition des lieux comme
Billou lui-même.

Il sourit dans l'ombre.

La chambre de l'ingénieur était celle de Billou. Or,
le petit homme, qui sans doute avait ses raisons pour
entrer et sortir à toute heure sans que personne pût le
surveiller, avait fait faire dans le comble un grenier.

Ce grenier possédait un judas assez large pour laisser
passer un homme et se fermait avec une trappe qui
ouvrait dans la chambre même.

Une lucarne l'éclairait.

Hang-Fô résolut d'entrer par la lucarne.

Ce n'était pas l'échelle qui lui manquait Il l'eut
bien vite trouvée et appliquée au mur.

Il monta et fut obligé de se faire petit pour passer par le trou du grenier.

Billou, qui voyait cela, frémit à la pensée qu'il avait couru ainsi le danger d'être volé ou assassiné.

Hang-Fô entra donc par la lucarne et se trouva dans le bâtiment occupé par André Rémy.

Il s'agissait, après ce premier pas, d'en faire un second plus décisif, mais plus dangereux.

Il fallait lever la trappe et descendre dans la chambre.

Lever la trappe, c'était peu de chose. Descendre, c'était plus difficile.

Hang-Fô était subtil. Il sortit de sa poche une corde solide, qu'il attacha à une solive du comble. Il mesura la longueur, qui lui parut suffisante.

Le surplus ne demandait que de l'adresse.

Il leva donc la trappe et écouta.

Un silence complet lui prouva qu'il pouvait descendre sans crainte.

Il fit jouer dans sa gaîne un poignard qu'il tenait caché à sa ceinture, écouta de nouveau, laissa glisser la corde jusqu'au sol et se pencha sur l'ouverture.

Il lui sembla alors percevoir un bruit léger du côté de la fenêtre.

Lentement, se glissant, il alla jusqu'au dehors.

Il vit alors une ombre, qu'il reconnut pour celle de Billou, et se dit en lui-même :

— Il me surveille! C'est bon, après le coup, nous règlerons ensemble.

Puis, n'entendant plus rien, il revint à l'orifice de la trappe.

L'Indien, à ce moment, était monté à l'échelle ; il se dissimulait sur le toit de la maison, attendant l'instant d'agir.

Hang-Fô revint à pas discrets, saisit la corde dans ses mains, s'assit d'abord sur le plancher, les jambes pendantes, puis se laissa aller dans le vide.

Un instant après, il était au milieu de la chambre d'André Rémy. Sa descente n'avait produit aucun bruit.

Il se tourna du côté où se trouvait le lit, tira son couteau à lame de poignard, et, le bras armé et tendu, il avança, guidé par un faible rayon de lune qui filtrait à travers les contrevents mal joints.

André Rémy semblait dormir profondément, et dans la pièce voisine on entendait le ronflement sonore du bon docteur.

S'il eût fait jour, Hang-Fô aurait pu voir la face bistrée de Tafala penchée sur la trappe.

Hang-Fô, disposé au crime, ne voyait plus rien.

Près du lit, retenant son haleine, les yeux dilatés, le cœur bondissant, il leva sur sa victime l'arme fatale.

Il se passa alors une chose surprenante.

André Rémy, qui paraissait dormir, allongea une main brusquement, quoique sans bruit, et le Chinois sentit son bras pris et arrêté comme dans un étau. En même temps, il sentit une douleur au cou, y porta sa main restée libre, et put constater qu'un fil l'étreignait et lui coupait la respiration.

Machinalement, il leva la tête et vit la face de l'Indien qui venait de le happer à sa façon.

Le misérable se sentit perdu et poussa un cri terrible.

A ce cri, André Rémy se dressa sur le lit; l'Indien, se laissa glisser dans la chambre en serrant davantage son *lasso*, et Pluton, dans la pièce voisine, commença un concert d'aboiements à réveiller tous les habitants du Petit-Saint-Denis.

Une minute après, le docteur, Prosper et Pluton étaient dans la chambre.

La vue du Chinois, tenant le poignard à la main, expliquait suffisamment ce qui venait de se passer.

D'un geste, André Rémy fit signe au docteur de rester tranquille.

— Maître, dit l'Indien, habillez-vous ; laissez Chinois et moi : m'en charge.

L'ingénieur dit alors à l'assassin :

— Jette ton poignard.

Le Chinois laissa tomber l'arme.

— Tu m'en réponds? dit-il à l'Indien.

Celui-ci montra ses dents blanches dans un rire muet, mais terrible.

— Oui, maître, dit-il.

Et, saisissant l'homme jaune par sa natte, il se mit à le traîner par la maison.

— Nous faire dehors petite partie, lui dit-il tout bas.

Et le Chinois sortit tout tremblant.

Jacques Vincent ne perdait pas son temps.

Il passa vivement un pantalon et un habit, pendant que le docteur en faisait autant.

— Sus à Billou, dit-il; c'est lui qu'il faut prendre avant qu'il sache que le coup est manqué.

Un instant après, les deux hommes, armés et suivis du chien, se précipitaient vers la chambre du directeur.

Tout semblait parfaitement calme.

Ils pénétrèrent au premier étage ; mais la chambre était vide, et le petit coffret avait disparu.

— Il ne peut être loin, dit André Rémy ; en chasse !
Mais il réfléchit.

— Sonne la cloche, dit-il à Prosper ; les ouvriers se
lèveront et nous aurons du renfort.

Prosper se pendit à la corde, et une sorte de tocsin
commença à jeter l'alarme dans le Petit-Saint-Denis.

Au bout d'un quart d'heure, tout le monde était sur
pied et au courant de ce qui venait de se passer.

Seuls, l'Indien et le Chinois n'étaient pas présents.

Le docteur en fit la remarque.

— N'ayez crainte, dit André Rémy ; je crois qu'ils
ont un vieux compte à régler ensemble, laissons-les
s'arranger à l'amiable.

On visita toute la possession sans rien découvrir.

Billou avait réellement disparu.

Au point du jour, chacun rentrait bredouille.

L'Amérique est grande, et Jacques commençait à
à craindre que le coupable ne lui échappât, lorsque,
revenant avec le docteur par une allée de grands
arbres, il entendit un cri particulier.

Il se retourna. L'Indien était près de lui.

— Tafala ! dit-il. Et le Chinois ?

— Chinois, couic ! fit l'Indien.

Et il montrait du doigt un corps sombre qui se balan-
çait dans l'espace, suspendu à une branche d'arbre.

— Pendu ! Par qui ?

— Par Tafala !

— Tu as osé...

— Oui, maître ; mais Tafala deux ennemis, un seul
mort, il faut deux.

— L'autre, c'est Bonnefoy.

— Oui.

— Il s'est échappé ?

— Pour tous... pas pour Tafala.

— Tu sais où il est ?

— Vous... tranquille... Chercher argent et chevaux... moi conduire.

— Tu es un bon serviteur, et je te récompenserai.

— Non. Venger moi... voilà tout.

— Qu'en dites-vous ? docteur. Nous allons faire la chasse à l'homme dans les forêts sauvages.

— Je suis enchanté, cher ami. Je suis venu pour herboriser, vous le savez ; je vais profiter de l'occasion.

— Allons donc nous préparer, dit Jacques Vincent ; je jure de ne revenir qu'avec la peau de la bête ; et n'oublions pas Pluton, car de vrais chasseurs ne doivent pas partir sans un chien.

CHAPITRE V

LA CHASSE A L'HOMME

L'Indien, comme on l'a vu, était un homme énergique et intelligent. André Rémy l'avait jugé tel ; aussi avait-il compris que Tafala, altéré de vengeance, saurait mieux que qui que ce fût retrouver la trace du fugitif.

Tafala avait commandé un repos nécessaire, et son conseil avait été suivi.

Le docteur était retourné voir le cadavre du Chinois, et il avait fait quelques études spéciales sur la longueur de la langue et sur d'autres particularités de la strangulation.

Décidément, il n'était pas fâché d'avoir vu l'Amérique ; c'était un pays vraiment intéressant.

Après le déjeuner, l'Indien vint trouver André Rémy et le docteur.

Il y eut alors conseil.

André Rémy annonça qu'il était décidé à suivre Billou jusqu'au bout du monde et à le prendre pour le livrer aux autorités françaises. Il ne voulait pas le tuer, étant ennemi de la peine de mort, mais la justice ferait de lui ce qu'elle croirait devoir en faire.

Le docteur, qui n'était pas méchant, cependant, ne

répondait rien; il était terrible, le bon docteur, et dame, on ne savait pas ce qu'il ferait, le cas échéant.

L'Indien raconta alors qu'il avait envoyé deux ouvriers à Montpellier et que Billou n'avait pas paru chez les banquiers.

Il n'était pas bête, Tafala.

Il savait aussi que Billou devait épouser une femme de Sorel, et, prévoyant, il avait lancé en avant un autre Indien comme lui.

Les ouvriers avaient battu inutilement la campagne.

André Rémy, ou pour mieux dire Jacques Vincent, conclut qu'il fallait mettre l'autorité du pays de son côté. Il chargea le docteur de faire une plainte à Montpellier et à New-York, tant à l'État américain qu'au consul de France.

Il fut en outre convenu que le docteur remonterait l'Hudson jusqu'à Albany, et que là il attendrait des ordres.

Il devait emmener avec lui Prosper.

Jacques Vincent et l'Indien se chargeaient de la véritable chasse.

Il faut dire qu'ils s'adjoignaient Pluton.

Tous ces points réglés, Jacques et Tafala partirent à cheval vers quatre heures du soir, le chien bondissant devant eux.

Jacques Vincent voulut aller à toute bride, mais Tafala le retint.

— Attendez! fit-il.

Et l'on partit au pas.

A six heures on avait fait deux lieues. Une heure après, une ombre se dressa sur le chemin.

Tafala descendit de cheval et alla à l'ombre.

Jacques ne comprit rien à la conversation qui s'engagea entre les deux hommes, mais l'Indien lui fit savoir que Billou avait pris la route de Chambly.

Il allait donc vers Sorel.

L'assassin était à cheval, ce qui était une imprudence. Le cheval était celui de l'usine, et l'Indien connaissait exactement la marque de son sabot.

Il avait relevé plusieurs marques et savait par conséquent la direction suivie par celui qui se sauvait.

C'est peut-être subtil pour un Européen, mais très naturel pour un sauvage.

Aussi Tafala ordonna-t-il d'aller en avant.

On arriva à Chambly assez avant dans la nuit.

Au jour, il fallut courir les hôtels, peu nombreux d'ailleurs. On apprit qu'un homme à cheval, dont le physique se rapportait à celui de Séverin Billou, avait passé la nuit dans l'un de ces hôtels, mais qu'il était parti de très bonne heure.

Jacques voulait s'élancer.

L'Indien sourit.

— Nous le tenons, dit-il. Lui beaucoup peur, lui courir; temps passé, lui moins peur, nous plus forts.

Le jeune homme calma son ardeur.

Le soir, ils arrivaient à Sorel.

L'Indien, qui connaissait parfaitement le pays, s'informa et trouva l'adresse de la femme que Billou devait épouser.

Il y avait deux heures que le criminel était venu et qu'il était reparti. La femme avait disparu avec lui.

Jacques Vincent était furieux. Il menaçait l'Indien. A force de demandes, ils crurent comprendre que la femme et Billou étaient partis pour Montréal. Cela devait être. Une grande ville offre toujours plus de sécurité au criminel. Billou avait dû prendre le parti d'aller à Montréal, où il trouverait des bateaux pour gagner la mer.

L'Indien fut de cet avis, et les deux hommes reprirent leur course pour Montréal, après avoir pris le nom et le signalement de la femme de Billou.

Cette femme, d'origine française, se nommait Isabelle Dupuis.

Malgré l'heure tardive et la fatigue, les voyageurs repartirent pour Montréal, mais ils durent s'arrêter en route, les chevaux ne voulant plus avancer.

Il fallut remettre au lendemain. la suite de l'excursion.

Montréal est une belle ville, à la fois américaine, française et anglaise, bâtie sur les deux rives du Saint-Laurent. Elle possède un pont phénoménal sur le fleuve, large à cet endroit de trois mille cent trente-quatre mètres.

La traversée de ce pont est un voyage. Il est élevé de vingt mètres au-dessus du niveau du fleuve, mais sa longueur lui donne une humble apparence.

Il a coûté cependant trente millions.

C'est un des chefs-d'œuvre modernes.

Le Saint-Laurent est peuplé de navires comme les ports du Havre ou de Marseille. Il y a de beaux quais, de grands édifices et cent vingt mille habitants.

On comprend que Jacques Vincent éprouvât la crainte de ne pas retrouver Billou dans une grande ville comme Montréal.

Mais l'Indien semblait ne douter de rien.

Plusieurs fois il avait été chargé de commissions soit à Sorel, soit à Montréal, où Billou avait des correspondants.

Il avertit de ce fait son maître, comme il disait.

Ils furent donc à Montréal, et Tafala conduisit tout de suite Jacques à la porte d'une banque où déjà il était venu.

L'ingénieur entra seul, et se fit annoncer comme l'associé de la maison Martel et Cie; il fut aussitôt introduit.

Là, il apprit qu'une demi-heure avant, M. Bonnefoy était venu régler et toucher le compte courant de la maison, et son compte particulier.

C'était jour de malheur, mais il était sur la bonne piste.

Il déclara qu'il cherchait le directeur, qui lui avait donné rendez-vous, et parut contrarié de l'avoir manqué de si peu.

On mit un courrier à sa disposition, qui se chargea de le trouver dans la ville, ou tout au moins de conduire le représentant de la maison Martel aux endroits ordinairement fréquentés par le directeur de l'usine du Petit-Saint-Denis.

On courut et l'on chercha. Le petit homme et sa complice n'avaient paru nulle part.

Etaient-ils donc partis ainsi, sans s'arrêter? Cela se pouvait. Sur le port, aucun navire n'était en partance, mais c'était une idée.

Les banquiers de Montpellier avaient reçu des traites payables à vue, et celui de New-York tenait à disposition.

De cette capitale, il était facile d'agir. Evidemment, Billou devait avoir la pensée d'aller à New-York.

Presque chaque jour, il partait des vaisseaux ou des paquebots pour cette contrée. Il fallait surveiller le port.

C'est ce que firent l'Américain et le Français.

Vers le soir, l'Indien vint, l'œil brillant, trouver Jacques. Il n'avait pas vu l'homme, mais il avait vu la femme.

Elle sortait d'une agence maritime, et venait de retenir deux places pour Ottawa.

Ottawa est le dernier port commerçant du Canada, situé sur un des bras du Saint-Laurent (rivière Ottawa), et gagnant à l'ouest la région des lacs.

Cette marche en arrière ne surprit nullement Jacques Vincent. Il demanda l'heure et le jour du départ, et prit deux places.

On partait le soir même, à la nuit, afin d'être à Ottawa le lendemain matin.

A l'heure dite, il guettait sur le quai et ne vit rien.

Etait-ce une ruse de son ennemi?

Mais l'Indien veillait.

Sous son costume de fourrure, il avait reconnu la femme. L'homme devait suivre.

On embarqua et l'on évita de se montrer, pour ne pas éveiller les soupçons.

Pluton fut tenu enfermé dans un cabinet spécial.

La nuit est pour dormir et non pour se promener sur le pont du bateau.

Les passagers restèrent tous à leur poste, c'est-à-dire dans les hamacs; mais l'Indien, dans un coin du pont, entre plusieurs colis, guettait les débarquants aux stations de Lachine, Granville, Original, etc.

Le jour vint sans qu'il eût vu descendre Billou. Vers neuf heures, le paquebot s'arrêta au quai d'Ottawa.

Les passagers descendirent.

Il fut impossible à Jacques de reconnaître son ennemi, mais lui et l'Indien virent la femme.

Ils la suivirent.

Vers le milieu de la ville, elle s'arrêta et entra sans hésiter dans une maison.

L'Indien se plaça en sentinelle sous une porte, et l'ingénieur s'éloigna de quelques centaines de mètres avec le chien.

Au bout d'un quart d'heure, un homme, marchant avec peine, appuyé sur un bâton et portant une barbe blanche vénérable, vint frapper à la même porte et s'empressa d'accepter l'entrée qui lui était offerte.

Suivons ce vieillard bien digne d'intérêt.

Au premier étage de la maison en bois, comme le sont presque toutes les maisons d'Ottawa, le vieillard jeta de côté sa canne, ôta son bonnet de fourrure et sa barbe, et regarda autour de lui.

C'était Billou.

— C'est peut-être imprudent, observa la femme.

— Bah ! dit le coquin ; ils courent après moi vers New-York, nous n'avons plus rien à craindre.

— Je le crois, mais il est toujours bon de prendre des précautions.

— Aussi, nous resterons ici jusqu'à ce que j'aie reçu tous nos fonds ; ensuite, nous verrons.

— Votre Chinois...

— Il est mort, certainement, ou prisonnier. J'ai profité du temps qu'ils ont mis à s'emparer de lui pour filer. Leur première pensée a dû être de me chercher à Montpellier, à cause de l'argent.

— Sans doute. Mais aussi peut-être à Sorel, à cause de moi ?

— Qui donc connaît nos relations ?

— Un peu tout le monde, et surtout l'Indien, qui est venu deux fois dans cette ville.

— C'est juste ; mais à Sorel ils n'ont trouvé personne.

— Et s'ils nous avaient suivis ?

— A Montréal, ils nous auraient perdus. Personne ne sait que vous avez un parent qui vous a laissé cette maison, et surtout qu'il y a une sortie dans les champs par un terrain vague qui aboutit à la forêt.

— Mon Dieu ! fit la femme, j'entends du bruit...

— Allons donc, vous êtes folle !

Ils allèrent à la fenêtre.

— Voyez, dit-elle, plusieurs hommes sont devant la porte.

Billou regarda et devint pâle.

— Le chien, murmura-t-il ; j'ai tué le chien, le chien me tuera.

Il n'ajouta pas un mot et descendit rapidement l'escalier.

Comme il arrivait au rez-de-chaussée, la porte, violemment ébranlée, commençait à céder sous l'effort des assaillants.

Le petit homme comprit que sa dernière partie allait se jouer.

— Va ouvrir, dit-il à la femme Dupuis, gagne du temps, cache l'argent, et au revoir !...

Un instant après il était dans la forêt.

La femme Dupuis alla ouvrir et fit l'effrayée, appela au secours et faillit se trouver mal.

Mais l'Indien bondit dans la maison, la parcourut, trouva la barbe et la coiffure et revint.

— Parti !

— Il y a donc une sortie ?

Jacques Vincent poussa un cri de rage.

— En chasse ! cria-t-il. A mort la bête !

L'ingénieur, l'Indien et le chien s'élancèrent alors par le terrain vague et gagnèrent la forêt, qui longeait la rive de l'Ottowa.

Là, une petite rivière vint leur barrer le passage. C'était le *Rideau* qui remonte la province d'Ontario.

Ce Rideau est une espèce de torrent au courant rapide et coupé par des chutes dont quelques-unes peuvent égaler celles du Niagara.

André Rémy resta stupéfait devant cet obstacle nouveau ; mais l'Indien, dont c'était le métier de trouver les pistes, fit un geste d'arrêt.

— Silence ! dit-il.

Puis, rampant presque, il étudia la berge.

Un pas, tout récent et plusieurs fois répété dans la direction du fleuve, frappa son attention.

— Là ! fit-il, lui... lui...

Au bord de l'eau, le pas s'arrêtait. A droite et à gauche, rien.

L'Indien fit signe du doigt au jeune homme, qui comprit.

— Vous nagez? demanda-t-il.

— Et toi? répondit Jacques Vincent.

Pour toute réponse, l'Indien bondit dans la rivière.

Pluton n'hésita pas à en faire autant.

L'ingénieur montra son fusil et songea à la poudre.

— Trouvera d'autres ! fit l'homme rouge.

Jacques Vincent, qui nageait comme un cachalot, eut bientôt rejoint l'homme et le chien.

Tous trois arrivèrent, après une lutte assez vive et assez pénible de l'autre côté du Rideau, qui pouvait à cet endroit être plus large que la Loire.

Il faisait beau temps ; pour se sécher les deux hommes imitèrent l'exemple du chien.

Ils se prirent à courir.

Jacques avait cependant gardé son fusil en bandoulière.

Tafala ne s'occupait que de la trace.

A cet égard, pas d'erreur possible.

Le petit homme avait laissé la marque certaine de son abordage, et il devait avoir bien peu d'avance sur les poursuivants, car les traces de ses pas étaient encore mouillées.

Il n'y avait plus qu'à suivre ses traces.

L'Indien Tafala se coucha à terre, pencha l'oreille et écouta.

Il n'entendit rien.

Alors, prompt comme l'éclair, il prit corps à corps le tronc d'un gros arbre et s'éleva dans les branches avec une vigueur et une agilité incroyables.

André Rémy, qui savait ce dont les hommes primitifs sont capables, le laissait faire.

Pluton battait de la queue et semblait dire :

— Eh bien ! on n'avance donc plus ?

Tafala descendit bientôt.

— Lui devant, dit-il, pas loin.

— Il court ?

— Non, lui croire sauvé.

— Dans quelle direction marche-t-il ?

— Suit rivière.

— Bon. Il est pris.

— Oui ! fit l'Indien en montrant ses dents blanches dans un rire cruel.

Et les deux hommes, suivis du chien, reprirent leur course le long du Rideau en pressant leur marche.

CHAPITRE VI

PLUTON

Laissons un instant les chasseurs et allons retrouver Billou.

Le petit homme avait vu le Chinois happé, pour ainsi dire, par Tafala. Il avait compris que tout était perdu et il avait vivement pris son parti.

Le seul d'ailleurs possible à prendre : la fuite.

Il avait jeté un paletot sur son dos, empoché les valeurs à sa portée et préparées d'avance, mis deux revolvers chargés à sa ceinture et couru à l'écurie.

Seller le cheval et prendre la clef des champs, tout cela fut l'affaire de quelques minutes.

Il alla droit à Sorel.

A Sorel, il avait sa maîtresse, mais ce n'était pas tout à fait pour elle qu'il allait là.

Il savait y trouver une alliée, fort utile en ce moment, et une complice sous le nom de laquelle il avait fait quelque trafic et qui était en nom dans plusieurs affaires.

On a vu comment les deux associés avaient filé sur Montréal et avec quel art l'ancien forgeron, devenu maître filou, avait su se déguiser et arriver à Ottowa sans être reconnu.

Mais on ne pense jamais à tout.

Certes, Billou pensait bien n'être pas suivi plus loin que Sorel ; parti de là, le monde était grand, et il était logique d'aller l'attendre à New-York.

En lui-même il se disait : Attendez-moi sous l'orme; moi, je vais aller vivre en bon bourgeois à Ottawa, et dans quelques années, nous verrons.

C'était assez bien calculé.

Il fallait le désir de vengeance de Jacques Vincent et surtout la haine de l'Indien pour déjouer ce plan fort bien combiné.

Billou n'avait pas songé à ceci :

C'est que l'Indien connaissait sa prétendue.

Et encore qu'il y a toujours et partout des gens qui causent de ce qui ne les regardent pas.

A Ottawa, il s'était cru sauvé et tout à fait caché.

La vue de Pluton l'avait fait chanceler.

Ce chien, pour lui c'était la tête de Méduse.

Il avait voulu oublier le passé, et il y arrivait presque. Une seule scène revenait toujours à sa mémoire, et par conséquent dans ses rêves: l'agonie du malheureux Pluton, auquel il avait tendu la viande d'une main, tandis qu'il le poignardait de l'autre.

Le cri du chien, son râle, sa mort, revenaient sans cesse à son esprit.

En revoyant le nouveau Pluton, tout semblable à sa victime, en revoyant Jacques Vincent, grand et fort comme son père, mort sur l'échafaud par la faute de Billou, le misérable sentit le sang refluer à son cœur.

Et ce fut alors qu'il s'écria :

— Le chien ! c'est lui qui me tuera.

Pourtant il se remit, le danger pressant l'exigeait.

Il reprit sa ceinture armée, une poignée d'or, quelques valeurs, confiant le reste, malgré lui, à Isabelle, et partit alors sans savoir où.

Au sortir du bois, qu'il avait traversé en courant, il se trouva devant la rivière.

Il comprit aussitôt que l'eau était une barrière, sinon infranchissable, du moins devant apporter un retard peut-être suffisant pour détourner la recherche.

Ses revolvers étaient dans une boîte bien fermée, et au premier refuge il ferait sécher ses habits.

Il n'hésita donc pas à s'élancer dans les eaux du Rideau.

De l'autre côté du fleuve, il voulut s'enfoncer dans le bois, mais force lui fut de s'arrêter.

La forêt presque vierge ne permettait pas une course dans son sein.

Les lianes s'enroulaient à ses jambes, les branches des acacias venaient déchirer son visage.

Force lui fut de longer le bord de la rivière. Il arriva sur une hauteur et jeta un regard en arrière.

Rien n'apparaissait sur l'autre rive.

Il en conclut que sa trace était perdue.

Alors, il descendit le monticule d'un pas plus tranquille et commença à respirer.

Billou prenait de l'âge, et, quoiqu'il fût fort, il sentait qu'il ne pourrait longtemps soutenir la lutte contre ses adversaires, s'ils le poursuivaient.

Lorsqu'il reprit son pas ordinaire, il eut comme un éblouissement. Mais cela dura peu. Il continua sa fuite sans s'apercevoir que ses ennemis le suivaient de près.

Il ne pouvait, à cause d'un détour du fleuve, voir l'endroit où l'Indien et ses compagnons nageaient en ce moment.

D'autre part, il commençait à ne plus rien entendre autour de lui.

Le Rideau, fleuve court mais torrentiel, coupé de cataractes, faisait un bruit formidable.

A trois ou quatre kilomètres, il y avait une chute moins importante que celle du Niagara, mais qui ne laissait pas de lancer ses eaux de soixante mètres de hauteur, ce qui, à cent mètres, produisait un bruit plus fort et plus étourdissant que celui du tonnerre.

Billou se dirigea vers cette cataracte à travers un chemin demi-boisé dans lequel il disparut en avançant avec peine.

Cette fois il se croyait à l'abri de tous les regards.

Il espérait, avant la fin du jour, rencontrer quelque hutte de pêcheurs, où il pourrait prendre repos et nourriture.

Plus il approchait de la cascade, plus le bruit devenait fort et plus le spectacle imposant de cette nature vierge le frappait d'épouvante.

C'était vraiment grandiose.

Que le lecteur suppose des arbres de soixante pieds, dont l'ombre couvre tout le rivage du fleuve ; qu'il veuille bien s'imaginer une berge de quinze à vingt mètres de hauteur, avec des rochers pleins de ronces et de lianes, et au-dessous, presque à pic, un courant impétueux et bouillonnant.

Dominant tout cela, le bruit de la chute dont nous avons parlé.

Si l'on y ajoute la crainte qui grandissait dans l'âme de Billou, malgré lui et comme par un pressentiment, on se fera une idée de ce que ce criminel devait éprouver.

Il lui semblait lire un arrêt de mort partout où ses yeux se posaient dans cette nature éblouissante.

Et cependant il se croyait seul, il se disait tout haut:
— Je suis sauvé !

Il tenait à se le répéter. Il se voyait déjà regagnant New-York et, après avoir recueilli le fruit de ses turpitudes, courant vers un pays plus caché.

Mais pourtant il se disait aussi que ceux qui l'avaient suivi jusqu'à Ottawa étaient capables de le suivre partout.

L'Indien et le chien lui faisaient particulièrement peur.

Il ne se le dissimulait pas.

Il tenta encore une fois de se frayer un passage dans le bois, mais inutilement.

Dans un espace de trente pas, il tomba deux fois.

Bien que le chemin fût difficile, sur la rive il était encore praticable. Force lui fut de revenir au Rideau.

Il pensa à dépasser la cascade et, à quelques kilomètres au-dessus, à repasser la rivière pour regagner les bords du Saint-Laurent, beaucoup plus habités.

Ainsi il devait échapper à ses ennemis.

Avec peine, car la fatigue le gagnait, il reprit son chemin, lorsque tout à coup un aboiement vint le pétrifier.

Non, il ne s'était pas trompé, il avait entendu la voix d'un chien.

En somme, rien d'étonnant à cela. Et pourtant il n'osait se retourner.

Etait-ce le compagnon d'un pêcheur ou d'un chasseur? quelque chose lui disait que c'était Pluton.

Pluton, le vengeur !

Il se retourna lentement, il regarda et fut convaincu.

16

A trente pas, le chien noir bondissait derrière lui.

Le misérable jeta autour de lui un regard qui semblait demander un secours impossible.

Il eut un étourdissement vite passé.

Billou était d'une nature peu impressionnable. Il tâta sa boîte à revolvers, il regarda la falaise et aussitôt il comprit qu'il n'avait pas un instant à perdre.

S'enfuir par le bois était une chimère. Gagner le prix de la course en droite ligne avec Pluton et Tafala, il n'y fallait pas songer.

Le Rideau seul, pouvait mettre une barrière infranchissable entre le fuyard et les chasseurs d'homme.

C'était aussi le tombeau en cas d'insuccès.

Mais, mourir pour mourir, il y avait une chance.

C'est en moins de temps qu'il n'en faut pour écrire ces lignes, que Séverin Billou avait pensé tout cela.

Il choisit son chemin.

Devant lui des rochers ; pas de sentiers, pas de descentes naturelles.

Un saut de dix mètres au moins, non dans l'eau, mais sur une seconde berge caillouteuse et escarpée.

Il hésitait... lorsque tout à coup, il sentit le chien à quelques pas et vit l'Indien qui débouchait entre les arbres.

Il n'y avait plus à balancer.

Avec assez de bonheur, il saisit la crête d'une roche et se laissa glisser. Une forte racine poussée dans les interstices de la pierre le retint. Il la saisit et put s'élancer sans péril sur la berge inférieure.

Le chien, du haut de la falaise, poussait des hurlements furieux.

L'Indien faisait des signes pressants à Jacques Vincent, qui pourtant se hâtait.

Lorsque tous trois furent réunis en haut du talus, Billou, qui savait le prix du temps, était parvenu à se faufiler entre deux petits rochers ; et, s'aidant des pieds et des mains, s'écorchant et plein de sang, il allait atteindre le lit du fleuve.

Ce que le petit homme avait fait devenait un jeu pour Tafala.

S'accrocher aux racines et faire des bonds de cinq mètres ne l'effrayait nullement.

C'était autre chose pour Jacques et pour le chien.

Le jeune homme, en cherchant un peu, trouva une descente naturelle presque à pic, mais enfin praticable pour la circonstance, en risquant de s'endommager un peu.

Il se laissa glisser, et le chien fit comme lui, mais en roulant comme une boule.

Pendant qu'ils se remettaient de cette glissade, Tafala, penché en avant au-dessus de la rivière, cherchait du regard son ennemi.

Billou, harassé, se tenait presque inaperçu sous un avancement de roche ; mais l'œil de lynx de Tafala sut le découvrir.

Il poussa un cri guttural et commença une seconde descente.

Soudain, un bruit se fit entendre. L'Indien lâcha la roche et disparut dans l'abîme.

Billou avait tiré sur lui un coup de revolver, et la balle avait frappé Tafala en pleine poitrine.

Jacques Vincent comprit ce qui venait de se passer. Il arma son fusil et attendit, sans se découvrir.

Billou, débarrassé de l'Indien, avait pris un parti suprême.

Il s'était élancé au courant.

Nous avons vu qu'il était bon nageur, et le Rideau était à cet endroit moins large qu'auprès d'Ottawa.

Lorsqu'il fut à vingt mètres, Jacques, ne craignant plus d'être frappé d'une balle et voyant sa proie lui échapper, épaula et mit Billou en joue.

Mais il se ravisa.

— Non, dit-il, le fils d'un assassin doit demander l'abolition de la peine mort; il ne doit pas se faire justice lui-même.

Et il abaissa son arme.

Mais Pluton, n'avait pas les mêmes raisons ; il voyait l'homme lui échapper ; l'instinct le guidait, il était plus furieux que jamais.

Avant que Jacques Vincent eût songé à ce qu'il allait décider, le chien s'était élancé d'un bond dans le fleuve.

Et il nageait !.... il fallait voir ça.

Billou atteignait déjà le milieu du Rideau, le grand courant s'éteignait, et il sentait l'eau plus calme le soulever.

Il commençait à espérer, lorsqu'il sentit derrière lui un souffle qui lui sembla un râle.

Pluton acharné le suivait.

Il jeta vivement un coup d'œil de côté et vit sur la rive Jacques immobile, attendant l'issue du drame qui allait se jouer.

Près de lui le chien, la gueule pleine d'écume.

Il redoubla d'énergie, mais ses membres se raidissaient.

Tout à coup il sentit comme un poids sur ses reins ; c'était une patte du chien qui le touchait.

Il voulut porter une main à sa ceinture et tirer un revolver, — Folie ! l'eau mouillerait l'arme.

Ah ! son poignard !

Mais le chien le saisissait à la gorge.

Il y eut alors deux efforts, deux hurlements !

Billou tira son poignard et le brandit au-dessus de l'eau.

Pluton s'engloutit avec l'homme.

Jacques Vincent eut, durant une minute, une de ces angoisses que rien ne peut rendre.

Il faut les éprouver.

Un flot d'écume semblait marquer la place où les deux corps, l'homme et le chien, avaient disparu.

Tout à coup, un peu au-dessous, quelque chose apparut.

C'était Pluton !

Jacques le siffla, et le noble animal reprit sa route vers la rive, mais péniblement.

Comme il approchait, l'ingénieur remarqua une épave entraînée par le courant.

C'était le corps de Billou, qui cette fois ne devait plus nuire à personne.

Ainsi se trouvait accompli le rêve de M. Martel.

VII

CONCLUSION

André Rémy ou, si vous le préférez, Jacques Vincent, restait seul avec Pluton dans cette contrée sauvage.

Lorsque le chien fut à terre, il s'aperçut que le sang de celui-ci coulait d'une blessure à l'épaule.

Billou l'avait frappé de son couteau, mais la plaie était peu profonde.

Jacques trouva facilement et en abondance, sous les rochers, des toiles d'araignées d'une épaisseur incroyable, qu'il appliqua sur la blessure; et serrant avec son mouchoir, il arrêta le sang.

Puis alors il songea à Tafala, le chercha et le trouva étendu sur la rive du fleuve.

Le pauvre Indien était mort.

Il ne possédait aucun moyen de l'ensevelir d'une façon convenable,

Impossible même de le monter sur le haut de la berge.

Il fallait l'abandonner provisoirement.

L'homme et le chien redescendirent le courant du Rideau, jusqu'en face d'Ottowa. Là, et comme le jour finissait, ils eurent la chance de rencontrer un batelier qui, moyennant finance, leur fit passer le fleuve.

Ils n'auraient pu le repasser à la nage : l'homme était harassé et le chien blessé.

En rentrant en ville, Jacques avisa une auberge où ils eurent bon repas et bon lit.

Ah ! nous devons le dire, Pluton partagea le lit de son maître ; il dormit à ses pieds, et il l'avait bien gagné.

Jacques Vincent s'entendit avec le batelier pour faire revenir le cadavre de Tafala et le faire enterrer.

Ceci fait, le lendemain il était à Montréal.

En débarquant sur le quai de la seconde capitale du Canada, Jacques Vincent fut fort surpris de rencontrer le docteur Barbier et le petit Prosper.

— Par quel hasard ?... commença-t-il.

— Hasard ! jamais, dit le docteur. La science, mon cher, vous le savez mieux que personne, repousse cette formule stupide que le public ignorant nomme le hasard.

— Par quel trésor de science alors ?...

— Chut ! trop de compliments, maintenant.

— Enfin, expliquez-vous !

— Voici tout simplement la chose. Nous sommes partis, suivant les conventions, pour Montpellier. Là, pas plus de Bonnefoy que sur la main. Aucun des banquiers ne l'avait vu. Je pensai que je l'avais devancé et je crus sage et prudent de l'attendre. Le soir venu, rien ne parut. Je revins au Petit-Saint-Denis et, d'après certaines indiscrétions, je compris que vous étiez sur la bonne piste. Pourtant j'attendis un jour encore ; mais le lendemain je résolus d'aller vous aider dans votre poursuite.

— Vous aviez bien deviné.

— N'est-ce pas ? Je fis derrière vous l'enquête que vous aviez déjà faite, et je suivis vos traces.

— En herborisant ?

— Moqueur ! Cela me fut d'ailleurs facile ; je demandais un jeune homme accompagné d'un Indien et d'un chien noir : on ne connaissait que cela.

— Et vous êtes arrivé ainsi à Montréal ?

— Oui, ce matin. Mais là, j'avoue que je ne savais plus par quel chemin me diriger, et j'allais abandonner la partie, lorsque je vous aperçus.

— Bon docteur. Nous voilà sains et presque saufs.

— Et l'Indien ?

— Mort.

— Et Billou ?

— Mort aussi.

— Par vous ?

— Non, c'est Pluton le criminel, et voyez, il porte la marque de la lutte.

— Tant mieux. Vous avez la main pure, je préfère cela.

— Pourquoi ?

— Une idée à moi.

— Maintenant, docteur, nous allons déjeuner et voir à reprendre la route de l'usine.

— Parfaitement. Dans deux jours nous y serons.

Le docteur fut très gai pendant le voyage ; Jacques le surprenait à rire tout seul et à s'applaudir lorsqu'il parlait tout haut.

— Il devint donc fou, se disait-il.

Prosper lui-même semblait, dans son sourire timide, cacher un secret.

Qu'y avait-il donc ?

Jacques Vincent ne pouvait le deviner et il n'osait le demander.

Plus on approchait et plus le docteur s'épanouissait.

— Ma foi, pensait le jeune homme, si je n'avais vu le cadavre de Billou s'engloutir au courant, je croirais que le docteur en a fait la prise.

Il se décida enfin à lui faire part de son étonnement.

— Mon ami, lui répondit le docteur, ce que vous me dites me surprend fort, et vous allez me rendre triste.

— Comment cela ?

— Ma gaieté... pardon, la gaieté que vous me prêtez vous fait croire des choses impossibles ; je la supprime et je deviens taciturne.

— Mais, docteur !...

— Taciturne, je l'ai dit et ce sera.

Il fit bien tout ce qu'il put pour paraître morne, le bon docteur, mais il ne put y parvenir complètement.

Jacques se tourna d'un autre côté.

Il interrogea Prosper.

Mais l'enfant, avec une naïveté bien jouée, répondit à toutes les questions :

— Je ne sais pas.

En arrivant à Sorel, on apprit que la maîtresse de Billou était revenue et avait été arrêtée, pour complicité d'escroquerie.

Jacques Vincent dut s'arrêter quelques heures pour déposer et faire, au nom de la maison Martel, des réclamations. Il déclara à la justice que Billou, en s'enfuyant, s'était noyé dans le Rideau.

Aux Etats-Unis, ces choses sont acceptées comme vraisemblables ; on ne fit aucune objection.

Les voyageurs durent coucher à Sorel, et là ils reçurent à l'adresse du docteur des dépêches qui annonçaient la saisie des fonds déposés par Billou à Montpellier et à New-York.

Parmi ces dépêches, une était confidentielle, et le docteur en garda le contenu pour lui.

Elle portait simplement ceci :

« Cher docteur,

« Retrouvez Jacques Vincent et, mort ou vif, ramenez-le. »

Il n'y avait pas de signature.

Le docteur prit un prétexte et courut au télégraphe.

Il déposa ce télégramme :

« Je le tiens et je l'amène vainqueur. Billou mort. »

A qui diable pouvait-il télégraphier cela ?

Nous le saurons bientôt.

Enfin le troisième jour, au matin, ils se mirent en route pour le Petit-Saint-Denis et y arrivèrent sur les quatre heures du soir, par un beau soleil qui reflétait ses rayons sur toutes les fenêtres de la fabrique et la faisait voir de loin.

Jacques Vincent fut surpris de voir flotter quelque chose dans les branches des arbres de l'avenue.

Il ne se trompait pas, c'étaient des drapeaux tricolores, des drapeaux aux couleurs nationales.

Il fit part de son étonnement au docteur, qui parut plus étonné que lui.

Décidément le docteur avait un secret.

On avançait toujours, et certainement on saurait le dernier mot en entrant au Petit-Saint-Denis.

Il faisait encore grand jour lorsque les voyageurs et le chien arrivèrent dans la première cour de l'usine.

Là, deux mâts ornés de fleurs et d'oriflammes étaient dressés, et tous les ouvriers, en habits du dimanche, attendaient, une cocarde au chapeau et un bouquet de roses à la boutonnière.

L'ingénieur ne pouvait croire que ce fût sa victoire sur Billou qui fût cause de tous ces préparatifs,

Lorsqu'il descendit de voiture, une centaine de pétards éclatèrent avec grand bruit et remplirent l'air de fumée.

Et les cris : Vive notre directeur ! arrivèrent à ses oreilles.

Cette fête était donc pour lui.

C'était une surprise préparée par le docteur.

Il s'avança vers le contre-maître, et dit d'une voix émue :

— Mes bons amis, je vous remercie de ce que vous faites pour moi, bien que je ne mérite pas de pareils honneurs ! J'ai démasqué votre ancien chef, un criminel que le hasard avait sauvé et que la fatalité a puni.

Paix et pardon à sa dépouille mortelle, qui n'aura pas l'honneur d'une sépulture.

Le vainqueur de ce misérable, le voici, c'est Pluton.

Je vous demande un bravo pour lui.

Cent mains frappèrent les unes contre les autres un ban en faveur du chien, qui n'en était pas plus fier pour cela.

A ce moment Jacques Vincent remarqua que le vestibule de la fabrique était couvert de lierre, de fleurs et de drapeaux, et qu'une espèce de salle de verdure avait été préparée au-devant de la maison.

Des sièges entouraient une table servie et attendaient les convives.

Allons, c'était une noce complète.

Le docteur semblait au septième ciel.

Le petit Prosper avait disparu.

Le contre-maître pria l'ingénieur d'avancer et de prendre place au milieu de la table, ce qu'il fit.

Chacun se plaça après lui.

Mais deux places vides restaient devant Jacques, deux places inoccupées.

Il allait demander au docteur pour qui ces places étaient réservées, lorsque la porte intérieure s'ouvrit et que Prosper, en grand costume de cérémonie, annonça d'une voix qu'il s'efforçait de rendre très forte :

— Monsieur et Mademoiselle Martel !

Tout le monde se trouva debout, mû par le même ressort :

Le respect pour le vieillard, le chef de la maison, et l'admiration pour la beauté de la jeune fille.

L'aveugle s'avança au bras d'Armande jusqu'à sa place.

Jacques, pâle d'émotion, était pétrifié.

Il ne pouvait en croire ses yeux. Oui, c'était Armande qui venait devant lui.

L'aveugle fit un geste de la main et le silence s'établit.

Il dit :

« Salut à vous tous, messieurs, salut aux ouvriers, qui font par leur travail prospérer la maison du maître ! En travaillant pour lui, ils travaillent pour eux : ils font venir l'or à la caisse, et la caisse, qui reçoit tout, s'ouvre pour partager à tous. Ce sont les bons ouvriers qui font les bons patrons, et peut-être, j'ose le dire pour moi, les bons patrons qui font les ouvriers meilleurs. Vous me donnez ce que vous pouvez, je vous rends tout ce que je puis vous rendre: toute la question sociale et vitale est là !

« Aujourd'hui, vous êtes réunis à moi pour fêter un ouvrier, le fils d'un de mes plus anciens soldats du travail : Claude Vincent !

« Claude fut criminel, il tua mon fils pour le voler.

« Ce fut affreux.

« Jacques Vincent jura sur la tombe de sa mère de le venger.

« Il l'a fait.

« Je vais vous dire comment :

« Enfant, il a travaillé, il a appris, il est devenu un homme, un homme savant. Il a payé ce que son père avait pris, il a refait la fortune de celui que son père avait commencé à ruiner ; il a fait plus de bien que l'autre n'avait fait de mal... C'est ainsi qu'il a noblement vengé son père.

« Le monde, qui ne veut pas toujours être juste, lance l'anathème sur les enfants des coupables ; il a tort. Moi, je dis que le fils qui fait ce qu'a fait celui-ci doit être récompensé ; il le sera.

« J'ai fait la traversée de l'Atlantique, vieux et infirme, pour voir ce beau jour !

« Mes amis, gloire à Jacques Vincent ! »

Des salves d'applaudissements couvrirent les paroles de M. Martel, et durèrent au moins cinq minutes.

Jacques se leva, et voulut parler ; mais l'émotion lui coupa la parole. Des larmes coulaient de ses yeux, il ne put absolument rien dire.

Le docteur s'écria :

— Très bien, très bien, nous comprenons tous !

De nouveaux applaudissements éclatèrent.

Alors mademoiselle Martel se leva à son tour et, d'une voix forte et douce à la fois, elle dit :

— Jacques Vincent, mon fiancé, sur la terre de France, la terre des préjugés, je ne pouvais être à vous ; mais ici, sur la terre libre d'Amérique, je veux être votre femme !

Il est impossible de rendre l'enthousiasme que provoquèrent ces paroles.

Jacques se précipita aux genoux d'Armande.

Le grand-père, la petite-fille et le jeune homme ne faisaient plus qu'un corps.

Le docteur, tout en s'essuyant les yeux, s'écria de nouveau :

—Je suis content de mon voyage, j'espère bien voir le premier né et le soigner moi-même. En attendant, j'aurai le temps d'herboriser un peu ; puis, nous retournerons tous en Europe, et il faudra bien que la société en prenne son parti !

Et c'est sur cette tirade du bon docteur que nous mettrons le mot :

FIN

TABLE DES MATIÈRES

CHEZ LE MÊME EDITEUR

FORMAT GRAND IN-18

COULISSES ET SALLES D'ARMES, par Edouard ANDRÉ.
5e édition. 1 vol. 3 50

AVANT DE QUITTER LA TABLE, par M. T. D. 1 v. 3 »

LE REMORDS DU DOCTEUR, par G. VAUTIER, 1 v. 3 »

LA MARRAINE. — LE PETIT VIEUX. — LE MARI DE
SUZANNE, par G. VAUTIER. 3e édit. 1 vol. . . . 3 »

LE SALON DES REFUSÉES, par G. VAUTIER. 2e édit.
1 vol. . . . . 3 »

LA GRÈVE DES FEMMES, par G. VAUTIER. 5e édit.
1 vol. . . . . 3 »

LE CRIME DU SUBSTITUT, par Georges VAUTIER, 3e édit.
1 vol. . . . . 3 »

LA REVANCHE DU MARI, par G. VAUTIER. 2 édit.
1 vol. . . . . 3 »

LES PETITS MÉTIERS DE FRÉDÉRIC, par Léopold
SABOT. 1 vol. . . . . , ... 3 »

MADEMOISELLE BESSON, par E. GIRAUD. 1 vol. 3 »

LE ROMAN D'UN BLASÉ, par G. PELLERIN. 1 vol. 3 »

L'AMOUR EN PRUSSE, par Ch. LAURENT, 2e éd. 1 v. 3 50

LES HONNÊTES GENS, par CAPUS et VON OVEN. 1 v. 3 »

LE ROMAN D'UNE CRÉOLE, par A. SURVILLE. 1 v. 3 »

LA TENTATION DE GILBERT, par Paul DUFOUR. 2e édit.
1 vol. . . . . 3 »

LE ROMAN D'UN EXILÉ EN SIBÉRIE, par Louis COLLAS,
2e édit. 1 vol. . . . . 3 »

LA VIE EN CASQUE, *Carnet intime d'un officier*, par
Ernest BILLAUDEL, 4e édit. 1 vol. . . . . 3 »

HISTOIRE AMOUREUSE DE DEUX COUPS DE COU-
TEAU, par Ernest BILLAUDEL, 3e édit. 1 vol. . . 3 50

LES NOCES VERMEILLES, par E. BILLAUDEL. 1 v. 3 »

LA CONSPIRATION DE SALCÈDE, par Ernest BILLAU-
DEL, 1 vol. 3 »

LES FILOUTERIES DU JEU. *Révélations*, par A. CA-
VAILLÉ, ex-inspecteur principal du service de surveil-
lance des jeux clandestins à la préfecture de police. 2e édit
1 vol. . . . . 3 »

UNE PARISIENNE CHEZ LES ANTHROPOPHAGES,
par THIERCELIN. 2e édit. 1 vol. . . . . 3 »

UN MARI EN VACANCES, par ***. 3e édit. 1 vol. avec
portrait. 3 50

LES DRAMES DE LA FORÊT, par Alexis BOUVIER.
2e édit. 1 vol. 3 50

MA FEMME ET MOI, par Mme BEECHER-STOWE. 1 beau
vol. 3 50

Corbeil, imprimerie L. PREVET

OUVRAGES DU MÊME AUTEUR

POUR PARAITRE SUCCESSIVEMENT

Les Drames du Cœur :

Le Moulin-Galant.................. 1 volume

Mimi-Printemps................... 1 —

La Dame au Masque de velours...... 1 —

Le Roman d'un jeune Homme pressé.. 1 —

Le Pirate de la Manche........... 1 —

Le Moulin de la Galette.......... 3 —

Les Conteurs d'Histoires.......... 1 —

Les Trois Bossus................. 1 —

Les Nuits de Palerme .... 2 —

Nouvelles anciennes............... 1 —

Les Faubourgs de Paris .... 3 —

Les Étapes de la Jeunesse........ 2 —

Et plusieurs autres, devant former au total trente volumes.

EN VENTE :

Le Conscrit de Corbeil............ 1 volume

CHEZ LE MÊME EDITEUR

Corbeil, imprimerie L. DREVET.